古典文學研究輯刊

二八編

第 6 冊

一木一浮生：中國古代小說中的植物文化

嚴 豔 著

國家圖書館出版品預行編目資料

一木一浮生：中國古代小說中的植物文化／嚴豔 著 -- 初版
-- 新北市：花木蘭文化事業有限公司，2023〔民 112〕
目 2+186 面；19×26 公分
（古典文學研究輯刊　二八編；第 6 冊）
ISBN 978-626-344-450-8（精裝）
1.CST：中國小說 2.CST：文學評論 3.CST：植物學
820.8　　　　　　　　　　　　　　　　112010488

ISBN-978-626-344-450-8

9 786263 444508

古典文學研究輯刊
二八編　第 六 冊　　　　　ISBN：978-626-344-450-8

一木一浮生：中國古代小說中的植物文化

作　　者　嚴豔
總 編 輯　杜潔祥
副總編輯　楊嘉樂
編輯主任　許郁翎
編　　輯　張雅淋、潘玟靜　美術編輯　陳逸婷
出　　版　花木蘭文化事業有限公司
發 行 人　高小娟
聯絡地址　235 新北市中和區中安街七二號十三樓
　　　　　電話：02-2923-1455／傳真：02-2923-1452
網　　址　http://www.huamulan.tw 信箱 service@huamulans.com
印　　刷　普羅文化出版廣告事業
初　　版　2023 年 9 月
定　　價　二八編 18 冊（精裝）新台幣 47,000 元　　版權所有・請勿翻印

一木一浮生：中國古代小說中的植物文化

嚴豔 著

作者簡介

嚴豔，女，安徽滁州人，文學博士，佛山科學技術學院教授，主要從事明清文學及域外漢文學整理與研究，已在《東南亞研究》、《廣西民族大學學報（哲學社會科學版）》、《暨南學報》、《國際漢學》CSSCI 期刊等發表論文二十餘篇，出版學術專著《越南如清使漢文文學研究》一部，主持國家社科基金兩項、省部級項目兩項。

提　　要

　　一花一世界，一葉一菩提。植物在中國小說中已經成為蘊含中國社會生活中各類文化的載體。本書從中國古代小說的植物大千世界中，選取生活中常見又在中國古代經典小說中反覆出現的植物類型進行梳理分析。書中闡述在中國古代小說中，小說家對各色植物的描寫並非簡單羅列，而是巧妙將其融入整部小說中。他們或借植物進行行文謀篇，圍繞植物的性能、特徵虛構一個或一連串事件；或將植物作為伏筆、線索等推進小說的情節發展；或以植物來進行小說人物形象塑造；以及圍繞植物形成了特定的宗教、民俗文化。本書也注重分析具體案例中植物在古代小說中對環境烘托、情節推動及人物塑造的作用。同時書中還注重借助於中國古典小說名著中讀者熟知的經典片段，帶領讀者一起考證小說中融入植物的知識之趣，分析其中的植物文化意蘊。本書兼具學術思辨性與語言的通俗化，並結合相關圖片，在學術知識性基礎之上，注重突出趣味性與可讀性，以期滿足社會各界讀者對這一領域的思考與探索。

目次

前　言

　　植物在自然進化史的歷程中所佔據的時間遠遠超過人類，人類自誕生之時起就被植物所包圍，兩者密切相關。借助於植物，人類得以充饑果腹、避風禦寒、療病治傷，人類又在實踐中學會了如何種植植物、管理植物。由此，植物也就順其自然地出現在人類的文明史中。

　　作為文學創作的主要樣式之一，小說詳細、全面的反映了人類的社會生活。相比於其他文學樣式，小說的容量更大，更能從整體上詳盡描繪人物所處的社會生活環境。中國古代小說萌芽於先秦，發展於兩漢，從《山海經》發端，至魏晉南北朝志人志怪小說始成雛形。從唐傳奇、宋話本到明清長篇小說，小說文體逐漸走向多樣化。在中國小說史中，植物始終貫穿其中。中國古代小說中的植物種類、數量繁多，僅一部《山海經》所描述植物就達兩千六百多種。小說家們不僅刻畫植物本相，還將這些植物賦予新的文化意蘊，如《紅樓夢》中關於植物的情節常常詩情畫意，「黛玉葬花」、「寶琴抱瓶」、「湘雲醉臥芍藥」、「齡官劃薔」等，每一處都是利用植物的渲染勾勒出意出言外的畫境。在中國古代小說中，很多植物還被擬人化描寫，它們也具備了人的喜怒哀樂、七情六欲，一如凡夫俗子有自己的苦惱與憂傷、歡樂與痛苦。我們也總能被其中一些神通廣大的植物所吸引：或是作惡多端的花妖樹怪，或是不食人間煙火的仙子精靈，或者具備某種超凡功能使人成仙長生的果實仙草，如筆記小說洪邁《夷堅志》、無名氏《燈下閒談》、孫光憲《北夢瑣言》等都有眾多植物精怪的描寫。然而，不管妖也好仙也罷，這些植物其實都只是小說家們內心對生活的渴望與想像，在塵世生活中實現不了的願望去通過這些植物來達成。植物成為作家對外界的觀察對象，甚至是成為小說家寄情達意的工具。

　　在中國古代小說中，小說家對各色植物的描寫並非簡單羅列，而是巧妙將其融入整部小說中。他們或借植物進行行文謀篇，圍繞植物的性能、特徵虛構一個或一連串事件；或將植物作為伏筆、線索等推進小說的情節發展；或以植物來進行小說人物形象塑造等等。在兩千多年的書寫中，不同的植物形成了不同的文化品格，梅、蘭、竹、菊成為儒家文化中的四君子，蓮花、菩提則被列入佛家修行中的「五樹六花」，而桃樹、艾草又成為道家驅邪必不可少之物。植物崇拜與禁忌廣泛存在於人類的生產、生活中，各類禮儀及節日中也少不了植物的身影，圍繞植物形成了特定的民俗文化。植物在小說中不再僅僅是滿足於人類衣食住行之物，而是成為蘊含中國社會生活中各類文化的載體。

　　在現代植物學上，植物的分類有多種。然而在中國傳統文化中認為人是天地間主載，《禮記・禮運》云：「人者，天地之心也」；《莊子・達生》也說：「靈臺者，天之在人中者也」，在人與自然的觀照中，人往往以自我作為參照來反觀自然界的一切。在人與植物的關係上，古人往往按自己的實際用途去主觀劃分植物的類型，因而與現代比較科學的植物學相比，在中國古代對植物的感知與分類略顯「雜糅」與「混亂」。中國最早一部關於植物學的著作《本草綱目》將所收集的一千多種植物分成五大類：草部、穀部、菜部、果部和木部五類。本書在參照這些植物分類的基礎之上，結合小說在具體寫作中融入植物的方式進行分析，同時兼及植物在古代文化中形成的審美意象來鑒賞小說中的植物運用。由於植物的多功能性，在不同的行文中筆者會根據具體的內容需要進行取捨。

　　此外，本書在學術性的基礎之上也力避學術語言的晦澀與專業，在具體的行文中筆者儘量做到言簡意賅、通俗易懂以增加文本的通俗性，同時為了便於理解，筆者適當增加一些相關的圖片加以形象化。由於筆者學識有限，在本書的書寫中可能存在錯訛之處，也敬請有識者批評指正，期待日後有機會完善。

第一章　中國古代小說與植物的
　　　　歷史關係

　　中國古代小說概念與現當代所定義的小說有明顯的差異。在中國古代，「小說」這一詞彙語最早見於《莊子・外物》所云「飾小說以干縣令，其於大達亦遠矣」，將「小說」與「大達」相對舉，小說的概念是指與那些高文典冊的「大達」之作是無法相比的淺顯瑣碎的言論。在中國最早的圖書目錄學西漢劉歆所編撰的《七略》中，小說家被列於「諸子略」中。班固沿用了《七略》中關於圖書的分類方法，在《漢書・藝文志》提到小說家時也云「小說」是「街談巷語，道聽途說者之所造也。」〔註1〕至清代乾隆時期所編纂的大型類書《四庫全書》中，小說仍被列入子部。因而，雖然明清時期出現眾多數量繁多的長篇小說，但在古人的觀念裏，小說依然是指與經、史、集相去甚遠，內容駁雜的「殘叢小語」。然正因為古代小說內容龐雜，才有包羅萬象之勢。在中國古代小說裏幾乎融入了古人生活的方方面面，植物即是其中一例。

第一節　植物書寫融入文學溯源

　　在世界文明形態中，中國屬於發端黃河流域的農耕文明，在距今八千至一萬年前就形成「南稻北粟」的農耕格局。人類從大自然中採集植物作為食物到

〔註1〕（漢）班固撰，顏師古注：《漢書》卷30，藝文志第十，北京：中華書局，1962年，第1745頁。

耕種農作物，固定於一地守望田園。由於農耕文明的生活方式，中國主體文化形成了有歷史傳承又有鄉土民間性的文化特色，集合了各種民俗文化於一體，綿延不斷、薪火相傳。在長期的農業實踐中，植物成為中國文化中常見的身影，與農事節慶習俗、飲食文化等相融。

植物起初作為衣食住行必須之物，融入在人類各式各樣的生活中，隨著社會的發展又慢慢進入人類的審美視野，成為人類文化與精神的載體。植物成為觀賞的史料可以追溯到先秦時代，從商王的鹿臺到文王之靈囿，再到各諸侯相互攀比競相建造的豪奢園林，植物在庭園造景之中被廣泛運用。

詩歌與植物的互動早在西周初就出現了。作為中國第一部詩歌總集，《詩經》就是文人情思與植物世界相互激蕩產生的性靈脈動〔註2〕。文學是生活的反映，在《詩經》所產生的時代裏，植物作為經濟類作物一直是古人生活裏必不可少之物。《七月》是一首反映西周早期農業生產和農民日常生活的詩歌，所載當時農民一年的農事中中大部分都與植物相關：「七月流火，八月萑葦。蠶月條桑，取彼斧斨，以伐遠揚，猗彼女桑。七月鳴鵙，八月載績。⋯⋯四月秀葽，五月鳴蜩。八月其穫，十月隕蘀⋯⋯六月食鬱及薁，七月亨葵及菽，八月剝棗，十月穫稻，為此春酒，以介眉壽。七月食瓜，八月斷壺，九月叔苴，采荼薪樗，食我農夫。」（《豳風·七月》）三月修剪桑樹枝條，四月採遠志所結的籽，六月紡織，八月織麻、染絲，九月摘苦菜、砍柴，十月收稻穀。而食用之物也主要是植物，如詩中描述：六月吃李子和葡萄，七月吃葵、豆和瓜，八月吃棗和葫蘆，十月釀酒。植物不僅是先秦百姓物質世界裏果腹蔽暖之物，在《詩經》裏，植物還成為他們精神世界裏藉以寄情言志的工具，「參差荇菜，左右流之。窈窕淑女，寤寐求之。」（《周南·關雎》）柔弱在水波裏飄搖的荇菜宛如嫋嫋行來的美人，君子託荇菜表達對淑女的相思；「瞻彼淇奧，綠竹猗猗。有匪君子，如切如磋，如琢如磨。」（《衛風·淇奧》）筆直挺拔的綠竹像是剛直不曲潔身自好的君子；「蔽芾甘棠，勿翦勿伐，召伯所茇」《如南·甘棠》）甘棠樹成為人們懷念那位體察民情為百姓排憂解難的召公之物⋯⋯《詩經》中不僅記錄了產自本土的植物，還記錄了很多外來物種，如原產地在印度與非洲的「匏」、歐洲的「卷耳（蒼耳）」、地中海沿岸的「葑（蕪菁）」等，在文學中植物的描寫中可見中外文化的交流。

〔註2〕韓育生：《詩經裏的植物》，北京：清華大學出版社，2014年。

神農嘗百草郵票──2019 年

　　而敘事文學與植物的互動比詩歌更早，甚至能溯源至遠古時期、未有文字產生的口傳時代，如「夸父追日」、「女媧造人」、「神農嘗百草」、「黃帝戰蚩尤」等各類傳說中就出現了植物。夸父追日的神話是上古人類對自然宇宙的初步探索，夸父一直追著太陽在跑，一直追到太陽落下的地方，最後因為口渴，將黃河、渭河的水都喝了還不夠，最後渴死了。夸父死後「棄其杖，化為鄧林。」〔註3〕夸父的手杖變成了一片桃花林，在博父國的東邊。女媧造人的神話則是上古人類對自身的探索，女媧按照自己的樣子摶土造人，但是因為太累了，就拿著柳條蘸著泥漿甩出去，於是女媧拿出來的人生來就享富貴，而柳條甩出去的人生來就貧賤。神農氏作為遠古中華民族的先祖，開始種五穀，制耒耜，織麻為布，剡木為矢。為了讓民眾脫離病患，神農氏又親自嘗百草，「皆口嘗而身試

〔註3〕（晉）郭璞注：《山海經》卷八「海外北經」，《四庫筆記小說叢書》，上海：上海古籍出版社，1991 年，第 59 頁。

之，一日之間而遇七十毒」（鄭樵《通志》）最後吃到一種劇毒的斷腸草身亡。黃帝戰蚩尤的傳說則是民族部落之間的戰爭與融合，蚩尤戰敗被處死，押解他的桎梏變成了楓樹。上古神話反映原始先民對外在世界的探索，表現了他們在自己的生活與實踐中自然和社會的朦朧認知。在這些神話裏，處處可見植物的身影，通過這些神話傳說可見人類作為大自然的子女與萬物和諧共存一處。

中國文學在產生時就出現了對植物的描寫，但為何這些植物又開始被融入古人情感的印記，成為以物喻情的工具呢？

首先，植物與自然聯繫密切，應時序而變化形態，古人因植物而觀察自然與時序，並進一步發出對時光易逝的感歎。由於大多數植物的生長都取決於外界的氣候與生長環境，它們的生長遵循一定的規律與週期，從發芽、開花、結果、凋零都順應著自然規律。古人以觀察植物瞭解自然，觀植物而知時節。因而植物的開花結果無不牽動著文人的心，他們在文學書寫中從植物的變化中感歎著時光的流逝，如宋玉見草木衰落而悲秋，「悲哉，秋之為氣也。蕭瑟兮，草木搖落而變衰。」（《九辯》）

其次，植物千姿百態的外形帶來文人將各類內心情感關聯。秋天淒清的水邊，大片大片的蘆葦，映襯著詩人可望不可即的愛情，「蒹葭蒼蒼，白露為霜。所謂伊人，在水一方」（《秦風・蒹葭》）；柳絮隨風飛起時輕盈飄忽恰如文人心中那飄忽不定的愁緒，「撩亂春愁如柳絮，依依夢裏無尋處」（馮延巳《鵲踏枝・幾日行云何處去》）「一川煙草，滿城風絮」（賀鑄的《青玉案・凌波不過橫塘路》）；桃花開時鮮豔絢麗，猶如剛出嫁的女子「桃之夭夭，灼灼其華。之子于歸，宜其室家」（《周南・桃夭》），而桃花落時淒涼又像美人遲暮「況是青春日將暮，桃花亂落如紅雨」（李賀《將進酒》）；松柏在萬木凋零中獨自保留翠綠，遇雪也不落葉，恰似正人君子堅貞不曲的人格寫照「松柏經隆冬而不凋，蒙霜雪而不變，可謂其『貞』矣」（《荀子》）……大自然中的植物的千姿百態、形態各異，它們總能給文人帶來無窮的想像，引發他們內心深處的各類情感。

再次，植物的榮枯引發文人對人生與生命的深度思索。他們在對植物的觀察中也聯想到自己的人生境遇，植物擁有著頑強的生命力「離離原上草，一歲一枯榮。野火燒不盡，春風吹又生」（白居易《賦得古原草送別》）「咬定青山不放鬆，立根原在破岩中。千磨萬擊還堅勁，任爾東西南北風。」（鄭燮《竹石》）所謂「人生一世，草木一秋」，古人進一步通過植物發出歲月蹉跎而自己功業難成的哀歎「江山萬古復萬古，草木一秋仍一秋。」（夏元吉《登黃鶴樓》）

《二度梅》封面——中國戲劇出版社，1993年

　　最後，中國文學的比興傳統影響到文人創作中將植物廣泛用於人物描寫。比興手法的使用可以在寫人的時候更加形象化與特徵化。如《詩經》中《衛風‧氓》用桑樹的變化喻指男女愛情的盛衰之變，「桑之未落，其葉沃若」用桑樹的繁茂喻之兩人感情上的情濃密意之時，而「桑之落矣，其黃而隕」則又以桑樹的凋落喻指兩人感情淡漠。《周南‧桃夭》中則以桃花和桃來祝願新婚女子之後的家庭生活，「桃之夭夭，灼灼其華」以盛開的桃花喻指女子婚後夫妻生活幸福美滿；「桃之夭夭，有蕡其實」以桃樹結桃碩果累累來喻指女子婚後子嗣興旺；「桃之夭夭，其葉蓁蓁」以茂盛的桃葉喻指女子婚後家庭和睦興旺。以物喻人的傳統在小說中也是常見的表達方式，如在《二度梅全傳》以梅花的盛衰喻指梅家的命運，清官知縣梅魁被姦臣殺害，在其週年忌日，正是梅花盛開的時節。好友陳尚書借梅花來祭奠梅魁時暗暗祝禱，若梅魁之子梅璧有出頭

之日，梅花當開得更加旺盛。結果當晚便風雨大作，滿園盛開的梅花皆被風雨打落。後來在陳尚書之女杏元和梅璧自己不懈的祈禱和努力之下，梅花終於再次盛開。《紅樓夢》就以大觀園的女子們住處都植有各不相同的植物預示所居住女子不同的性格，黛玉所住的瀟湘館裏植滿了青翠的竹子，寶釵的蘅蕪苑里種的是各類香草，李紈的秋爽齋裏是滿是稻穀等等。

文學是對生活的反映，在文學產生之前的上古時期，植物已影響到人類生活的方方面面。在文學產生的時代裏，人們日常生活都與植物相融，植物不可避免的大量出現在反映古人生活的文學作品中。在眾多上古神話口傳時代裏就已經出現數量繁多、神奇各異的植物，由此也揭開了植物融入小說的文學想像世界。

第二節　中國古代小說中植物書寫的歷史進程

中國古代小說從《山海經》、《穆天子傳》等為源頭，反映早期初民對自然界認識的神話故事，到魏晉南北朝的志人志怪小說，再到唐傳奇、宋話本，至明清大放異彩，出現一系列的文言以及白話小說。植物作為人類必不可少之物也一直穿插於其中。

一、緣起：鼻祖之作《山海經》

《山海經》作為中國上古時代一部獨具風貌的文化典籍，自古便被稱為「奇書」，其十八卷內容非常豐富的描繪了我國上古境內豐富的山川、礦藏、動物、植物等內容，因此它在地理、歷史、醫藥、生物、礦產等各領域都被視為重要文獻。在文學領域，《山海經》被認為是中國第一部小說，因其內容中夾雜著大量的想像與神話片斷，如「夸父追日」、「精衛填海」、「黃帝戰蚩尤」、「西王母」等眾多神話故事。《山海經》因內容奇特、想像豐富，被稱為「古今語怪之祖」，對後世小說影響極大。在植物學方面，《山海經》一書中記載了大量的植物，在具體的植物描寫中又帶有濃厚的傳奇色彩，開啟了後世文學中關於植物的傳奇性描寫。

《山海經》中記載的植物多與上古神話傳說故事相融，這些傳說令植物自帶傳奇性特徵。這些神話傳說因《山海經》的記載才得已流傳下來。如《中山經》中又記夸父山上不僅有很多棕樹、枏樹、竹箭，還有一片三百里的桃

樹林「其北有林焉，名曰桃林，是廣員三百里」〔註4〕，郭璞注這片桃林在弘農湖縣閿鄉（今河南靈寶市北）南谷中。在《海外北經》中則記載了與這片桃林相關的「夸父追日」傳說，因夸父追日渴死後，手杖化為一片「鄧林」。《山海經》中多篇還記載的與扶桑樹與「十個太陽」的神話。《海外東經》中記載「湯谷上有扶桑，十日所浴，在黑齒北。居水中，有大木，九日居下枝，一曰居上枝。」〔註5〕在《大荒東經》中又載「湯谷上有扶木，一日方至，一日方出，皆載於烏。」〔註6〕還有與「黃帝戰蚩尤」神話傳說有關的楓木。在《大荒南經》中提到了宋山上「木生山上，名曰楓木。楓木，蚩尤所棄其桎梏」〔註7〕。桎梏是古代押解犯人的一種刑具。鄭玄注為「在手為梏，在腳為桎」，意即現今的手銬、腳銬。郭璞注：「蚩尤為黃帝所得，械而殺之，已，摘棄其械，化而為樹也。」又注曰：「即今楓香樹。」〔註8〕楓木樹葉的顏色為何因季節轉變會變成血紅如火？在黃帝戰蚩尤之一神話中，黃帝與蚩尤打了七十二戰，最後在九天玄女的幫助下才贏得了勝利。蚩尤被擒，被戴上了木質的桎梏長途押解到解州處決。他手腳上的桎梏也因為在押解途中滲滿了血痕，被行刑後更是淋滿鮮血。古人想像在蚩尤桎梏被棄落的山野裏，它化為一種楓木，楓木顏色的變化也正是蚩尤繼續延遞到後世中不屈的血脈。

　　《山海經》中記載的植物很多還富有特異性特殊功能，這些特異功能本身亦帶有傳奇色彩。這些植物可以幫助人類解決許多現實中所碰到的問題，諸如增長壽命、緩解疲勞，甚至防溺水、御兵災等。一是消除飢餓的植物。人類存在的首要問題是食物，上古先民常常面臨著飢餓，因而便想像出有這樣一種草可以吃了以後就不會挨餓，如《南山經》載鵲山之首的招搖山上「有草焉，其狀如韭而青華，其名曰祝餘，食之不饑。」侖者山上有種叫白䓘的樹「狀如穀

〔註4〕（晉）郭璞注：《山海經》卷五「中山經」，《四庫筆記小說叢書》，上海：上海古籍出版社，1991年，第41頁。
〔註5〕（晉）郭璞注：《山海經》卷九「海外東經」，《四庫筆記小說叢書》，上海：上海古籍出版社，1991年，第61頁。
〔註6〕（晉）郭璞注：《山海經》卷十四「大荒東經」，《四庫筆記小說叢書》，上海：上海古籍出版社，1991年，第71頁。
〔註7〕（晉）郭璞注：《山海經》卷十五「大荒南經」，《四庫筆記小說叢書》，上海：上海古籍出版社，1991年，第73頁。
〔註8〕（晉）郭璞注：《山海經》卷十五「大荒南經」，《四庫筆記小說叢書》，上海：上海古籍出版社，1991年，第73～74頁。

而赤理，其汗如漆，其味如飴，食者不饑，可以釋勞」〔註9〕。二是治病的植
物。如《西山經》載有多種可以治病的植物：小華山上有一種萆荔草「狀如烏
韭，而生於石上，亦緣木而生，食之已心痛。」符禺山上有一種叫文莖的樹「其
實如棗，可以已聾」，人食用其果後可以治療耳聾；天帝山上有杜衡草長得像
是葵菜，又帶有靡蕪的香色，「可以走馬，食之已癭。」不僅可以讓馬飛奔，
還能消除人脖子上的肉瘤；崦嵫山上有很多丹木樹「其葉如穀，其實大如瓜，
赤符而黑理，食之已癉」〔註10〕，人吃了其果以後可以治癒黃疸病。三是帶來
災禍的植物，如《西山經》蠱冢山上有菅蓉草「其葉如蕙，其本如桔梗，黑華
而不實，名曰菅蓉，食之使人無子」〔註11〕。四是可以用來輔助生產生活的植
物。如《西山經》載皋塗之山有種叫無條的草「可以毒鼠」，《中山經》載萯山
有一種長得像棠樹的紅葉樹木「可以毒魚。」〔註12〕五是帶有圖騰色彩的植
物，如《西山經》所載崇吾山上有一種樹「其實如枳，食之宜子孫」，人吃了
其果就子孫旺盛；而崑崙山有一種沙棠樹「可以御水，食之使人不溺」，吃了
沙棠之果人就不溺水；崦嵫山上的丹木樹還可以防禦火災〔註13〕。《南山經》
載招搖山上有被稱為迷穀的樹木「佩之不迷」〔註14〕，只要佩帶在身上人就不
會迷失方向。《中山經》載歷兒山上多櫪木「其實如楝，服之不忘」，牛首山上
有一種被稱為鬼草的植物，能讓人「服之不憂」〔註15〕。這些神奇各異的植物
擴大了植物自身的特性而向文學想像轉向。

　　《山海經》中的植物對後世小說影響極大，這些植物的傳奇性色彩開啟了
後人想像的空間。後世文人亦借鑒於《山海經》中植物描寫手法：一是許多小

〔註9〕（晉）郭璞注：《山海經》卷一「南山經」，《四庫筆記小說叢書》，上海：上海
　　　　古籍出版社，1991年，第4、8頁。

〔註10〕（晉）郭璞注：《山海經》卷二「西山經」，《四庫筆記小說叢書》，上海：上海
　　　　古籍出版社，1991年，第9、11、19頁。

〔註11〕（晉）郭璞注：《山海經》卷二「西山經」，《四庫筆記小說叢書》，上海：上海
　　　　古籍出版社，1991年，第11頁。

〔註12〕（晉）郭璞注：《山海經》卷五「中山經」，《四庫筆記小說叢書》，上海：上海
　　　　古籍出版社，1991年，第35頁。

〔註13〕（晉）郭璞注：《山海經》卷二「西山經」，《四庫筆記小說叢書》，上海：上海
　　　　古籍出版社，1991年，第13、15、19頁。

〔註14〕（晉）郭璞注：《山海經》卷一「南山經」，《四庫筆記小說叢書》，上海：上海
　　　　古籍出版社，1991年，第4頁。

〔註15〕（晉）郭璞注：《山海經》卷五「中山經」，《四庫筆記小說叢書》，上海：上海
　　　　古籍出版社，1991年，第35頁。

說所記載的植物都直接來自於《山海經》，二是借鑒於《山海經》著錄植物的傳奇性筆法。如郭璞在《玄中記》中亦記有扶桑樹，樹冠可以至天界，樹根可以達地府。雙生的扶桑神樹還開啟了後世對「相思樹」的文學啟蒙。血紅的楓樹，還有夸父追日時手杖變成的桃林，這些與上古神話緊密聯繫的植物變得更加搖曳生姿。

《山海經》插圖・明刻本

二、開拓：魏晉南北朝志人志怪小說

　　魏晉南北朝時期的小說承繼《山海經》對植物傳奇性的描繪，如西晉張華（232～300）編撰的《博物志》、東晉王嘉（？～390）的《拾遺記》，以及託名東方朔（約公元前 161～前 93 年）的兩部小說《神異經》與《十洲記》中都記載了許多植物。志怪小說《十洲記》（《海內十洲記》）明顯模仿《山海經》對植物的各種書寫，它記述漢武帝聽西王母說八方巨海中有十洲，便向東方朔

詢問十洲情況。在東方朔的敘述裏出現了許多仙草靈藥，如在祖洲有「不死之草」可以讓已死三天的人起死回生，在瀛洲有神芝仙草可以讓人吃了之後長生不老，在聚窟洲有與楓木相似的返魂樹可以讓人起死回生等等。王嘉的《拾遺記》中則大量引述《山海經》、《封禪記》等書的內容，如在《軒轅黃帝》中引《封禪記》中事蹟「先列珪玉於蘭蒲席上，燃沉榆之香，春雜寶為屑，以沉榆之膠和之為泥」〔註16〕以此區分尊卑華戎之位，其中就上古時期用蘭蒲香草編織席子，以及用沉香木、榆木等香料。此外載有一種植物叫影木，白天一葉有成百個影子，夜晚花會發光如同繁星一般。萬年結果，人食後用身輕如燕。題東漢郭憲撰的志怪小說《洞冥記》（又稱《漢武洞冥記》、《漢武帝別國洞冥記》、《別國洞冥記》等）在植物的描寫中也可見《山海經》的影響，如其記載的掌中芥又稱躡空草，人吃了以後可以在雙腳凌空站立。

　　但魏晉小說在承繼《山海經》的植物描寫時也進一步放大了植物的傳奇性功能，在具體書寫中植物也被賦於更多的情節甚至人類的性格特徵。如同樣是對「神樹」的描寫，魏晉志怪小說中不僅描繪了樹本身的奇特之處，還增加了人與樹的互動情節，神樹還具備了部分人物的形象與性格。晉代干寶《搜神記》中就記載了多篇人與樹神／怪鬥爭的情節：在《張遼除樹怪》篇中記述三國魏時桂陽太守張遼到鄢陵買田置業，在田中有一棵大樹「十餘圍，枝葉扶疏，蓋地數畝，不生穀」。於是張遼就命人伐樹，才砍數斧，樹就流了有六七斗紅色如血的汁液。伐樹人感到害怕便回去告訴張遼此怪事。張遼聽後大怒說：「樹老汁赤，如何得怪？」便親自前去監督砍樹，結果樹的血汁流的到處都是。張遼便命令先砍樹的樹枝，結果「上有一空處，見白頭公，可長四五尺，突出」，一個白頭公公忽然跳起來撲向張遼。張遼拿刀和它博鬥，最後將其砍殺。接著一連出現四五頭，都被張遼砍死了。左右的人都嚇的伏在地上不敢出聲，張遼卻依然神情自若。之後，眾人仔細看所殺的白頭翁，非人非獸。隨後大樹終於被砍倒了。這裡的「白頭翁」意即樹神〔註17〕。而另一篇《秦公鬥樹神》亦記「伐樹遇怪」之事，最後樹被伐斷出現一個青牛〔註18〕。另在《樹神黃祖》篇

〔註16〕（晉）王嘉撰，（南朝梁）蕭綺輯編：《拾遺記》卷一，《四庫筆記小說叢書》，上海：上海古籍出版社，1991年，第314頁。

〔註17〕（晉）干寶撰，馬銀琴、周廣榮譯注：《搜神記》卷18，北京：中華書局，2010年，第337頁。

〔註18〕（晉）干寶撰，馬銀琴、周廣榮譯注：《搜神記》卷18，北京：中華書局，2010年，第334頁。

中，甚至直接提到樹神名姓「我，樹神黃祖也，能興雲雨以汝性潔，佐汝為生。」〔註19〕成為保佑一方百姓的福神。相較於《山海經》中的扶桑樹，魏晉志怪小說中的神樹具備了幻化的形態，而小說中的情節也更加生動。

　　除了對植物精怪的描寫，魏晉志人小說中也用植物來側面寫人物。《世說新語》中常常以植物直接來寫人物的品性風姿，如以「桂樹生泰山」寫陳太丘的功德，以「林下風氣」稱讚謝道韞的閒雅飄跡之態等；也有以植物來反襯人物，如以桓公北征時經金城，見以前所種柳樹已十圍粗，拿著柳條忍不住淚下「木猶如是，人何以堪」。以前的小柳樹轉眼間已有十圍之粗，讓人不得不感歎歲月無情催人老。魏晉志人小說中寫人時植物描寫的運用對世情小說的描寫影響深遠，如《紅樓夢》中寫黛玉的美就以「嫻靜處姣花照水，行動處弱柳扶風」進行虛寫。

　　魏晉志怪小說中所載有關植物的鬼魅妖怪、殊方異物，是在承繼《山海經》的基礎上進一步開拓了小說中植物書寫的題材，而志人小說則廣泛則植物用於對人物的刻畫與描繪，拓展了小說中植物文化的書寫。

三、發展：唐傳奇宋話本小說

　　至唐宋時期，小說中植物的書寫傳統一直沿襲，自宋元古代小說所形成文言、白話兩者分流的系統中也承繼前代小說中各類傳奇植物的描寫。在宋初的文言總集類小說《太平廣記》卷406至卷417中還專門分草木篇記載各類神奇各異的植物，如頓遜國的酒樹，雖然長得像是石榴樹，但只要將它的花汁裝進杯子裏，幾天工夫就能化為美酒；汝水西的練溪有很多異柏，有一種柏樹一至晚秋就會收攏樹冠，人稱「合掌柏」；唐代大曆年間，成都出現一根長有「天下太平」紋理的木頭等等。宋代徐鉉《稽神錄》中載有某臨川人虐待其婢女，婢女不堪忍受逃入山中，在糧食吃盡之後就食用一種野草，食用後卻身若飛鳥可以在各山峰之間飛來飛去。這些傳奇植物的書寫方式依然是對《山海經》、魏晉志怪小說的承襲。

　　唐傳奇是基於魏晉南北朝的小說而發展起來的文言短篇小說，雖然其中承繼了魏晉志怪小說中關於植物花妖樹怪的描寫，但在情節設置更加曲折動人，人物描寫卻更為細緻。如無名氏《燈下閒談》第一篇《榕樹精靈》記述：

〔註19〕　（晉）干寶撰，馬銀琴、周廣榮譯注：《搜神記》卷18，北京：中華書局，2010年，第335頁。

桂林幕吏穆師言是一位風度翩翩的美少年，且善於詞令音律。在中元節夜，穆郎在桂林府西門處看燈賞百戲，因玩賞獨行於樹木繁蔭的「青蘿帳」中。穆郎獨行時遇見一位身有異香的妙齡女子。二人調情，之後隨女子到其住所行歡好之事。翌日晨，穆郎與羅衣女子分別，女子於裙帶上解素絹三尺汗巾相贈並約明年歡會之期。臨別時女子囑咐「勿泄於人，不然禍及妾爾。」但兩人才分別不久，穆師言就遇到一位同僚。同僚忽然拉住他說：「玩弄何積年塵？」意即你多年都沒洗澡嗎？原來女子所贈汗巾自己聞異香撲鼻，但他人一聞卻臭氣難掩。此時，穆師言便拿出汗巾時一看卻是死人時所帶的白絹。穆郎驚駭起身回到昨晚歡會之地，卻什麼屋宇都未見，僅見一棵空心榕樹，空心處還留有昨晚燈燼酒痕，穆師言才醒悟女子即為榕樹精，便將此事告訴張尚書。尚書派人伐樹，樹流汁如血，從此怪亦絕跡。從這一短篇中可見，唐傳奇已一改過往小說中篇幅短小、文筆簡約而缺乏鋪敘與具體描繪的特點，小說一波三折，人物形象生動鮮明。植物已幻化為小說的主人公，具備了人物的情感與性格。在唐傳奇其他篇目中植物與人的性格相融的情形俯拾皆是，如段成式《酉陽雜俎》記載南康一棵怪松，刺史每次讓畫工畫這棵松，就有幾個樹枝衰敗，有客人與歌妓在樹下飲酒作樂之後，這松樹居然死了，一如士子有著不可褻瀆的高潔品性〔註20〕。洪邁的《夷堅志》中《楊樹精》篇也如《榕樹精靈》中所寫植物幻化為人與人發生糾葛之事，其內容講述楊樹精化為美貌少年勾引人妻鮑氏，鮑生回來後發現端倪，對楊樹伐樹掘根，楊樹汁出如血〔註21〕。

　　唐傳奇還發展了魏晉志人小說中利用植物對於人物、環境、情節的烘托作用，如孟棨《崔護》小說中將花開絢麗的桃花作為崔護與桃花女出場時的環境烘托，在《松窗雜錄》中以牡丹花的國色天香來寫楊貴妃的美與高貴等等。而張實的《流紅記》所寫的「紅葉題詩」故事，紅葉更是成為貫穿整個小說情節的重要手段。宋話本雖然是民間說話藝人的底本，但在內容上也承繼並發揚了志怪、傳奇小說中書寫傳統，如《西湖三塔記》中對白蛇妖容貌是桃萼淡妝臉、櫻桃絳朱唇、纖纖春筍玉指等，在《大唐三藏取經詩話》中寫女人國王宮裏美女的是柳眉、桃臉、榴齒，等，其所融入植物入人物生活及用植物意象寫人物的筆法直接開啟明清小說的寫作範式。

〔註20〕（唐）段成式著，曾雪梅校釋：《酉陽雜俎校釋》，濟南：山東人民出版社，2018年，第7、9～10頁。

〔註21〕（宋）洪邁：《夷堅志》，《筆記小說大觀》第2冊，揚州：廣陵古籍刻印，1983年。

四、繁盛：明清章回小說

　　明清時期，植物描寫已經被融入到各類小說文體之中。前代的題材很多被再次書寫，如宋人詞話《種瓜張老》被收錄到馮夢龍《喻世明言》「張古老種瓜娶文女」中。

《百花仙》──佚名（清代）

　　文言志怪小說《聊齋誌異》所記載的各種神奇的植物也可見對前代小說植物書寫的承繼，如能讓人起生回生的鹿銜草，能讓人溺水而亡的水鬼草等，還

有一些植物神靈，如山茶花神絳妃，柳樹神等，但尤其以「花妖鬼狐寫世情」最為獨特，小說中描寫了眾多有血有肉、形態各異的「花妖」，如牡丹化精有香玉、葛巾、玉版，山茶花精絳雪、荷花精三娘子、菊花精黃英等等則進一步擴展了唐傳奇中對植物精靈的描寫。而此時也出現一些新題材，如鄧志謨「爭奇類小說」有《花鳥爭奇》、《梅雪爭奇》、《蔬果爭奇》等也是將植物作為重要的書寫對象，卻又別開生面。

明清短篇小說中的植物書寫雖承繼於前代，但在細節描寫上比前代更加細膩。如《螢窗異草》中不僅描繪了神奇植物，《落花島》中還想像出世外百花仙境：

> 山徑皆落花，約寸許，別無隙地。踏花前進，滑軟如茵褥，而香益襲太好啦，神氣為之發越。環矚皆茂樹合抱，花即生於其上。細玩之，諸色具備，濃淡相間，香如瘐嶺之梅，而馥郁過之，尚有存於樹杪者，則低枝似墜，繞幹如飛，亦多含苞欲吐者，意蓋四時咸有焉。欣然前行，約數百步，花益繁而落者益厚。……其地無寒暑，亦無晝夜，以花開為朝，花謝為夕，衣食一出於花，寢息即在於花，方丈、蓬壺不獨擅勝焉〔註22〕。

花仙出現時「通體貼落花，宛如衣錦」，脫衣服時「一振衣而群花皆落」所食之物為花，所飲為「百花釀」。

明清時期小說的代表樣式是章回小說，由於章回小說的宏篇巨製，前代各類題材與書寫都潛移默化的融入其中。如清代李汝珍《鏡花緣》中就有多種植物名稱、性能都來自《山海經》，如多九公讓林之洋吃的祝餘草「那草宛如韭菜，內有嫩莖，開著幾朵青花」可以療饑。此祝餘草來源於《南山經》中的鵲山之首招搖山上「有草焉，其狀如韭而青華，其名曰祝餘，食之不饑」。章回小說中的植物文化融入各類書寫中：在世情小說如《金瓶梅》、《紅樓夢》中，植物對書寫環境、塑造人物形象，扮演著重要作用；在神魔小說如《西遊記》、《封神演義》中，植物會化身成人物直接參與情節發展之中；在歷史演義小說如《三國演義》中，植物也常常出現，如曹操與劉備二雄爭鋒的經典情節「青梅煮酒論英雄」，以及襯托出曹操生機性格的「望梅止渴」情節。而《鏡花緣》的主角便是百花仙子，文中更是借才女上官婉兒之口讚賞眾花也自有格調和

〔註22〕 （清）長白浩歌子：《螢窗異草》初編卷3，北京：人民文學出版社，1990年，第95、97頁。

精氣神。植物不再是小說中突兀的存在，而是小說家根據人物、性節、環境的需要信手拈來。

從中國古代小說的發展歷程中可見，植物的身影一直存在於其中。從最初的文言小說逐漸走向白話小說，由志怪到傳奇，植物融入小說的手法越來越多樣化，既有小說中借植物來烘托人物環境，也有將植物作為主角，將植物幻化為人類進行描寫，最終形成小說中五彩斑斕的植物文化。

從《山海經》到明清小說，中國古代小說中有眾多的植物描寫。這些植物描寫既是一脈相承，但不同時代又有創新，後代文人在創作小說時會對以往小說創作方式進行借鑒：一些小說直接借鑒以往篇章中的植物意象，如《鏡花緣》中許多植物來自於《山海經》；另一些小說又在植物種類創新中融入前代植物的影子，如《西遊記》中人參果的描寫中便有志怪小說中人參的形象。古代小說中融入植物描寫的特點甚至一直沿續到現當代小說中。在許多現代小說名家筆下都可以見到植物的身影，如魯迅先生筆下的梅花、棗樹、西瓜地，蕭紅筆下的黃瓜、仙人掌，張愛玲筆下的杜鵑花。植物在當代小說中也大放異彩，不僅在小說中有著各種各樣的類別，甚至於直接被列為小說的書名或篇名，如莫言的《紅高粱》、《透明的紅蘿蔔》、《紅樹林》、《白棉花》、《黃麻》、《天堂蒜薹之歌》等；蘇童的《桑園留念》、《飛越我的楓楊樹故鄉》、《我的棉花、我的家園》、《種了盆仙人掌》、《向日葵》等。一方面，古代小說中傳統的植物意象與寫作方式在現當代小說中有所體現，另一方面現當代小說對傳統植物意象有所突破，被關注的植物類別多與人類生活息息相關。植物成為現當代作家小說中的精神指涉與心理暗示，寄託內心的某種嚮往。

第二章　中國古代小說中植物的
　　　　種類與融入特徵

　　中國是植物資源豐富多樣的國家之一，根據《中國植物志》載，中國境內已知的植物有 31142 種〔註1〕，但仍不斷有大量新的植物種類被發現。中國文學中所載的植物種類多種多樣，尤其在小說中有更直接體現。小說中融入的植物與其他文學樣式有相同因襲之處，諸如植物數量多、種類多樣化等特徵。但由於小說文體的虛構性與想像特點，小說在融入各類植物時，一些文本又加入想像的成份，或是直接虛構出一些現實中根本不存在的奇異植物。

第一節　中國古代小說中植物的種類

　　在現代植物學上，植物的分類有多種，諸如按照植物進化史來劃分的高等植物、低等植物，或是按照植物莖的形態來分類植物莖的形態來分類為喬木、灌木、亞灌木、草本植物、藤本植物，抑或按照植物的生態習性來分類為陸生植物、水生植物、附生植物、寄生植物、腐生植物，也有按照植物的生活週期來分類為一年生植物、二年生植物、多年生植物，從資源植物學的角度可分為觀賞植物、食用植物、經濟類植物、香料植物等等。然而在中國傳統文化中，人是天地間主載，在人與自然的觀照中，人往往以自我作為參照來反觀自然界的一切。因此在文學作品中，古人往往按自己的實際用途或是文化感觀去書寫

〔註 1〕中國科學院中國植物志編輯委員會：《中國植物志》，北京：科學出版社，1999
　　　年版。

人與植物的關係。因此筆者從小說書寫中人與植物的關係出發，將古代小說中的植物分為觀賞植物、食用植物、醫藥植物、日用類植物、宗教植物與文人自己虛擬出的植物。當然很多植物可以歸屬多種植物類型，比如桃花既作為觀賞植物存在，桃子又作為食用植物被廣泛認知，桃木同時還被用於民間避邪具備宗教植物特徵。

一、觀賞類植物

中國對植物的觀賞可以追溯至三千年前的殷商時代，彼時植物已進入人類審美的視野。隨著古人對山水美學的追求，植物也成為山水審美中的重要要素之一。古人對植物的觀賞有兩種：一種是戶外觀景中出現的眾多植物。景物描寫是古代小說環境塑造的手法之一，在古代小說中的景物描寫中處處都是植物與山石、村落組成的山水田園畫卷。如《西遊記》寫火焰山在借得寶扇息滅燥火之後的景色：「野菊殘英落，新梅嫩蕊生。村村納禾稼，處處食香羹。平林木落遠山現，曲澗霜濃幽壑清」〔註2〕；師徒四人離開獅駝城西行後，正值冬日，所見：「嶺梅將破玉，池水漸成冰。紅葉俱飄落，青松色列新。淡雲飛欲雪，枯草伏山平。」〔註3〕在女兒國則見到「百花香滿路，萬樹密叢叢。梅青李白，柳綠桃紅。杜鵑啼處春將暮，紫燕呢喃社已終。嵯峨石，翠蓋松。崎嶇嶺道，突兀玲瓏。削壁懸崖峻，薜蘿草木穠。」〔註4〕八十九回提到孫悟空到豹頭山觀察：「山前有瑤草鋪茵，山後有奇花布錦。喬松老柏，古樹修篁。」〔註5〕除了自然風光中出現的植物，古代小說中還描寫了眾多被植於居所戶外的觀賞類植物。從殷商時代的鹿苑開始園林造景，此後的皇家園林、私人宅地均有或大或小遍植植物的園林。植物是園林造景中最為重要因素，植物種類需要多樣，包括喬木、灌木、藤類、花草等，同時需要考慮到四季景觀，植物的形體、色彩，以及與鳥魚類動物相協調。觀賞類植物往往具有美麗的花，如牡丹、菊花、桃花、梅花等；或有形態上可供觀賞，如柳樹、銀杏、梧桐等；或有獨特的香味，如桂花、香草等。它們中很多被廣泛運用到園林造景中，以增加居住環境的美觀。另一種是室內造景中出現的植物。古人居住的環境裏常用

〔註2〕（明）吳承恩：《西遊記》第62回，北京：人民文學出版社，1955年，第748頁。
〔註3〕（明）吳承恩：《西遊記》第62回，北京：人民文學出版社，1955年，第943頁。
〔註4〕（明）吳承恩：《西遊記》第89回，北京：人民文學出版社，1955年，第964頁。
〔註5〕（明）吳承恩：《西遊記》第89回，北京：人民文學出版社，1955年，第1069頁。

植物來點綴，或瓶內插花卉、柳枝等，或直接將植物栽培於盆內，如《紅樓夢》十七回、三十七回中均寫了盆載海棠。這類盆載植物又被修剪及輔以山石製為盆景，盆景在古代因被譽為「立體畫」和「無聲詩」成為室內用於點綴家居裝飾必不可少之物。

前卷《富春山居圖》（剩山卷）──黃公望（元代）

喬木類植物在園林造景中多被用於勾勒線條及增加景觀層次，如梧桐、銀杏、雪松、龍爪槐等。在湖岸之畔則多植柳、合歡等。《醒世恒言》卷二十四載隋煬帝愛柳樹，不僅於後宮庭院及御道邊廣種柳樹「大業六年，後苑草木鳥獸，繁息茂盛：桃蹊柳徑，翠陰交合；金猿青鹿，動輒成群。自大內開為御道，直通西苑，夾道植長松高柳。」〔註6〕在南巡時，翰林學士虞世基還投其所好，建設汴渠兩岸廣為種植：「請用垂柳栽於汴渠兩堤上。一則樹根四散，鞠護河堤；二則牽舟之人，庇其陰；三則牽舟之羊，食其葉。上大喜。詔民間獻柳一株，賞一匹絹。百姓競獻之。又令親種。帝自種一株，群臣次第皆種，方及百姓。時有謠言曰：『天子先栽，然後百姓栽。』『栽』與『災』同音，蓋妖讖也。栽畢，取御筆寫賜垂柳姓楊，曰楊柳也。」〔註7〕柳樹在民間被稱為楊柳這一傳說在其他小說中也多採錄。一些喬木類植物往往也有鮮豔的花朵，如紫荊在三四月開花，先花後葉，花呈紫紅色，極為豔麗，被廣泛種植於庭園宅地。而

〔註6〕（明）馮夢龍：《醒世恒言》卷24，長春：時代文藝出版社，2001年，第364頁。
〔註7〕（明）馮夢龍：《醒世恒言》卷24，長春：時代文藝出版社，2001年，第366頁。

另一些喬木雖不開花卻有獨特的樹葉，如銀杏葉似鴨蹼，古人稱銀杏樹為「鴨腳樹」或「鴨掌樹」。銀杏葉又恰似古代打開的小摺扇，典雅而美麗，因此古人常以銀杏葉作為傳情達意的信物，如北宋梅堯臣在《酬永叔謝予銀杏》詩中就有：「去年我何有，鴨腳遠贈人」之句。《紅樓夢》第十七回寫稻香村：「有幾百株杏花，如噴火蒸霞一般。裏面數楹茅屋。外面卻是桑、榆、槿、柘，各色樹稚新條，隨其曲折，編就兩溜青籬。」〔註8〕從中可見稻香村裏所植的樹木就有杏樹、桑樹、榆樹、槿樹、柘樹多種。這些樹木不僅可以用來園林造景，如文人所稱的杏花如噴火的雲霞一樣絢爛，木槿花同樣很美，它們還具有經濟作物的功能：杏子作為水果可以食用。桑、柘不僅果實可吃，葉子也可用來養蠶；榆樹幹可以用來用家具、農具以及建築橋樑等用途；槿樹之花可以用來泡茶。

後卷《富春山居圖》（無用師卷）——黃公望（元代）

花卉類植物多因其花朵的形狀、顏色、香氣受到喜歡。但不同時代對花卉類的喜歡也有所差異，如唐朝時期舉國皆愛牡丹，但唐朝之前牡丹花並沒有受到多少關注，《五雜俎》稱：「牡丹自唐以前無有稱賞，僅謝康樂集中有『竹間水際多牡丹』之語，此是花王第一知己也。」〔註9〕上至皇帝王公下至百姓布衣，遍植牡丹成為一種共識，段成式《酉陽雜俎》載：唐末，裴士淹出使幽州、冀州時，在汾州眾香寺中得到白牡丹一株，就帶回植於私第中，成為都下奇賞。《古今清談萬選・野廟花神》中載河陽真君廟堂前階下兩旁被種「辛夷、麗

〔註8〕（清）曹雪芹、高鶚等：《紅樓夢》第17回，北京：人民文學出版社，1982年，第223頁。

〔註9〕（明）謝肇淛：《五雜俎》卷10，濟南：山東人民出版社，2018年，第352頁。

春、玉蕊、含笑四名花。廟既偉傑，花復幽麗，觀者竊心賞矣。」〔註10〕《紅樓夢》中的「怡紅公子」寶玉的居所就是眾花環繞，第五十六回李紈道：「怡紅院別說別的，單只說春夏天一季玫瑰花，共下多少花？還有一帶籬笆上薔薇、月季、寶相、金銀藤」〔註11〕。這裡提到的玫瑰、薔薇、月季、寶相都是薔薇科植物，花朵大而色澤豔麗，是庭園綠化中重要的植物種類。寶相花在植物種類中並無確切此名的花，或云是農家籬笆常見的薔薇科植物，有粉、白兩種花雜，香氣撲鼻，或云是曹公杜撰，因寶相花在中國主要用於佛教花樣圖案，如《元史》中載：「士卒袍，制以絹紬，繪寶相花。……控鶴襖，制以青緋二色錦，圓答寶相花。」金銀藤則是俗稱的金銀花，花朵有黃白兩種，香氣濃鬱。

　　藤草類植物雖然色澤單調，但一些善於攀爬，對籬笆、管道、牆壁等起到很好的遮掩美化作用。草類叢生，便於修剪，成為園林造景中最為常用的植物。此外還有一些草類本身具有獨特香味，如藿香、迷迭香、百里香等，不僅可以美化環境，還可以驅逐蚊蟲，具有藥用價值。《紅樓夢》中寶釵的「蘅蕪齋」就植有各式種類的香草，書中借寶玉之口描寫這些藤草類植物：「這些之中也有藤蘿薜荔。那香的是杜若蘅蕪，那一種大約是茝蘭，這一種大約是清葛，那一種是金簦草，這一種是玉蕗藤，紅的自然是紫芸，綠的定是青芷。」〔註12〕一口氣就提到了十種之多。藤蘿，一名女蘿，枝蔓柔弱，附物生長；薜荔，一名爬山虎，緣木或牆壁攀爬。杜若，屬鴨跖草科，多年生草本植物，莖直立不分枝，有治蛇蟲咬傷及腰痛的藥用價值；蘅蕪是杜蘅和蘪蕪的合稱，多指香草，王嘉《拾遺記》中記：「帝息於延涼室，臥夢李夫人授帝蘅蕪之香。帝驚起，而香氣猶著衣枕，歷月不歇。」〔註13〕而茝蘭則是白芷與蘭草的合名。青葛屬於草質藤本植物，古代葛的莖皮常用來供織布和造紙。金簦草、玉蕗藤均夫從考證具體屬哪種植物，而紫芸或為芸香屬植物，青芷被意指為白芷。

〔註10〕　（明）泰華山人編撰，陳國軍輯校：《新鐫全像評釋古今清談萬選》，北京：文物出版社，2018年，第332頁。

〔註11〕　（清）曹雪芹、高鶚等：《紅樓夢》第56回，北京：人民文學出版社，1982年，第767頁。

〔註12〕　（清）曹雪芹、高鶚等：《紅樓夢》第17回，北京：人民文學出版社，1982年，第227頁。

〔註13〕　（晉）王嘉撰，（南朝梁）蕭綺輯編：《拾遺記》卷五，《四庫筆記小說叢書》，上海：上海古籍出版社，1991年，第335頁。

杜若

　　還有一種園林造景中會用某種植物做為專類園，如《紅樓夢》第十七回中稱：「過了荼蘼架，再入木香棚，越牡丹亭，度芍藥圃，入薔薇院，出芭蕉塢，盤旋曲折。」〔註14〕很明顯，在具體的某一植物園林中專門以一種植物作為觀賞植物。

二、藥用類植物

　　在中國境內，遠古先民很早就認識植物的藥用價值。早在部落時代，藥用植物就被發現與利用了。神農氏嘗百草的傳說就是反映古代先民積累藥用植物的經驗。植物在中國醫學中佔有重要地位，春秋戰國時期國人就已經熟練掌握湯藥和艾炙，形成基本的中醫理論。植物的藥用部分各不相同，一些植物全株入藥，另一些植物又是不同部位分別入藥，如葉子、花朵、果實或是根莖等。植物的不同部位可能用於治療不同的疾病，有的甚至會造成完全不同的用藥效果。

〔註14〕（清）曹雪芹、高鶚等：《紅樓夢》第 17 回，北京：人民文學出版社，1982年，第 226 頁。

中醫之稱與西醫相對，西醫指近代時期西方國家以解剖生理學、生物化學等學科學基礎的醫學體系。西醫需要借助於先進的醫療設備和實驗室來對疾病作為診斷，而中醫強調「望聞問切」四診法，以藏象生理及經絡腧穴為診療方式。西醫是在明末清初隨著西方傳教士一起流入中國，但傳播至中國後並沒有被廣泛接受，傳統醫學依然是民眾中治療疾病的手段，而湯藥則是疾病治療中最主要的方式。因而，古人對各類中藥名都非常熟悉。在各類文學作品中這些中藥名都會經常出現，如北宋黃庭堅的詩：「前湖後糊水，初夏半夏涼。夜闌香夢破，一雁度衡陽。」（《荊州即事藥名詩》）南宋詞壇名家辛棄疾喜歡在詞裏融入藥材名，如《定風波·用藥名招婺源馬荀仲遊雨岩馬善醫》一詞以及他寫給妻子的《滿庭芳·靜夜思》「雲母屏開，珍珠簾閉，防風吹散沉香。離情抑鬱，金縷織硫黃，柏影桂枝交映，從容起，弄水銀塘。連翹首掠過半夏，涼透薄荷裳。一鉤藤上月，尋常山夜，夢宿沙場。早已輕粉黛，獨活空房。欲續斷弦未得，烏頭白，最苦參商。當歸也，茱萸熟，地老菊花黃。」等都是詞中每句都融入中藥藥名。中藥還會被融入對聯中，如著名中藥店「仁和堂」的對聯：「熟地迎白頭益母，紅娘一見喜；淮山送牽牛國老，使君千年健」幾乎全部用中藥名，還講究對聯中的對仗。

古代小說中的藥用植物更多，小說家一方面將詩詞句中含中藥名的這種寫作手法直接運用進小說，還將藥名與情節有機貫穿融合在一起。如筆記小說《堅瓠集》中「藥名詩詞」條目記敘文人喜歡以中藥藥名入詩的小故事，如稱陳亞「藥名於詩無不可用，而幹運曲折，使各中理，存乎其人」〔註15〕。《西遊記》第三十六回唐僧作詩一首：「自從益智登山盟，王不留行送出城。路上相逢三棱子，途中催趕馬兜鈴。尋坡轉澗求荊芥，邁嶺登山拜茯苓。防己一身如竹瀝，茴香何日拜朝廷？」詩中用了九味中藥，每一個藥名都暗扣情節，頗值玩味。「益智」諧音「一志」指西天取經的志向，「王不留行」指唐太宗親送其出長安關外餞行，「三棱子」指取經途中所收的三個徒弟，「馬兜鈴」則以白龍馬趕路的鈴聲指取經路上的一路奔波趕路的場景，「茯苓」意指西天如來佛祖，「防己」與「竹瀝」則指唐僧一路受盡各種誘惑與災難卻始終一心向佛，「茴香」諧音回鄉。不僅《西遊記》中以植物藥名詩歌融入小說，這種寫作筆法也可見於其他小說，如《封神演義》中第六十回中描寫殷洪與姜子牙對戰時

〔註15〕　（清）褚人獲輯撰，李夢生校點：《堅瓠集》，上海：上海古籍出版社，2012 年版，第 9 頁。

的場面時便用一首含中藥藥名的詩：「撲咚咚陳皮鼓響，血瀝瀝旗磨朱砂。檳榔馬上叫活拿，便把人參捉下。暗裏防風鬼箭，烏頭便撞飛抓。好殺！只殺得附子染黃沙，都為那地黃天子駕。」植物文化在小說中又與詩歌巧妙相融，這種寫作手法的運用顯示了作家深厚的文化功底與高超的寫作能力。

在古代小說中另一類關於醫藥類植物描寫是用於醫生治療及具體的藥方中。在早期小說中，植物類醫藥大多單獨出現，如《列仙傳‧馬師皇》中載：馬師皇是黃帝時期的馬醫，善於醫馬。後遇到一龍垂耳張口，馬師皇就用甘草湯治好了龍，此後經常有龍躍出水面找他治病。甘草，別名國老、甜草，屬多年生草本植物，主要以根入藥，被廣泛用於中藥藥方中。至明清小說中，中藥藥方已經非常成熟複雜，如《紅樓夢》第十回中提到給秦可卿治病時，太醫張友士所寫的「益氣養榮補脾和肝湯」的藥方：「人參二錢。白朮二錢，土炒。雲苓三錢。熟地四錢。歸身二錢，酒洗。白芍二錢，炒。川芎錢半。黃芪三錢。香附米二錢，制。醋柴胡八分。懷山藥二錢，炒。真阿膠二錢，蛤粉炒。延胡索錢半，酒炒。炙甘草八分。引用建蓮子七粒，去心。紅棗二枚。」〔註16〕這反映出古代中醫的發展，也體現醫藥知識在普通民眾中的普及度以及小說家對醫藥的認識進一步成熟。古代小說中並非僅僅引入藥方，其中為了情節需要還會詳盡描繪如何用植物來製作成藥丸。如《紅樓夢》第七回中寶釵稱她常年服用的「冷香丸」的配方和製作過程：「春天開的白牡丹花蕊十二兩，夏天開的白荷花蕊十二兩，秋天的白芙蓉蕊十二兩，冬天的白梅花蕊十二兩。將這四樣花蕊，於次年春分這日曬乾，和在藥末子一處，一齊研好。又要雨水這日的雨水十二錢，白露這日的露水十二錢，霜降這日的霜十二錢，小雪這日的雪十二錢。把這四樣水調勻，和了藥，再加十二錢蜂蜜，十二錢白糖，丸了龍眼大的丸子，盛在舊磁壇內，埋在花根底下。若發了病時，拿出來吃一丸，用十二分黃柏煎湯送下。」〔註17〕這裡便提出製出此藥需要一個「巧」字，藥的主要成份為牡丹、荷花、芙蓉、梅花，而《紅樓夢》以花喻人，突出「萬豔同杯（悲）」，曹公最擅長於「草蛇灰線，伏脈千里」，在小說第六十三回中，大觀園中眾女孩子齊聚怡紅院為寶玉慶生，在夜宴中抽花簽時寶釵抽到的是牡丹，黛玉抽到的是芙蓉，李紈抽到的是梅花。

〔註16〕（清）曹雪芹、高鶚等：《紅樓夢》第 10 回，北京：人民文學出版社，1982年，第 148～149 頁。

〔註17〕（清）曹雪芹、高鶚等：《紅樓夢》第 7 回，北京：人民文學出版社，1982 年，第 104～105 頁。

甘草

　　古代小說中還有一種是根據藥用植物的特點來虛構小說情節，如眾多滋補類植物人參、靈芝、何首烏、枸杞、茯苓等成為構成仙話小說的重要組成部分。這類植物一直是中醫常用補氣固本、延年益壽的良藥。如《紅樓夢》第三回中黛玉初進榮國府時賈母就問她「常吃什麼藥？」黛玉答常服「人參養榮丸」。在古代小說中小說家常將這些植物與得道升仙相關聯，同時又將描繪為長得或像人、像狗等異形，以示與常品的區別。如《續神仙傳》載朱孺子跟隨王玄真學道，一天在溪邊洗菜，忽然看見兩隻小花狗嬉戲追逐，至枸杞叢下就不見了。他覺得奇怪就告訴了師父。玄真就與他一同去看，等了很久又見那兩隻小花狗在嬉鬧，他們逼近去看時，小花狗又鑽到枸杞叢中不見了。二人便一起尋挖，得到枸杞根兩支，形狀恰如小狗。師徒將枸杞根吃了，不久孺子便飛昇到山頂。《五雜俎》還記載有：維揚一老翁常叨擾眾人酒食。一日，邀眾人前來小宴，有乞丐數人捧兩個盤過來，一個盤子裏放著蒸小兒，一盤子裏放著蒸犬。眾人覺得噁心，嘔吐不食。道士再三懇請，眾人堅持不吃。道人只好歎息自己食用。快吃完的時候，將剩餘的分給群丐。這時才對眾人說：「這是千年的人參、枸杞，想求都很難，但凡食用過的人可以白日昇天。我感謝諸位恩遇之情，特以此相報。但諸位堅決不吃，可見仙緣之難。」說完，群丐化為金

童玉女，族擁道士飛昇。杜光庭在《維揚十友》中也記述此件傳奇事件，直到清代俞樾還追述《夷堅志》此類故事來證明小說中「有所謂人參果者，據此，乃真有之」。《列仙傳》記赤松子服食天門冬後齒髮復生，另有太原人始終不飲食只吃天門冬，最成仙而去。

三、食用類植物

　　中國飲食文化博大精深，飲食中包含的植物種類繁多，既有直接食用的瓜果類，也有需要烹飪的蔬菜類，還有作為零食的各類堅果以及作為調味品的植物。小說對飲食的描寫內容遠比詩詞曲賦的容量大，它可以多角度多層次的描寫小說人物的各類食材，如《西遊記》第八十二回中載姹女攝了唐僧進洞，因唐僧說只吃素便擺上一桌素齋：「壘鈿桌上，有異樣珍羞；篾絲盤中，盛稀奇素物。林檎、橄欖、蓮肉、葡萄、榧、奈、榛、松、荔枝、龍眼、山栗、風菱、棗兒、柿子、胡桃、銀杏、金桔、香橙，果子隨山有。蔬菜更時新：豆腐、麵筋、木耳、鮮筍、蘑菇、香蕈、山藥、黃精。石花菜、黃花菜，青油煎炒；扁豆角、豇豆角，熟醬調成。王瓜、瓠子，白果、蔓菁。鏇皮茄子鵪鶉做，剔種冬瓜方旦名。爛煨頭糖拌著，白煮蘿蔔醋澆烹。椒薑辛辣般般美，鹹淡調和色色平。」〔註18〕其中不僅有各式樣的堅果、水果，還有各類蔬菜菜品及做法。

《文會圖》局部——宋徽宗（宋代）

〔註18〕 （明）吳承恩：《西遊記》第82回，北京：人民文學出版社，1955年，第992頁。

　　根據植物在飲食中的作用，古代小說裏植物還可分為菜品、飲品、調味品幾類。

　　一是菜品。如西漢劉向撰《列仙傳》中記有鬼神欒侯喜觀吃「鮓菜」，當有蝗災時，太守遣使祀欒侯鮓菜，果然蝗災立除。鮓菜是一種魚或肉與蔬菜一起醃製的菜類，有茄子鮓、扁豆鮓等。還有將蔬菜制為菜乾備用，如《紅樓夢》中平兒對劉姥姥所說：「你只把你們曬的那個灰條菜乾子和豇豆、扁豆、茄子、葫蘆條兒各樣乾菜帶些來，我們這裡上上下下都愛吃。」〔註19〕

　　二是飲品。在中國古代，民眾中的飲品主要是湯、茶和酒三大類。《五雜俎》中載有各類湯，有菉豆湯（以菉豆微炒，投沸湯中，色正味濃如新茶）、柳牙湯（採北方柳芽初出者入湯，其味勝茶）：「凡花之奇者皆可點湯，《尊生入牒》云：『芙蓉可為湯。』然今牡丹、薔薇、玫瑰、桂、菊之屬，採以為湯，亦覺清遠不俗，但不若茗之易致耳。」〔註20〕還有一些用花卉製成的飲品。茶與酒已經和中國文化聯繫到一起，形成獨具中國特色的茶文化與酒文化。古代小說中記錄了形式各異的茶與酒品種，展示了當時古人豐富的飲食文化。《紅樓夢》裏提到各種茶，頗具特色的有楓露茶、杏仁茶、麵茶等。楓露茶是取香楓的嫩葉放入蒸籠裏蒸，取其露，吃時點入茶中。清代顧仲《養小錄·諸花露》載：「仿燒酒錫甑、木桶減小樣，製一具楓露茶，楓露茶，蒸諸香露。凡諸花及諸葉香者，俱可蒸露，入湯代茶，種種益人，入酒增味，調汁製餌，無所不宜。」杏仁茶出現在小說第五十四回寫元宵之夕賈母因不愛吃太甜太膩的東西，鳳姐推薦了這一飲品，正合賈母所意。清郝懿行《曬書堂筆錄》的記載，杏仁茶也叫「杏酪」，做法是：取甜杏仁，水浸，去皮，小磨磨細，加水攪稀，入鍋內，用糯米屑同煎，如高粱糊法。至糖之多少，隨意摻入。而麵茶出現在小說第七十五回，是尤氏和李紈、寶釵一起吃的茶飲。清方元鵾所撰《詠都門食物作俳諧體》中提到「茶—和炒麵」句下注云：「炒麵作糜，謂之麵茶。」現北方民間仍有吃麵茶習俗，即將麵粉炒熟備用，吃時衝入開水調和成薄粥狀，再依個人口味放糖或鹽進行調味。《五雜俎》載有各類以植物釀造的酒品，如薏苡釀的薏酒、荔枝酒等，還進行評品：「北方有葡萄酒、梨酒、馬奶酒，南方有蜜酒、樹汁酒、椰漿酒，《酉陽雜俎》載有青田酒，此皆不用麥蘖，自

然而成者，亦能醉人，良可怪也。」〔註21〕《紅樓夢》中還提到各類的酒，如第三十八回的到合歡花浸的酒、第六十回中芳官拿了一個五寸來高小玻璃瓶裏面有小半瓶胭脂一般的汁子，就是葡萄酒。《博物志》中載「西域有蒲萄酒，積年不敗。」〔註22〕《女仙外史》第七回中提到從花房中天然釀出的酒「花露英」。《紅樓夢》中也出現其他飲品，如第三十四回中提到酸梅湯及兩種花露：「只見兩個玻璃小瓶，卻有三寸大小，上面螺絲銀蓋，鵝黃箋上寫著『木樨清露』，那一個寫著『玫瑰清露』。」連賈府裏的王夫人都稱其金貴，稱其是貢品：「那是進上的，你沒看見鵝黃箋子？」〔註23〕木樨是桂花的別稱，宋代曹勳詞就有《謁金門（詠木樨）》、《浪淘沙（木樨開時雨）》等。這兩種花露即各自用鮮桂花、鮮玫瑰花製成。三是調味品。中國飲食在三千年前就開始使用調味品，在《詩經·陳風·東門之枌》中有「視爾如荍，貽我握椒」之句，鄭玄箋之：「女乃遺我一握之椒」，即女子贈送給我一把花椒作為定情物。在《唐風·椒聊》中又提到「椒聊之實，蕃衍盈升」，花椒樹上果實累累。花椒因為結籽數量多，男女定情用花椒即約為婚姻，喻示婚後子嗣繁茂。《五雜俎》中還載有一些異域傳入的調味品，如西域以淹羊肉的阿魏，「又有馬思答吉者，似椒而香酷烈，以當椒用。有回回豆，狀如榛子，磨入麥中極香，兼去麵毒。」〔註24〕小說中所描繪的調味品更加多樣化，不僅用於飲食調味，還出現各類醬料，如《紅樓夢》中蘅蕪院的婆子送給黛玉一包「潔粉梅花雪片洋糖」（第45回）、王夫人送給賈母的「椒油蓴齏醬」（第75回）等。

古代小說中對飲食的描寫尤其值得注意的是一些帶有地方特色的食品。明清以描摹家庭生活的世情小說中有眾多各地方小吃的描寫。如《紅樓夢》寶玉吃的「玫瑰鹵」（第34回），襲人送給史湘雲的「桂花糖蒸新栗粉糕」（第37回）、菱粉糕與雞油卷兒（第39回）、劉姥姥進大觀園飯後吃的點心「藕粉桂糖糕、松穰鵝油卷、奶油炸的各色小面果」（第41回），《女仙外史》中提到的「八仙糕」（第7回）等。這些特色食物不僅豐富了小說的地方文化，還對承載了塑造人物、推進情節的作用，如《紅樓夢》中有多處提到了植物特色美食，

〔註21〕　（明）謝肇淛：《五雜俎》卷10，濟南：山東人民出版社，2018年，第373頁。
〔註22〕　（晉）張華：《博物志》卷5，萬卷出版公司，2019年版，第111頁。
〔註23〕　（清）曹雪芹、高鶚等：《紅樓夢》第34回，北京：人民文學出版社，1982年，第452頁。
〔註24〕　（明）謝肇淛：《五雜俎》卷10，濟南：山東人民出版社，2018年，第364頁。

如第四十一回裏提到鳳姐講「茄鯗」有做法：「把才下來的茄子把皮刨了，只要淨肉，切成碎釘子，用雞油炸了，再用雞脯子肉並香菌、新筍、蘑菇，五香腐乾、各色乾果子，俱切成釘子，用雞湯煨了，將香油一收，外加糟油一拌，盛在瓷罐子裏封嚴，要吃時拿出來，用炒的雞瓜一拌就是」〔註 25〕。這道菜也引起眾多研究者、美食家的注意，如鄧雲鄉就稱菜品來論「拿炒的雞爪子一拌」是曹公的畫蛇添足〔註 26〕。第六十一回又提到廚房裏柳氏提到大觀園裏的丫鬟們小姐們平日裏吃膩了細米白飯，吃魚肉鴨，經常換著法吃些特色菜，如晴雯吃的「蘆蒿炒麵筋」、探春和寶釵吃「油鹽炒枸杞芽」等。曹公正是通過對茄子、蘆蒿、枸杞芽等菜品的描述中從小處透露繁華的賈家是怎樣一步一步敗落下去的。除了飲食中常見的植物，古代小說中還描繪了各類服補類的神奇植物，如靈芝、人參、茯苓等等。

《韓熙載夜宴圖》（局部）──顧閎中（南唐）

〔註 25〕（清）曹雪芹、高鶚等：《紅樓夢》第 41 回，北京：人民文學出版社，1982年，第 548 頁。

〔註 26〕鄧雲鄉：《紅樓風俗譚》，石家莊：河北教育出版社，2004 年。

從中可見，食用類植物在小說中也並不是簡單陳列，小說家對各類蔬菜、瓜果、菜肴、飲品細緻入微的描摹，是中國傳統飲食文化的直接展現，也為人物塑造、環境描寫、情節推進起到重要作用。

四、日用類植物

植物被廣泛用於人類生活的日用生活中，古人不僅用樹木的枝幹製成桌、椅、板凳、櫃子之類的家具，如《紅樓夢》探春的閨閣中擺有一張花梨木案几，還將其用於門、窗、柱子、棟樑等房屋建築中，甚至還有全部用木頭製成的橋樑、用竹子做成的弔腳樓等等，如《紅樓夢》「藕香榭」有一處竹橋，並有一聯與之呼應「芙蓉影破歸蘭槳，菱藕香深寫竹橋」。除了這些常見的大型木製對象，一些器皿、樂器、工具等日常使用的小件物什也由植物構成，如《紅樓夢》中的賈元春端午節時賞賜賈府的禮物有宮扇、紅麝香珠、鳳尾羅、芙蓉簟、香袋、錠子藥等等〔註27〕，芙蓉簟即是編有芙蓉圖案的竹席。

一是用於佩飾。植物在古代直接被當作佩飾戴在身上，一方面是為了辟邪，如清明節頭上戴柳，並流傳有俗語「清明不戴柳，紅顏成皓首」；重陽節頭上戴菊花、茱萸等，「塵世難逢開口笑，菊花須插滿頭歸」（杜牧《九日齊山登高》）、「遙知兄弟登高處，遍插茱萸少一人」（王維《九月九日憶山東兄弟》）等。簪花已是古人最為常見的習俗，不僅女子將花朵當作首飾戴在頭上，男子簪花也是常見習俗，因為花象徵著喜慶與榮耀。《水滸傳》中就記述多處豪傑好漢簪花的情形，其中浪子燕青「鬢畔常簪四季花」，金槍將徐寧和小李廣花榮「鬢邊都插翠葉金花」，第十五回阮小五出場「鬢角插朵石榴花」〔註28〕。在節慶上尤其有簪花習俗，如婚禮中的簪花，第五回中記述周通帶嘍羅去劉太公莊上娶親時「鬢傍邊插一枝羅帛象生花」而「小嘍羅頭巾邊亂插著野花」〔註29〕；另如節日簪花，第七十二回中柴進問王觀察「頭上這朵翠花何意？」王班直稱皇帝為慶祝元宵佳節「每人皆賜衣襖一領，翠葉金花一枝」〔註30〕。

〔註27〕（清）曹雪芹撰，高鶚等：《紅樓夢》第 28 回，北京：人民文學出版社，1982年，第 388 頁。

〔註28〕（明）施耐庵、羅貫中：《水滸傳》第 15 回，南京：江蘇古籍出版社，1994年，第 153 頁。

〔註29〕（明）施耐庵、羅貫中：《水滸傳》第 5 回，南京：江蘇古籍出版社，1994 年，第 63 頁。

〔註30〕（明）施耐庵、羅貫中：《水滸傳》第 72 回，南京：江蘇古籍出版社，1994年，第 781 頁。

第八十二回中天子賜宴「宋江等人俱各簪花出內」〔註31〕。「御宴簪花」已成為宋代宮廷宴會的獨特禮儀，有專門的「簪花禮」，分為賜花、簪花、謝花三個環節。《宋史·禮志十五》：「禮畢，從駕官、應奉官、禁衛等並簪花從駕還內。」《紅樓夢》第四十回中李紈摘了各色菊花用大荷葉式的翡翠盤子盛著送給賈母，賈母「揀了一朵大紅的簪於鬢上」，劉姥姥過來時，鳳姐為了取笑她「將一盤子花橫三豎四的插了一頭」〔註32〕。

《簪花仕女圖》——周昉（唐）

　　二是用於服飾鞋類。在遠古時期，古人就學會用植物編織成衣服、鞋子。葛衣、麻衣、草鞋此後在人類歷史中佔據了幾千年，至今麻布衣依然盛行。在古代小說中也有很多關於植物材質所製成的服飾鞋類的記載，如《博物志》中載有虎變幻為人，喜歡著紫色的葛衣〔註33〕，古代葛衣有「綌」、「絺」兩種。《韓非子·五蠹》中就有「冬日麑裘，夏日葛衣」之句，可知葛衣是古人夏季所穿的衣類。古代男子還常用葛布做成頭巾，如南北朝《殷芸小說》載有一書生「葛巾修刺」與《無鬼論》著者青州刺史宋岱辯論有鬼還是無鬼〔註34〕，《三國演義》中蔣幹去周瑜寨中當說客時也是「葛巾布袍」。葛在生活中的實用價值非常高，不僅莖皮纖維被用於擰繩、製紙、做成衣巾服飾，葛根也是藥食共用的材料來源。除了衣物，鞋子也同樣由植物製成，如木屐、芒鞋。《殷芸小說》載晉文公因慕介子推才華，欲招募為官，但介子推卻跑到山林裏。晉文公就下令燒山以逼出介子推，不料介子推卻抱樹而死。晉文公撫樹哀歎，就令人伐樹製成木屐，每有懷割股之恩時就流著淚對木屐說「悲乎足下！」並稱這就

〔註31〕（明）施耐庵、羅貫中：《水滸傳》第 82 回，南京：江蘇古籍出版社，1994年，第 891 頁。

〔註32〕（清）曹雪芹撰，高鶚等：《紅樓夢》第 40 回，北京：人民文學出版社，1982年，第 530 頁。

〔註33〕（晉）張華：《博物志》卷 2，萬卷出版公司，2019 年版，第 45 頁。

〔註34〕（梁）殷芸撰，王根林校點：《殷芸小說》卷 9，《西京雜記》（外五種），上海：上海古籍出版社，2012 年，第 152 頁。

是「足下」一詞的來源〔註35〕。《三國演義》中就提到劉備在未發跡之前就是
賣草鞋的。中國古代草鞋所用之草主要是芒草，《說郛》中收錄有主要記述五
代民間遺事《玉堂閒話》一卷，其中江南的風俗中貧民都採一種芒草織鞋的記
載：「江南有芒草，貧民採之織履，緣地土卑顯，此草耐水，而貧民多著之。」
小說中人物伊風子因感貧民只能這類茅草織成鞋子還到茶陵縣大門上題了一
詩表達不滿：「茶陵一道好長街，兩畔栽柳不栽槐。夜後不聞更漏鼓，只聽錘
芒織草鞋。」《西遊記》第六十五回中的松樹精十八公出場時就「足踏芒鞋」。
小說家對人物形象的塑造來自於生活，富貴人家所用的綾羅綢緞普通人消受
不起，葛衣、芒鞋才是普通民眾生活中常見之物，如蘇軾就提到穿芒草鞋，可
見當時為官時的貧寒：「竹杖芒鞋輕勝馬，一蓑風雨任平生。」（《定風波·莫
聽穿林打葉聲》）陸游在詩中也提到葛衣芒鞋：「水風吹葛衣，草露浥芒履。」
（《夜出偏門還三山》）芒草叢生，種類約有二十種，主要分布於熱帶與亞熱帶
的路邊與林緣的荒地上。芒草通常株高 60 至 80 釐米，比普通的草類要高很
多，且株型挺拔，部分品種還開有如五尾的花束，芒草自春至秋還會產生顏色
變化，有很強的觀賞性，因此也被用於園林造景中〔註36〕。

　　三是用於器具、工具類。古代未有碗碟時常用蕉葉來作為盛食物的器皿，
現在中國兩廣地區以及東南亞一帶仍有有用蕉葉盛放食物的習俗，但現在多
將蕉葉先放在盤中，再用蕉葉或放或裹食物。《洞冥記》中載漢朝時有外國所
貢的一種青楂之燈，因為青楂門有膏，將之削在容器裏，用蠟和之，然後塗在
布上，可以燃照數里之遠〔註37〕。《酉陽雜俎》載書法家懷素種值芭蕉幾萬本，
將其葉代為紙練習書法。《清異錄》中載一名叫段文昌的人為官顯赫，一直用
盡各種辦法保養身體以期長命百歲。他聽說木瓜可強健腳膝，就買來木瓜樹做
成木桶用於洗腳。《紅樓夢》中有各類植物器具、用具，如「金絲藤紅漆竹簾、
墨漆竹簾」各兩百掛（第 17 回）。一些用器還具有特殊的工藝，如劉姥姥在大
觀園吃酒怕打碎瓷杯，因此要木製的酒杯。豈料賈府果然有，鳳姐也順勢捉弄
她，便吩咐把書架上擺放的十個竹根套杯取來，鴛鴦知其意提到賈母屋裏有黃

〔註35〕（梁）殷芸撰，王根林校點：《殷芸小說》卷 2，《西京雜記》（外五種），上海：
　　　　上海古籍出版社，2012 年，第 134 頁。
〔註36〕黃芳：《我在美景中飄逸——四種芒屬觀賞草推介》，《南方農業（園林花卉
　　　　版）》，2009 年第 3 期。
〔註37〕（漢）郭憲撰，王根林校點：《漢武帝別國洞冥記》，《西京雜記》（外五種），
　　　　上海：上海古籍出版社，2012 年，第 57 頁。

楊木根摳的十個大套杯，劉姥姥看罷又驚又喜：「驚的是一連十個，挨次大小分下來，那大的足似個小盆子，第十個極小的還有手裏的杯子兩個大；喜的是雕鏤奇絕，一色山水樹木人物，並有草字以及圖印。」〔註38〕可見木竹製品更多的加入了更多的雕刻工藝。

　　四是用於美容護膚類的植物。劉義慶《世說新語·紕漏》中記述了一件關於澡豆的笑話：王敦與公主剛結婚不久後上廁所回來後。婢女用黃金澡盤盛水，琉璃碗盛澡豆侍奉他，結果五敦直接將澡豆倒在水裏喝了，所有的婢女見了後沒有哪個不掩口笑的。因為這裡提到的「澡豆」即是以豆子研成的細末作為主料，主要在洗浴時為了清洗污漬、油脂之用。在清代小說《紅樓夢》中也提到大觀園中眾人吃完螃蟹後也用「菊花葉兒桂花蕊薰的綠豆麵子」洗手〔註39〕。這裡的綠豆面子是澡豆的進一步加工，是將綠豆麵與菊花葉、桂花蕊等密封在一起，這樣綠豆麵又桂花的清香，可以很好的去除螃蟹沾在手上的腥氣。除了澡豆，《紅樓夢》中還提到梳頭用的桂花油、紫荊麷花粉、塗指甲的鳳仙花等美容護膚類植物製品。

　　五是用於薰香類植物。古代貴族、士大大們都有薰香、佩香的習慣，因為薰香可以使人體味清潔，驅逐蚊蟻，香味也能令人心神愉悅。在先秦時期，古人就開始佩香，如屈原在《楚辭》中就提到佩帶香草的習俗，「扈江離與辟芷兮，紉秋蘭以為佩」。明代《五雜俎》中記：「宋宣和間，宮中所焚異香有篤耨、龍涎、亞悉、金顏、雪香、褐香、軟香之類，今世所有者惟龍涎耳。又有瓠香、狼眼香，皆不知何物。」〔註40〕古代小說中也記錄了各類佩帶薰香類植物，如《拾遺記》載漢武帝臥夢李夫人授以「蘅蕪之香」，香氣歷月不歇〔註41〕。此類香草植物不僅直接佩帶於身，更多的是將香料盛放在絲織的香囊裏，方便攜帶，也可用於裝飾，如懸掛於床帳「紅羅復斗帳，四角垂香囊」（《孔雀東南飛》)。香囊還會被做成形態各異以增加美感。因為香囊是隨身之物，古人也用於定情，如《紅樓夢》中，寶玉所佩帶的飾物被小廝們「搶走」，林黛玉以為

〔註38〕（清）曹雪芹撰，高鶚等：《紅樓夢》第41回，北京：人民文學出版社，1982年，第547頁。

〔註39〕（清）曹雪芹撰，高鶚等：《紅樓夢》第38回，北京：人民文學出版社，1982年，第505頁。

〔註40〕（明）謝肇淛：《五雜俎》卷10，濟南：山東人民出版社，2018年，第366頁。

〔註41〕（晉）王嘉撰，（南朝梁）蕭綺輯編：《拾遺記》卷五，《四庫筆記小說叢書》，上海：上海古籍出版社，1991年，第335頁。

自己送給寶玉的荷包也被給別人了，就賭氣鉸破了正在做的香囊。在香囊裏常放有菖蒲、香櫞、藿香、佩蘭、香附、辛夷、艾葉、薄荷等物。在當代常見的一些香料，在古時卻十分稀有，如《酉陽雜俎》載樟腦在唐朝時是少見的香料：「天寶末，交趾貢龍腦，如蟬蠶形。波斯言老龍腦樹節方有，禁中呼為瑞龍腦。上唯賜貴妃十枚，香氣徹十餘步。」〔註42〕這裡的龍腦即是樟腦，主要從香樟樹的根莖、枝葉中提煉出來。當時楊貴妃的領巾被風吹到知名琵琶手賀懷智的襆頭上，賀懷智回去時覺得滿身都是香氣，就將襆頭收藏起來，等馬嵬驛兵變後唐明皇追思楊貴妃時，美人早已香消玉損。這時，賀懷智獻上那縷頭巾，香氣仍在，明皇無限傷感。檀香很早就被利用，不僅被製成香薰類，其樹還就被用於製成家具，如《酉陽雜俎》記安祿山恩寵無比時，皇帝給他的賜品裏就有「帖白檀香床」〔註43〕。利用植物香味製成用具的多種多樣，如《堅瓠集》中載貫雲石曾見漁父給蘆花被，黃晉卿「以菊為枕」〔註44〕；《紅樓夢》中賈母過八十大壽時，元春所送的禮物中有「沉香拐一支」等等。

刺繡打子花果什錦香囊（清代）

〔註42〕（唐）段成式著，曾雪梅校釋：《酉陽雜俎校釋》，濟南：山東人民出版社，2018年，第 4 頁。

〔註43〕（唐）段成式著，曾雪梅校釋：《酉陽雜俎校釋》，濟南：山東人民出版社，2018年，第 4 頁。

〔註44〕（清）褚人獲輯撰，李夢生校點：《堅瓠集》，上海：上海古籍出版社，2012年，第 18 頁。

　　古代的文學作品中常見各種日用類植物，如《詩經》中就有多種，但由於詩歌語句短小常引起多種猜測，如《詩經・邶風・靜女》中有「靜女其孌，貽我彤管」，鄭玄箋之稱：「彤管，筆赤管也。」認為彤管即為一種筆桿漆朱的筆，但郭沫若在《卷耳集》卻認為「彤管」譯為「鮮紅的針筒」認為是一種作為腰間佩飾，而嚴修又認為「彤管」應是一種叫做辛夷花的植物〔註45〕。小說中因有情節描寫，在日用類植物上就會減少很多爭議。

五、宗教類植物

　　宗教來源於古人的原始崇拜，在早期的原始崇拜中祭祀所使用的器具多是來自於植物。世界各地不同的民族有不同的信仰方式，在古代中國最為常見的是佛、道二教。佛教由印度傳入中國，也帶了一些異國植物，如被稱為佛教四大聖樹的菩提樹、娑羅樹、閻浮樹、苾蒭樹。佛教還增加了本土植物中新的文化意蘊，如蓮花在本土被喻為君子，但在佛教中象徵聖潔的吉花。古代小說中佛、道二家經常會出現在情節內容中，因此也有對宗教類植物的記敘。

　　一種是記錄了佛、道二教廟觀中廣泛種植的產地在中國的植物，如銀杏樹。銀杏樹木質細膩，且銀杏樹的汁液具有一定的殺蟲作用。佛家多取銀杏木雕刻佛像，而道家常取其木刻為召神祛鬼的符印，故而道教、佛二家廟觀中多植此樹以示吉祥。《京口記》載：「勝國寺禪堂前銀杏一株」，《泰山記》載：「五廟前銀杏大者圍三仞。」在青島地區流傳一首詩「逢廟必栽銀杏樹，勞（嶗）山風氣古來殊，至今到處依然在，幸免斧斤得散俱。」現代文壇大家郭沫若撰有《銀杏》一文稱：「你這東方的聖者，你這中國人文的有生命的紀念塔。」

　　一種是記錄了佛教僧侶所帶來的異域植物。在唐代《酉陽雜俎》「木篇」中就提到眾多的異域植物，如來自摩伽陀國（現印度）的菩提樹（又名思惟樹）、貝多（有多羅娑力義貝多、多梨婆力義貝多、部婆力義多羅貝多三種）、蓽撥、胡椒，來自婆利國（現文萊）的龍腦香樹，來自波斯國（現伊朗伊斯蘭）的安息香樹、無石子、婆那娑樹、婆斯棗、偏桃、槃砮、齊暾樹、沒樹，來自真臘國（現柬埔寨）的紫鉀樹，來自伽闍那國的阿魏等等。這些異域植物一種是隨商旅進入中國，另一種就是隨宗教進入中國並廣泛載種於道觀寺

〔註45〕嚴修：《釋〈詩經・靜女的「彤管」〉》，《學術月刊》，1980 年第 6 期。

廟中。這些域外植物進入中國後也常會被混淆，如在《酉陽雜俎》裏菩提樹被稱為思惟樹，是與貝多樹不同的樹木，而又有一些文人認為思惟樹是貝多樹，如《太平御覽》中引《魏王花木志》稱：「思惟樹，漢時有道人自西域持貝多子植於嵩之西峰下，後極高大。有四樹，樹一年三花。」〔註46〕《齊民要術》引《嵩山記》云：「嵩寺中忽有思惟樹，即貝多也⋯⋯漢道士從外國來，將子於山西腳下種。」〔註47〕在這些佛教植物裏，最常見的是廣泛種植於寺廟的菩提樹。「菩提」一語原是梵文的音譯，意即覺悟或大智慧。菩提樹木高大雄偉，可達十至二十米高。花隱於花托中，不為人所見。菩提樹在佛教中意義非凡，因佛經所稱釋迦牟尼曾在菩提樹下潛心打坐七七四十九日，終於大徹大悟成佛，因此菩提樹成為佛家修行中重要的植物。佛經所載佛陀在一棵蓽鉢羅樹下打坐，某日終於在樹下豁然開悟而成佛，從此，人們把蓽鉢羅樹稱為菩提樹。因此菩提樹又被認為是智慧之樹。樹本是普通樹，花本是尋常花，但與佛教相關聯後，彷彿都具有了佛性，植物也成為佛教修行中重要的參照，如波利邪多樹在佛經中也經常被提到，如「善男子，譬如波利質多羅樹」。波利邪多樹遍身生香，枝葉、花、果實都香，因此又被稱為「香遍樹」。佛家還通過觀察自然中植物的生長規律與生命狀態來領悟佛教中的精神與真諦。唐代六祖慧能與神秀禪師在修行中由菩提而發的禪機交鋒，神秀自稱「身是菩提樹，心如明鏡如」而慧能卻作偈稱「菩提本無樹，明鏡亦無臺」「心是菩提樹，身為明鏡如」，開啟了佛教修行中北宗漸悟與南宗頓悟的二水分流。佛教在東漢時自印度逐漸傳入中國，在傳入中國後就對民眾文化與生活都產生很大影響，佛經中所載與佛教故事相關異域植物也出現在中國小說中，如《酉陽雜俎》「木篇」載：「菩提樹出摩伽陀國，在摩訶菩提寺，蓋釋迦如來成道時樹，一名思惟樹。莖幹黃白，枝葉青翠，經冬不凋。至佛陀入滅日，變色凋落，過已還生。」〔註48〕菩提樹在佛陀在世時青翠，佛陀圓寂後枝葉凋落，但隨後又再次重生。菩提樹的變化與佛佗的精神、身體狀態相關聯，這正是佛家將植物的生命狀態與人相關聯的暗示。

〔註46〕 （宋）李昉：《太平御覽》卷 960，木部 9，北京：中華書局，1985 年，第 4262 頁。

〔註47〕 （北魏）賈思勰著，繆啟愉校釋：《齊民要術校釋》卷第 10「槃多」114，北京：農業出版社，1982 年，第 704 頁。

〔註48〕 （唐）段成式著，曾雪梅校釋：《酉陽雜俎校釋》，濟南：山東人民出版社，2018 年，第 235 頁。

法海寺壁畫中的菩提樹天

　　同一種植物在不同的文化中的象徵義也同中有異。荷花在中國比視為君
子，在佛教中它也同時具有重要地位。在佛家修行者眼中，荷花從淤泥中長出，
卻不被淤泥污染，是潔淨的象徵。荷花獨立一枝從水中探出開花，沒有任何枝
幹的牽絆，正如佛家修行者看淡世間各類羈絆，一心向佛，荷花也成為他們在
修行中比類的植物，出於塵世的污濁中卻一絲不染，潔淨開放。佛教源於印度，
在印度文化中，蓮花是生命的再生。「佛陀本生傳」記載，釋迦佛生於兩千多
年前印度北邊，出生時向十方各行七步，步步生蓮花，並有天女為之散花。在
中國土生土長的道教裏，荷花也有再生之意，《封神演義》中哪吒因踏倒水晶
宮，捉住蛟龍抽筋刮鱗而惹怒四海龍王。四海龍王擒不住哪吒，便將李靖夫婦
拿住，哪吒為救父母割肉剜腸、剖腹剔骨以還父母養育之恩。哪吒死後精氣神
不散，太乙真人取五蓮池裏的荷花兩枝荷葉三柄，用荷葉梗兒折成三百骨節做
他的骨骼，荷葉做他的肌肉，使哪吒起死回生；在參《八仙出處東遊記》、《八

仙得道傳》等描寫八仙故事的小說裏，八仙之一的何仙姑也是手執荷花的形象。在宗教裏荷花的出生地「淤泥」暗示生死煩惱的俗世世界，但信仰者又要從這種如爛泥般的俗世凡塵中開脫，有「蓮花藏世界」之義，故而荷花成為佛教和道教的眾多「珍寶」之一。

法海寺壁畫中的菩薩

六、虛擬類植物

　　小說與其他文體最大的不同在於其虛構性。小說在融入植物時也充分的體現了這一物點，即對其中虛擬植物的描寫。古代小說中的虛擬類植物有三種：

　　神奇植物。一種是現實中本身不存在的植物，小說家虛擬出一種神奇植物，這類植物往往具有神奇功能。如各類筆記小說中關於起死回生的植物「不死草」的記載：東方朔《海內十洲記》云東海中祖洲產「不死之草」，「草形如菰，苗長三四尺，人已死三日者以草覆之，皆當時活也。服之令人長生」〔註49〕；

────────

〔註49〕舊題（漢）東方朔：《海內十洲記》，《四庫筆記小說叢書》，上海：上海古籍出版社，1991年，第274頁。

張華《博物志》中記穿胸國的來歷時稱其為禹時會諸侯於會稽時，防風氏後到因此被殺。其後禹從南海回來時遇到防風神，防風神二臣因怒大禹塗山之戮，就射向大禹，結果風雷即至。二臣恐而自貫其心而死。大禹哀憐他們，就用不死之草救其回生，於是便成為穿胸民〔註50〕。又記蒙雙民夫妻相抱而死，「神鳥以不死草覆之，七年男女皆活，同頸二頭、四手」〔註51〕。還有「指佞草」，只要有佞人入朝就會屈而指之〔註52〕。《拾遺記》載祈淪國有壽木之林，樹木大的可以隱蔽日月，「若經憩此木下，皆不死不病。或有泛海越山來會其國，歸懷其葉者，則終身不老。」〔註53〕這棵樹不僅能讓人不生病，最重要的還能讓人長生不老。《三國演義》中諸葛亮帶兵五擒孟獲時正值暑熱，蜀軍飲啞泉之水中毒，後來伏波將軍命山神化為老叟持「薤葉芸香」解了啞泉之毒。另一種是現實中原本存在的植物，但卻帶有現實中不存在的奇異功能。如《西京雜記》載樂遊苑中生有玫瑰樹，樹下長了很多苜蓿「苜蓿一名懷風，時人或謂之光風，風在其間，常蕭蕭然，日照其花，有光采，故名苜蓿為懷風。」〔註54〕《博物記》載蓍草「蓍一千歲而三百莖，其本以老，故知吉凶」〔註55〕。而人參狀如人形，尤其以嬰孩形象出現，吃了可成仙，從中可見文人的想像。現實中不存在的神奇植物也從借鑒於想像中的現實植物，如《西遊記》裏吃了可以長生不老的人參果。從歷代小說中可見《西遊記》中人參果樹木的種種特性的身影，如託名漢代東方朔著的《海內十洲記》載有一種葉如桑椹的扶桑國神木「九千歲一生實」；《神異經南荒經》載有一種名叫「如何」的大樹「三百年一開花，三百年一結果」，果實形如棗「食之則有地仙之能，不畏水火，不畏白刃」。小說回目中直接題「人參」一詞，人參果與人參亦有著密切的關係，對比《西遊記》中的人參果與古代小說中對人參的描寫中即能看出兩者之間的端倪。如人參果小兒形狀與志怪小說中對人參小兒形狀有相似性。《西遊記》中的人參果的外觀如三朝未滿的小孩相似，四肢俱全、五官咸備。在志怪小說中常可見人參的形狀如嬰兒，南朝劉宋時期劉敬叔在《異苑》

〔註50〕（晉）張華：《博物志》卷2，瀋陽：萬卷出版公司，2019年版，第40頁。

〔註51〕（晉）張華：《博物志》卷2，瀋陽：萬卷出版公司，2019年版，第44頁。

〔註52〕（晉）張華：《博物志》卷2，瀋陽：萬卷出版公司，2019年版，第69頁。

〔註53〕（晉）王嘉撰，（南朝梁）蕭綺輯編：《拾遺記》卷五，《四庫筆記小說叢書》，上海：上海古籍出版社，1991年，第337頁。

〔註54〕（漢）劉歆撰，（晉）葛洪輯：《西京雜記》卷1，北京：中國書店影印本，2019年，第8頁。

〔註55〕（晉）張華：《博物志》卷6，瀋陽：萬卷出版公司，2019年，第184頁。

稱人參生上黨者佳，形狀全類人形，還能作人聲。任昉《述異記·小兒果》記此果形狀像小兒，長六七寸，見人皆笑，動其手足。其頭連著樹枝，若摘一枝，小兒便死。

仙類植物。這類植物僅生長在神仙世界，在明清小說中此類仙類植物也會在凡間化為人類出現。《拾遺記》中載西王母會周穆王時所帶的仙品：「又進洞淵紅花，欽州甜雪，昆流素蓮，陰岐黑棗，萬歲冰桃，千常碧藕，青花白橘。素蓮者，一房百子，凌冬而茂。黑棗者，其樹百尋，實長二尺，核細而柔，百年一熟。」〔註56〕這些植物如棗子、桃子、蓮蓬雖然在凡間也有，但在仙界卻又與凡間的品種有很大區別。仙類植物在凡間化為人類者也屢見不鮮，如《紅樓夢》中黛玉為「絳珠仙草」轉世。寶、黛二人淒美的愛情就融入了植物仙話：「只因西方靈河岸上三生石畔，有絳珠草一株，時有赤瑕宮神瑛侍者，日以甘露灌溉，這絳珠草便得久延歲月。後來既受天地精華，復得雨露滋養，遂得脫卻草胎木質，得換人形，僅修成個女體，終日遊於離恨天外，饑則食蜜青果為膳，渴則飲灌愁海水為湯。」當神瑛侍者動了凡心想下凡世歷練之時，「那絳珠仙子道：『他是甘露之惠，我並無此水可還。他既下世為人，我也去下世為人，但把我一生所有的眼淚還他，也償還得過他了。』」

幻化植物。這類植物往往是現實中常見的植物，卻出現幻化特徵，或為精怪，或為神仙，成為人與植物兩者的融合體。小說中的植物精怪多為古人生活中常見的植物，如魏晉志怪小說《搜神記》、《列異傳》等書中都多次記載了梓樹精怪：在武都有怒特祠，長一棵大梓樹，秦文公伐之不倒，因士兵夜晚偶聽梓樹與鬼的對話才用符術克之。後來梓樹又變為牛，士兵也無法擊破，直到士兵偶然頭盔墜地，披頭散髮才讓梓樹精跑入水中不敢出來。梓樹，是一種分布於長江流域及以北地區的高大喬木，最高可達十五米。梓樹在古代是有名的良木，有「梓材」之稱，被用來製作各類用具甚至是棺木。古人宅旁常種植桑樹與梓樹，作為「養生、送死」之用。「桑梓」也成為故鄉的代稱，《詩·小雅·小弁》：「維桑與梓，必恭敬止。」朱熹《詩集傳》中稱：「桑、梓二木。古者五畝之宅，樹之墻下，以遺子孫給蠶食、具器用者也……桑梓父母所植。」可見桑樹與梓樹都是古人常見之樹，而梓樹高大，也成為小說家想像為厲害的精怪。《博物志》載曹魏景初（237～239）時期，廣西數郡中

〔註56〕 （晉）王嘉撰，（南朝梁）蕭綺輯編：《拾遺記》卷三，《四庫筆記小說叢書》，上海：上海古籍出版社，1991 年，第 325 頁。

有病人將死的時候就會有很多大如小麥的飛蟲飛到屋頂上，人一死就飛來食亡者。「此蟲惡梓木氣，即以板鄣防左右，並以作器，此蟲便不改近也」〔註57〕。這也是為何將梓木作為棺木的原由。魏晉小說中對植物精怪的描寫也被唐代所承繼，如唐代張讀《宣室志》載東洛有一宅因柳樹精作祟「居者多暴死」，盧虔在晚上率領從吏勇悍善射者射中精怪胸部，至天明尋跡見「有柳高百餘尺，有一矢貫其上，所謂柳將軍也。」〔註58〕但唐代小說比魏晉志怪小說更富於傳奇性，如唐傳奇小說《集異記》中載有一儒生棲於徂徠寺，忽逢白衣美女，年約十五六。因誘之於室，情款甚密，臨別儒生贈以白玉指環。儒生目送女子離去，白衣女卻於百餘步忽然不見了。儒生便到女子不見之處尋找，卻找到一株花開豔麗的白百合。儒生便把百合砍了帶回去，覺得百合根莖和普通百合不同，便一層一層的剝去根莖，等根瓣剝完時，發現白玉指環在其中。不僅在短篇小說如此，在明清長篇小說中也出現眾出生活中常見的植物幻化為精怪，在明清小說中此類植物精怪更為常見，如《西遊記》第六十四回裏的孤直公、凌空子、拂雲叟、勁節十八公、杏仙本是柏樹、檜樹、竹子、松樹、杏樹。《聊齋誌異》的花妖樹怪也亦如此，如牡丹花精葛巾、玉版，菊花精黃英、三郎等等。這些植物類精怪不僅幻化為人形，還會幻化為動物，《宣室志》中載韋氏在張女郎廟中見到地上有一對製作精良的草鞋，便帶回家。不料每天早上都在臥室找不到鞋，後來發現鞋在住所屋瓦上，如是者三。後來韋氏僕人隱藏觀察發現夜裏一雙鞋就變成一對白鳥飛落在屋頂上。翌日韋氏燒了草鞋，怪亦除。〔註59〕《螢窗異草·花異》中載湖商汪仲鋐有花癖，值名花數百本。一夕與友人宿，晚上見有卒伍二隊「一樹赤幟，旂旌亦無雜色，望之如火，一建素幢，衣甲皆類霜雪，瞻之如荼，然詳覷之，兩軍皆束綠裳，修眉媚臉，色豔肌香，實屬閨中麗質。」結果因友人疑為鬼狐驚呼，眾花皆忽散，早上開門所見「園中之花，赤白各成一隊，無復燦若雲錦矣。」〔註60〕

〔註57〕　（晉）張華：《博物志》卷2，瀋陽：萬卷出版公司，2019年，第49頁。

〔註58〕　（唐）張讀撰：《宣室志》卷5，《四庫筆記小說叢書》，上海：上海古籍出版社，1991年，第723頁。

〔註59〕　（唐）張讀撰：《宣室志》卷4，《四庫筆記小說叢書》，上海：上海古籍出版社，1991年，第731頁。

〔註60〕　（清）長白浩歌子：《螢窗異草》二編卷2，北京：人民文學出版社，1990年，第212頁。

第二節　中國古代小說中植物融入的特徵

　　中國文學自產生以來，植物就被文人融入文學作品。古代文學文體種類眾多，但大致可分為詩、賦、駢文、詞、曲、散文、小說幾大類。中國古代小說源於上古神話傳說，經歷六朝志怪、唐傳奇、宋話本，至明清章回小說才真正達到文體繁榮。在古代文學眾文體中，由於小說文體的內容容量大，反映人情世態更加深廣，因此古代小說中所融入的植物文化具備自身的特徵。

一、書寫植物的品種及數量最多

　　中國地域遼闊，地跨熱帶、亞熱帶、暖溫帶、中溫帶、寒溫帶，適合生長的植物數量眾多，因此素有「世界園林之母」之稱。全國現已知植物約有兩萬五千種，其中很多植物都在小說中被古人記載利用，並逐漸化成一種固定的審美意象及文化內涵留存在中國文化之中。

　　古代小說中對植物的描寫隨處可見，出現的品種數量要遠遠勝過其他文學樣式。據徐客所編著《圖解山海經》中考證其《山海經》中收入的植物種類數量為 2665 種，作者根據這些草木對人類的作用分為益、惡兩種類型：益木1120 種，惡木為 375 種；益草 885 種，惡草為 285 種〔註61〕。劉世彪對《紅樓夢》中的植物進行統計「書中直接描寫或提及的植物及植物產品計有 244 種，大觀園和賈府可能栽培的植物有 80 餘種」〔註62〕。《紅樓夢》中涉及到的植物種類幾乎包括了人類生活中圍繞的各種各類植物類型，大觀園中有眾多觀賞類植物、食用類植物、果樹類植物類，還有人物飲食中涉及到各類的蔬菜野菜類植物、飲料香料類植物，以及生病時所用到的中草藥類等等。這些數量繁多的植物成為構建小說中人物活動環境的要素之一，如《女仙外史》中載：鮑母用縮地法帶著唐賽兒來到一處峭壁之下，「街之左右，翠鬱青蔥，皆盤槐、絲柳、剔牙松、瓔珞柏、湘妃竹之類，清音瀟灑，風氣動人。又有垂蘿百盡，掛於峰頭；薜荔千重，繞於岩足。」又提到翠藍色葉如牡丹的翠芙蓉，高有數丈、花色淺墨帶赤的玄珠花，花簇重樓、猩紅奪目的杜鵑花「殷七七」，樹大十圍、花皆千葉的揚州瓊花等等〔註63〕。小說家以各類奇花異草的環境突出這是有別於

〔註61〕徐客：《圖解山海經》，南昌：江西科學技術出版社，2012 年。

〔註62〕劉世彪：《〈紅樓夢〉中植物的特點及其研究價值》，《曹雪芹研究》2013 年第一輯，第 172 頁。

〔註63〕（清）呂熊：《女仙外史》（上）第 7 回，杭州：浙江人民美術出版社，2017年，第 56～57 頁。

凡世的仙家洞府之地。不僅在長篇小說中植物種類繁多，在短篇小說中植物同樣數量多樣，如《醒世恒言》所收《灌園叟晚逢仙女》中描繪花癡秋先的花園：

> 那園周圍編竹為籬，籬上交纏薔薇、荼蘼、木香、刺梅、木槿、棣棠、金雀，籬邊遍下蜀葵、鳳仙、雞冠、秋葵、鶯粟等種。更有那金萱、百合、剪春羅、剪秋羅、滿地嬌、十樣錦、美人蓼、山躑躅、高良薑、白蛺蝶、夜落金錢、纏枝牡丹等類，不可枚舉〔註64〕。

描繪了各種各樣的花卉、樹木、藤類植物等。這些花木成為塑造秋先的「花癡」形象奠定了基礎。

　　由於小說的文體特徵，小說中不僅包含了大量對現實植物的記述，還夾雜眾多小說家對植物的虛擬想像，因而小說中所描寫的植物類型要比其他文體中所含有的植物類型更廣泛。小說中將植物的實寫與虛寫相結合，同一種植物也能在形態與功能上千差萬別，如《鏡花緣》中多次提到稻穀，小說第九回中林之洋看到一株「大禾」：「長有五丈，大有五圍；上面並無枝節，無數稻鬚，如禾穗一般，每穗一個，約長丈餘」，所結成的大米「那米有三寸寬，五寸長」〔註65〕，多九公還提到漢宣帝時北陰國所獻的清腸稻「每食一粒，終年不饑」。這裡的稻穀的描寫承繼於東晉志怪小說《拾遺記》對日常食用植物稻、粟的描寫：

> 有浹日之稻，種之十旬而熟；有翻形稻，言食者死而更生，天而有壽；有明清稻，食者延年也；清腸稻，食一粒歷年不饑。有瑤枝粟，其枝長而弱，無風常搖，食之益髓；有鳳冠粟，似鳳鳥之冠，食者多力；有遊龍粟，葉屈曲似遊龍也；有瓊膏粟，白如銀，食此二粟，令人骨輕〔註66〕。

在這些種類各異的稻、粟中，既有實寫如「種之十旬而熟」，一旬為十天，十旬為百日，一般稻穀的生長週期為百日左右。粟為北方常見的經濟作物，葉子狹長，有白、紅、黃、橙、黑、紫幾色，小說中「其枝長而弱」、「葉屈曲似遊龍」、「白如銀」等描寫亦與實際相符。「食一粒歷年不饑」、「令人骨輕」則明顯帶有小說家的想像。小說中由這些想像出植物的神奇性構建小說情節，如《鏡花緣》中百穀仙子用花籃盛了一粒清腸稻救拔在大海裏失去食物來源的眾人。

〔註64〕（明）馮夢龍：《醒世恒言》卷4，長春：時代文藝出版社，2001年，第58頁。

〔註65〕（清）李汝珍：《鏡花緣》第9回，北京：人民文學出版社，2020年，第50-51頁。

〔註66〕（晉）王嘉撰，（南朝梁）蕭綺輯編：《拾遺記》卷六，《四庫筆記小說叢書》，上海：上海古籍出版社，1991年，第339頁。

《竹林長夏圖》──陸治（明）

　　在古代眾多文體中，雖然小說文體出現的稍晚，卻在內容中包容的植物種類與數量最多，不僅記錄了古人生活中各類植物，還描摹了眾多現實中不存在的植物種類，構成一副色彩斑斕的植物畫卷。

二、體現的植物文化意蘊最深廣

　　植物進入人類的審美視野之後逐漸成為文化的載體，人們賦予植物不同

的比喻和象徵意義來傳達自己對各類植物的態度、情感、利用方式等等。隨著歷代文人的書寫，原始自然世界的植物在文學作品中已經超脫了本相，具有濃厚的文化韻味，不同的植物被賦予了不同的文化內涵，如牡丹象徵吉祥富貴、梅花象徵堅貞高潔等。同一植物在不同的文化環境下也常具有不同的文化內含，如蓮花在儒家文化中被視為品德高潔的君子，在佛、道二教文化中則是脫離凡世、超然物外的得道者。古人以自身的情感去比照植物世界，賦予花木以人格的內涵，由此還產生了「歲寒三友」、「花中十友」之稱，甚至對花木也要封王拜相，如牡丹被稱為「花王」，芍藥被稱為「花相」。

　　古代小說作為各類文化集大成者，將中國古代各類植物文化意蘊都收羅其中，如《鏡花緣》中以上官婉兒提到百花中有「十二師」、「十二友」、「十二婢」之稱，並詳述為何將眾花按其文化蘊含及品相進行區分〔註67〕。古代小說還直接將古代其他文體中的植物書寫與植物意蘊融入文本中，宋人趙彥衛《雲麓漫鈔》中論唐傳奇時就稱：「蓋此等文備眾體，可以見史才、詩筆、議論。」小說家往往直接借鑒或摘錄詩詞中的植物意蘊或植物描寫，如唐代孟棨的《本事詩》採錄與詩歌相關的寫作背景創為小說。全書以詩繫事，情節曲折動人，富有傳奇性，如「韓翃」條以韓翃《章臺柳》、《寒食》為依託，借詩中以「柳」喻柳氏，敘述了韓翃和柳氏的悲歡離合的情感故事。「崔護」條因崔護《題都城南莊》詩「人面桃花」譜寫出一篇動人的愛情故事。直到明清，小說中直接借鑒詩詞中的植物文化入小說仍常出現，如明末清初文人張岱在《快園道古》中載明代七子派知名人士王世貞（1526～1590）「曾集詞人賦綠牡丹」，綠牡丹是牡丹中極為少見的品種，明清時期文人常有題綠牡丹的詩詞，但眾人所賦都是「連篇累牘，俱未極其風韻」，直到一人投出一絕「雨後捲簾看霽色，卻疑苔影上花來」〔註68〕。此一逸事明顯受王世貞《王太史宅賦得綠牡丹》一詩的影響。這一逸事成為文人創作的題材，劇作家吳炳（1595～1648）還專門寫有《綠牡丹》一劇，寫翰林沈重為了給女兒婉娥擇婿，就以「綠牡丹」為題，但參選的三人中柳希潛卻暗地裏請館師謝英代筆，而車本高又請其妹車靜芳捉刀，只有顧粲為親筆所題。後來捉刀之事敗露，謝英、顧粲高中，謝英與靜芳、顧粲與婉娥互結連理。清代又出現小說《綠牡丹》以唐代武則天時期為背景，講述姦佞當

〔註67〕（清）李汝珍：《鏡花緣》第 5 回，北京：人民文學出版社，2020 年，第 24 頁。
〔註68〕（清）張岱撰，高學安、佘德余點校：《快園道古》，寧波：浙江古籍出版社，2013 年，第 28 頁。

道之時將門之子駱宏勳結識花振芳、鮑自安等江湖義士除暴安良的事蹟，同時穿插駱宏勳與花振芳之女花碧蓮的相識相戀，幾經波折後終成眷侶的情節。小說中武則天得海外名種「綠牡丹」認為是國家祥瑞，出皇榜選文武奇才，鮑金花與花碧蓮在騎馬射箭、吟牡丹詩中都均名列前茅，文武全才〔註69〕。在古代小說中，還有意為詩詞，以詩詞中的植物意象與植物文化來寫人物，如《堅瓠集》「金陵女子」條記述金陵一女子寡居後被一位豫章商賈厚貲財娶回門，因其臥室和鄰樓相近，鄰士就刺破窗紗投一詩相挑，有句「螻蟻也知春色好，倒拖花瓣上東牆。」女子得詩大怒，也寫一首詩裏著瓦片扔過去，回詩中有句「金鈴掛在花枝上，不許流鶯聲亂啼」〔註70〕。二人詩中賦花，卻均以花比人，鄰士詩中流露出輕佻，女子卻義正言辭。再如《螢窗異草》中《桃花女子》篇中寫一靈鬼自託為桃花女子，與鄭生詩文唱和，所唱和之詞中都與植物意象所關切，諸如「兒家舊住桃花岸，君子曾勻柳葉眉」、「狂夫漫問奴顏色，初放夭桃嫩柳絲」、「紅豆拋殘思欲碎，青梅剖破意徒酸」、「裙邊荳蔻春空結，眉上葳蕤鎖不開」等等〔註71〕，這些植物都暗含情思，表現桃花女子以詩情挑鄭生。

古代小說中對植物的描寫並非是簡單的羅列，這些植物由於自身蘊含的文化在小說情節描寫、人物塑造、環境刻畫中都起到重要作用：

古代小說融入植物時，往往將植物的文化意寓融入到情節與敘事中。小說家在文本中描繪各類植物並非關注於植物本體，而是在於挖掘植物背後的文化意韻。如古代小說中所出現各類神奇的補藥，如人參、茯苓、枸杞等植物，這些植物雖對人體有益，但小說家並未描寫植物的有益之處，卻將之與道家升仙文化聯繫到一起，形成一套有固定模式的「仙草敘事」。古代小說在涉及宗教文化、民俗文化時也會將這些文化中的植物意寓帶入小說，如不同的歲時節令與不同的植物產生關聯的文化意寓，春日貼桃符、清明插柳、端午食粽、重陽帶茱萸等等。由於古代小說文本上強大的包容量，又融各類文體入小說，形成小說對植物的文化體現也呈包羅萬象之勢。

古代小說中植物的文化意寓還被廣泛運用到人物、環境、情節中。一方面，小說家用植物比興來描寫人物。在詩詞中以植物比興是常見的藝術手法，植物

〔註69〕 （清）無名氏：《綠牡丹》，長春：時代文藝出版社，2001 年，第 325 頁。

〔註70〕 （清）褚人獲輯撰，李夢生校點：《堅瓠集》，上海：上海古籍出版社，2012 年版，第 10 頁。

〔註71〕 （清）長白浩歌子：《螢窗異草》初編卷 1，北京：人民文學出版社，1990 年，第 19～22 頁。

就隨之有了品格，花品樹格在小說中也成為人物性格的象徵。《紅樓夢》中以植物來喻示人物品格俯拾皆是，如第六十三回，以牡丹花象徵薛寶釵，木芙蓉象徵林黛玉，海棠花象徵史湘雲，梅花象徵李紈，杏花象徵探春，並蒂花象徵香菱，荼蘼花象徵麝月，桃花象徵襲人。另一方面，小說家賦予植物人的性格。古人與植物相處中觀察到植物也如人類一樣會經歷生死，會發生意外或受到傷害，因此他們將植物比作人類，在中國古代小說中出現各類植物精怪。在道家的自然體系中有「天、地、人」三才之說，佛家有三界之說，這其中人都是「承上啟下」的載體，向上可以修仙成佛，向下成鬼。人是「萬物之靈」，其他的動植物吸收天地精華，具有了靈性後，就成為精，就具備了人的靈性，可以幻化為人。在古代小說裏，這些幻化成人的植物精怪也有人類的七情六欲，《聊齋誌異》中眾多的花精樹怪都與人類相似，因此與人類產生愛情，結婚生子。在植物精怪的世界也有各種如人世間一樣的利益爭著，在《崔玄微》中眾花精為了避免惡風侵擾，每年都要討好風神封十八姨的庇護，結果因石榴花精一時衝撞風神只能乞求崔玄微製作紅色幡避害。在《鏡花緣》中百花仙子同樣是因一時言語衝突被貶下凡塵歷經劫難。小說中出現的各類植物本體不是小說家書寫的重點，而是小說對人物塑造、環境刻畫中的一種手段。因此小說多利用植物的文化寓意而非落於對植物本體的描摹。此外，小說中的植物也成為貫穿情節的手段，如在尋仙草的故事中，尋仙草過程中出現的各類波折便成為構成小說情節的主要方式。

古代小說吸收了各類文體中出現的植物文化，並將之融入到小說人物與環境等的書寫中，瞭解植物的文化蘊意也成為理解小說文本內涵的方式之一，如《紅樓夢》第五回寫賈寶玉在東府遊玩欲午睡時，秦可卿先帶他到上房內就寢。但寶玉看到室內所貼的《燃藜圖》及對聯「世事洞明皆學問，人情練達即文章」時卻非常不高興，要求換房，其原因就在於「燃藜」這一背後的文化蘊意。「燃藜」的典故出自志怪小說王嘉的《拾遺記》中：劉向在天祿閣夜中誦書，有黃衣老者拄青藜杖進來「吹杖端燦然大明」，燃其藜杖，向劉向講述開天闢地的洪荒往事，並授劉向以《洪範五行》之文，至天明乃去。自稱是太乙之精，下界觀世間有博學者〔註72〕。此一則故事成為後世規勸人勤讀苦學的典範。但寶玉卻非常不喜歡讀《四書》《五經》，還罵讀書勤於科舉之人是「祿蠹」，

〔註72〕　（晉）王嘉撰，（南朝梁）蕭綺輯編：《拾遺記》卷六，《四庫筆記小說叢書》，上海：上海古籍出版社，1991 年，第 343 頁。

故而他對這副神仙勸人勤學苦讀的《燃藜圖》和走「仕途經濟」的對聯很是反感。從中可見，只有在瞭解植物文化的基礎上才能更好地體會到作者的深意。《玉嬌梨》中各類對植物的題詠詩成為主人公蘇友白和白紅玉二人婚姻中離合的主要促成劑。吳翰林因見蘇友白的桃花詩喜其才品欲將甥女白紅玉嫁給他，他卻誤以醜女當作紅玉，拒絕了。其後蘇友白見紅玉的《新柳詩》愛上其才，詠紅梨花詩。

第三章　中國古代小說中植物的書寫方式

　　古代小說是古人對當時生活的一種反映，不同時代的作家會有不同的生活體驗，在小說裏展現出的生活也千差萬別。唐人有慕俠之風，因而在唐傳奇中有許多俠客的描寫，如紅佛女、聶隱娘、虯髯客等等；明人有狎妓之好，因而在明代世情小說中才會有《金瓶梅》中西門慶、花子虛遊走青樓的出現。雖然外在生活方式的不同會影響古代小說家的創作，但不同時代的小說家在創作過程中也有一定相似的規律，他們會在自覺或不自覺地遵循著相似的美學原則。在具體的小說創作中，古代小說家在創作過程中運用一定的創作方法，古代小說中融入植物文化的創作方式即是一例。

第一節　中國古代小說人物描寫中的植物

　　從中國古代文學史中，隨處可見以植物來寫人物。如在中國第一部詩歌總集《詩經》《碩人》篇中對美人形象的描寫是：「手如柔荑，膚如凝脂，領如蝤蠐，齒如瓠犀，螓首蛾眉。巧笑倩兮，美目盼兮。」手嫩白的如同茅草芽，牙齒像是排列整齊的葫蘆子；在《桃夭》中以「桃之夭夭，灼灼其華」以鮮豔的桃花喻指剛出嫁女子的美貌與盎然的青春，又「桃之夭夭，有蕡有實」、「桃之夭夭，其葉蓁蓁」以桃樹的累累果實以及桃葉的繁茂喻指女子的多子；在《蒹葭》中「蒹葭蒼蒼，白露為霜。所謂伊人，在水一方」，以水邊生長茂密蘆葦來寫心中思念的美人，意境綿長優美。《詩經》中的這一傳統也被後世文人所承繼，在樂府詩《孔雀東南飛》中寫劉蘭芝「手如削蔥根」；李白的《清平樂》

寫得寵的楊貴妃是「雲想衣裳花想容」，白居易的《長恨歌》的楊貴妃是「梨花一枝春帶雨」；杜牧的《贈別》寫揚州美女為「豆蔻梢頭二月初」其後形成「豆蔻年華」來指十三四歲的少女的俗例。明末清初徐震《美人譜》載古代美女的標準是「蟬首、杏脣、犀齒、酥乳、遠山眉、秋波、芙蓉臉、雲鬟、玉筍、蔥指、楊柳腰、步步蓮、不肥不瘦長短適宜」。古代小說中也引用植物來對人物的外貌、體態、性格、情感等各方面進行書寫。

《洛神賦》（局部）——顧愷之（東晉）

一、以植物寫人物容貌：芙蓉如面柳如眉

植物被用於形容人物容貌可以追溯到上古文化時代，在《詩經》中就有很多以植物來比擬人物，如《詩‧衛風‧碩人》就用植物形容的美人形象：手如柔荑、齒如瓠犀。在後世的詩歌中仍有以植物寫人物容貌的傳統，白居易在《長恨歌》寫唐明皇想念楊貴妃的容貌「芙蓉如面柳如眉，對此如何不淚垂」。除了芙蓉面、柳葉眉，常見的還有桃花面、杏眼、櫻桃口、石榴齒等，這些固定表達成為古代小說中美女的標準，並且常會多項一起出現，如《清平山堂話本》中的《西湖三塔記》中通過宣贊的視角對白蛇妖容貌的描寫「桃萼淡妝紅臉，櫻珠輕點絳脣。步鞋襯小小金蓮，玉指露纖纖春筍」〔註1〕，《楊溫攔路虎》中多次對楊溫之妻冷夫人的描寫：「劉源桃凝作香腮，庾嶺梅印成粉額。朱脣破一點櫻桃，皓齒排兩行碎玉。弓鞋窄小，渾如襯水金蓮；腰體纖長，悄似搖風細柳。」「朱脣綴一顆櫻桃，皓齒排在兩行碎玉。」〔註2〕《聊齋誌異‧畫壁》

〔註1〕（明）洪楩輯，石昌渝校點：《清平山堂話本》，南京：江蘇古籍出版社，1990年，第30頁。

〔註2〕（明）洪楩輯，石昌渝校點：《清平山堂話本》，南京：江蘇古籍出版社，1990年，第203、216頁。

篇中散花天女「拈花微笑，櫻唇欲動，眼波將流」〔註3〕，在《大唐三藏取經詩話》中寫女人國王宮裏美女的容貌是「星眼柳眉，朱唇榴齒，桃臉蟬髮」。以植物描寫人物外貌的寫法形成古代小說人物描寫的固定模式，具體而言主要有以下幾種類型：

《梅竹仕女圖》──改琦（清代）

〔註3〕（清）蒲松齡：《聊齋誌異》卷1，北京：人民文學出版社，1989年，第15頁。

　　以植物寫人物面龐，如桃花面、芙蓉面等。如《金瓶梅》第九回中寫潘金蓮的外貌「臉如三月桃花，第帶著風情雨意」〔註4〕。《歧路燈》第七十七回中，「那兩個旦角，果然白雪團兒臉，泛出桃花瓣兒顏色。真乃吹彈可破。」〔註5〕桃花面、芙蓉面因色澤偏紅多指女性，據明代解縉《永樂大典殘卷》載：「周文王時，女人始傅鉛粉。秦始皇宮中，悉紅妝翠眉，此妝之始也。宋武宮女，效壽陽落梅之異，作梅花妝。隋文宮中，紅妝，謂之桃花面」，從中可知「桃花面」乃是女人的一種妝容。然《紅樓夢》第三回林黛玉初進賈府時見到寶玉時，文中有一段關於寶玉容貌的描繪「面若中秋之月，色如春曉之花，鬢若刀裁，眉如墨畫，面如桃瓣，目若秋波」。如果說「鬢若刀裁，眉如墨畫」還有一點男子的英俊之氣，「色如春曉之花」、「面如桃瓣」可就比較女性化了。為何賈公將「桃花面」來寫寶玉呢？寶玉其人是混跡在大觀園眾女子堆裏的男子，是「見了女兒就清爽，看見男子就覺得濁臭逼人」之人。曹公以桃花面來寫寶玉，既是寫出寶玉外表的美，也暗含著他身上有著的女子多愁善感的氣質特徵。在寫人物面龐時還用用植物來傳神描繪出其狀態，如用「梨花帶雨」形容女子哭時嫵媚動人之姿，白居易的《長恨歌》中形容楊貴妃「玉容寂寞淚闌干，梨花一枝帶春雨」。

　　以植物寫人物眉眼，如杏眼、柳葉眉等。雲中道人《唐鍾馗平鬼傳》第三回中溜達鬼本欲與色鬼重敘舊好，不料色鬼病重，便看中了前來的小低搭鬼時，小說中通過溜達鬼的視角對小低搭鬼的相貌作一描繪：「這個小低搭柳眉杏眼，唇紅齒白，處處可人。」《好逑傳》寫水冰心「生得雙眉春柳，一貌秋花，柔弱輕盈」。《玉嬌梨》中形容紅玉：「生得眉如春柳」〔註6〕，《兒女英雄傳》形容安公子所遇女子之美：「兩條春山含翠的柳葉眉，一雙秋水無塵的杏子眼。」雖然古人常見的審美就是柳眉杏眼，但小說家也對不同美人有不同的眉眼刻畫，如《紅樓夢》多處寫到寶釵的眼睛「眼同水杏」、「臉若銀盆，眼同水杏」，而王熙鳳是「一雙丹鳳三角眼，兩彎柳葉弔梢眉」。杏眼即是眼睛像杏仁一樣，有著一對杏眼的人常給人清純嬌憨之態。寶釵在《紅樓夢》裏是位非常矜持的「冷美人」，給人一種冷若冰霜、想敬而遠之之感，但小說中也有展現出她憨的時候。小說第二十七回「滴翠亭楊妃戲彩蝶」寫花朝節這天寶釵去

〔註4〕（明）蘭陵笑笑生著，陶慕寧校注：《金瓶梅詞話》第9回，北京：人民文學出版社，2000年，第92頁。
〔註5〕（清）李海觀：《歧路燈》第77回，中州書畫社，1980年，第465頁。
〔註6〕（清）荻岸山人：《玉嬌梨》第1回，北京：中國經濟出版社，2010年，第2頁。

瀟湘館，忽見寶玉進去了，便寶玉不便、黛玉嫌疑就抽身回來，在路上看見一對大如團扇的玉色大蝴蝶，忽然來了興致，就從袖中抽出扇子來撲蝶「只見那一雙蝴蝶忽起忽落，來來往往，穿花度柳，將欲過河去了。倒引的寶釵躡手躡腳的，一直跟到池中滴翠亭上，香汗淋漓，嬌喘細細」〔註7〕，寶釵難得地展現出她的少女情懷。丹鳳眼，不僅美麗尊貴，也含威不露，不怒而威。中國人習慣丹鳳眼作為吉祥如意的象徵，「目如鳳凰，必定高官」。丹鳳眼給人最主要的感覺就是威嚴。「柳葉」寫出了熙鳳的美麗，「弔梢」又體現了她的精明能幹，為人刁鑽狡點。她善於察言觀色、機變逢迎、見風使舵。她在賈府的地位很高，精明能幹，深得賈母和王夫人的信任，是賈府的實際施政者。外貌的描寫與人物的性格休戚相關，可見小說中人物外貌的描寫的重要性。

以植物寫人物膚色。古人很早就注意到膚色的潔淨漂亮，在《山海經》中記載有一種植物「其狀如葤，而方莖、黃華、赤實，其本如稿本，名曰荀草，服之美人色。」〔註8〕這種叫荀草的植物能讓人的皮膚變得潔白美麗，因此古代文學作品中對女性的審美常以白裏透紅為健康美麗的標準。除了常見的「膚如凝脂」、「面如桃花」之類的表達，一些小說為了不落俗套，也別出心裁選用另外一些詞語來形容膚色，如《紅樓夢》中第三回林黛玉進賈府時寫迎春「膚凝新荔」，以新鮮剛剝出來的荔枝來形容迎春的膚色。當其時，賈家三春中迎春最大，黛玉進賈府時迎春十多歲，處在女性生理發育最鮮明的時段，因而黛玉見她「肌膚微豐，合中身材」。曹公用新鮮荔枝的晶瑩透亮、新鮮清爽來形容剛剛步入少女時代膚色的嫩白水滑，「新荔」一詞不僅將其皮膚色澤形容出來，還讓人產生通感的效果，似乎已經品嘗到其容貌的韻味。古代小說中除了對女性膚色的刻畫，還注意到對男性膚色的刻畫，如在《三國演義》中對關羽的形象描寫是;「丹鳳眼，臥蠶眉，面如重棗，唇若塗脂。相貌堂堂，威風凜凜。」「重棗」即是深暗紅色的棗子。面如重棗，即是指膚色如同暗紅色的棗子。棗色，主紅，常代表著威風凜凜、一團正氣。古代小說戲曲中常用人物的膚色來代表著人物的性格，並在戲劇舞臺上的臉譜中進行強烈的色彩對比，如紅臉關公、黑臉張飛、白臉曹操。紅色，歷來被認為是忠義的化身。古代小說中除了像關羽這樣的忠勇良將是紅臉，一些正神也以紅色為主，如《清平山堂

〔註7〕（清）曹雪芹撰，高鶚等:《紅樓夢》第 27 回，北京：人民文學出版社，1982年，第 363 頁。

〔註8〕（晉）郭璞注:《山海經》卷五「中山經」，《四庫筆記小說叢書》，上海：上海古籍出版社，1991 年，第 37 頁。

話本・西湖三塔記》中寫奚真人燒了道符，忽地起了一陣風，風過後出現一員神將「面色深如重棗，眼中光射流星」。古代小說在人物刻畫中吸收了戲劇通過「臉譜化」來直觀表現人物性格的特點，通過膚色形象直觀表達出人物的個性。

　　古代小說用植物寫人物容貌主要緣於植物與人物容貌體徵在形態上的相似性。如柳葉細長，葉柄處葉面稍寬，葉末處尖細，與美人眉頭較寬眉尾細長有異曲同工之處；桃花花開時粉紅，與美人妝後略施胭脂非常相似；櫻桃成熟後顏色鮮豔，玲瓏剔透，和美女紅潤的嘴唇有相似性；等等。

二、以植物寫人物體態：玉樹弱柳臨風舞

　　在古代小說中除了注重對人物外貌的刻化，人物的外形描寫也是必不可少的內容。相比以花朵柳葉形容面部特徵，古人常以樹木形容人的體態，如弱柳扶風、玉樹臨風、站如一棵松等等。

《四時仕女圖》——潘振鏞（現代）

　　「玉樹臨風」，以樹的挺拔秀美寫男子的風韻。形容人像玉樹一樣風度瀟灑，秀美多姿。「玉樹」一詞較早見於南朝宋劉義慶志人小說《世說新語・言語》中，其記載一則關於謝太傅的言語，他問諸子姪：你們為何要過問政事，總想著要培養優秀人才呢？諸人都沒有人能回答出來，只有車騎回答道：「譬如芝蘭玉樹，欲使其生於階庭耳。」就像是芝蘭玉樹總想讓它們長在自個家中的庭院，「芝蘭玉樹」用以指有德行才能的人。《世說新語・賞譽》中王戎也以樹木來評價王衍：「太尉神姿高徹，如瑤琳瓊樹，自然是風塵外物。」杜甫《飲中八仙歌》中亦以「玉樹」來形容崔宗之「宗之瀟灑美少年，舉觴白眼望青天，皎如玉樹臨風前。」他舉杯飲酒的時候是何等的豪爽，傲視青天，睥睨一切。其後玉樹臨風常常被小說中運用以形容男子的俊秀的氣質，如清代荑荻散人才子佳人小說《玉嬌梨》第二十回中「若說盧家這公子，去歲十六，今年十七，其人品之美，翩翩皎皎，有如玉樹迎風」〔註9〕；《螢窗清玩》卷一《連理枝》中形容李水平「長者把生上下一看，見生丰姿秀麗，皎如玉樹臨風前。」

　　「弱柳扶風」，以樹的飄逸寫女子的風韻。相較於以「玉樹」指男子，古代小說中常用「柳樹」來形容女子，「柳腰」常常是女子的專利。明吳敬所撰豔情小說《國色天香》中常出現「柳腰」一詞，其卷四《尋芳雅集》中還為之作《柳腰》一詞「嬌柔一撚出塵寰，端的豐標勝小蠻。學得時妝宮樣細，不禁嫋娜帶圍寬。低舞月，緊垂環，幾回雲雨夢中攀。」《紅樓夢》也用到了柳樹來形容女子，但卻又別出心裁一超前人之法。曹公形容黛玉的體態時以「閒靜時如姣花照水，行動處似弱柳扶風」來概括，意即黛玉安靜的時候就像一朵美麗的花朵倒映在清水中，行走進來的時候就像柳枝在風中款款擺動。古代小說中寫了很多美女，但是曹公卻用「姣花照水」、「弱柳扶風」超越了所有的「櫻桃小口楊柳腰」的直接描繪，不僅寫了黛玉之美，還達到美的清新脫俗的韻致。中國美學中崇尚於意象，所謂「大音稀聲、大象無形」，真正的美說不出、道不明，但卻用具體的意象描繪出來，讓讀者去想像。「姣花照水」讓人想起一朵出水的蓮花，花影倒映於清波之中，是何等嫻雅、高潔，風姿綽約；「弱柳扶風」讓人想起初春之際，在微風拂動中舞動纖細的柳條，是何等的輕盈、飄逸！「出水芙蓉」、「風中楊柳」也是畫家筆下的寫意圖，曹公正是以這些寫意

〔註9〕（清）荻岸山人：《玉嬌梨》第 20 回，北京：中國經濟出版社，2010 年，第 226 頁。

畫引起了讀者心中所有關於美的字眼，讓人想像著黛玉是怎樣的一種美，正如
出水的花朵那樣嫻雅，又如纖弱的楊柳在風中搖曳，那樣的楚楚動人又可望不
可即，令人頓生愛慕之心，又生憐惜之情。

《紅樓夢人物圖譜》·寶釵——改琦（清代）

此外在寫人中，還以「林下風致」來形容人的神韻。「林下風致」一詞出
自《世說新語·賢媛》篇中，文中以之形容王凝妻子謝氏的風致：「王夫人神
情散朗，故有林下風氣。」這是一種什麼樣的氣質美呢？就像是樹下飄著的一
縷清風。後遂以「林下風」等稱頌婦女閒雅飄逸的風采。唐代段成式《酉陽雜
俎續集》卷三《支諾皋下》寫崔玄微因入嵩山採芝，一年後才回到家中，宅院
已經蒿萊滿院。夜晚三更後遇二青衣稱想暫借其院落歇息。後來來了十幾人，
最後一位到的女子被稱為封十八姨。玄微剛見封氏就覺得她「言詞泠泠，有林
下風氣」，其後才知封氏是風神。清代劉鶚《老殘遊記》第八回中申子平第一

次見仲璇姑娘時驚為天人，心裏想：「這女子何以如此大方？豈古人所謂有林下風範的，就是這樣嗎？」〔註10〕

中國美學中重寫神而輕寫實，這也影響到對人物美學的品評。古代小說在人物描寫中「以樹比人」正是以樹的姿態來寫人物的神韻。

三、以植物寫人物性格：人生淡泊當如菊

人物性格的創造是小說中人物描寫最為重要的一環，是小說中人物是否有魅力、能否吸引人的關鍵。一部偉大的小說中常有許多性格鮮明的人物。作者在創作的過程中會調動很多筆墨對典型人物的典型性格進行刻畫，植物也是小說家具體創作中常用的筆法之一。

「青梅煮酒論英雄」是《三國演義》第二十一章裏情節，也是小說最為精彩的內容之一，是曹操、劉備兩個英雄人物的雙龍會。曹操為何要邀請劉備呢？按曹操的說法是來品酒嘗青梅的。曹操說：「適見枝頭梅子青青，忽感去年徵張繡時，道上缺水，將士皆渴；吾心生一計，以鞭虛指曰：『前面有梅林。』軍士聞之，口皆生唾，由是不渴。今見此梅，不可不賞。」〔註11〕南朝劉義慶《世說新語‧假譎》中對「望梅止渴」的故事也有所記載：「魏武行役，失汲道，軍皆渴。乃令曰：『前有大梅林，饒子、甘酸，可以解渴。』士卒聞之，口皆出水。乘此得及前源。」〔註12〕以此來說明曹操虛偽好欺詐的個性。

以人物生活環境中的植物象徵人物性格。《聊齋誌異‧嬰寧》篇中嬰寧特別愛花愛笑，王子服第一次見嬰寧時，她即拈梅花微笑；第二次見嬰寧，她正「執杏花一朵，俯首自簪」。嬰寧居所植物環繞，「門前皆絲柳，牆內桃杏尤繁，間以修竹」、「豆棚花架滿庭中」、「窗外海棠枝朵探入室中」、「舍後，果有園半畝，細草鋪氈，楊花糝徑；有草三楹，花木四合其所」。至結婚後依然「愛花成癖，物色遍戚黨；竊典金釵，購佳種，數月，階砌藩溷，無非花者。」〔註13〕以嬰寧拈花、擲花、簪花、種花等來刻畫其純真、憨癡的形象。再如《紅樓夢》中對賈寶玉的人物刻畫中，作者通過怡紅院裏的植物象徵著寶玉性格中叛逆、乖張的個性。在其住處怡紅院裏，植物的色彩主「紅」，如西

〔註10〕（清）劉鄂：《老殘遊記》第8回，北京：九州出版社，2001年，第54頁。
〔註11〕（明）羅貫中：《三國演義》第21回，北京：人民文學出版社，1979年，第186～188頁。
〔註12〕（南朝宋）劉義慶：《世說新語》，中州古籍出版社，2017年，第398頁。
〔註13〕（清）蒲松齡：《聊齋誌異》卷2，人民文學出版社，1989年，第150～155頁。

府海棠、薔薇、碧桃等。這些植物都開著紅色系明亮鮮豔的花朵。寶玉愛花別有深意，小說第三十七回《秋爽齋偶結海棠社 蘅蕪苑夜擬菊花題》中提到他有一別號叫「絳洞花王」，並且在詩社中用這一雅號，以「花王」自居。《紅樓夢》中以花喻眾位女子，寶釵是「牡丹」，黛玉是「芙蓉」，探春是「玫瑰」，李紈是「老梅」等。寶玉又特別戀紅，古漢語中「絳」即有深紅、大紅之意，他另一別號叫怡紅公子。其住處就叫「怡紅院」，怡有和悅、愉快、使人感到愉快之義。寶玉在實際生活中也處處表現出戀紅之癖，比如食胭脂的癖好。《紅樓夢》中「千紅一窟」即喻指了眾女子紅顏薄命。怡紅院裏的主紅色係植物真是象徵了寶玉性格中不同於一般封建思想下視女子或為玩物、或為依附的特點，他真正親近並尊重女性的地位。寶玉曾稱「女兒是水做的骨肉，男人是泥做的骨肉。我見到女兒就便清爽，見到男人便覺濁臭逼人。」而對黛玉這一人物描寫中，與怡紅院裏的「紅」相對的是瀟湘館的「綠」。瀟湘館裏種植的主要植物是終年青翠的竹子，還有芭蕉、苔蘚等綠色植物。黛玉的前身是三生石畔一株絳珠仙草，她的今世不僅是弱不禁風的美人，更是才華橫溢、多愁善感的詩人。在黛玉身上有著濃濃的書卷氣息。綠色植物襯托出瀟湘館的清幽之境，正是黛玉清高、孤傲性格的寫照。

以植物本身的文化內涵比擬人物性格。在《聊齋誌異·黃英》篇中，馬子才酷愛種菊，品格清高，孤芳自賞卻又安貧樂道。馬子才不僅種菊，還從心底賞菊、愛菊：他只要聽說有好的菊花品種，即使遠隔千里也一定買回來。因為聽金陵客人介紹說表親有一兩種菊花，是北方所沒有的。馬子才聽說後動了心，立刻跟隨客人到了金陵千方百計買到兩株菊芽苗，對菊芽呵護備至。但他又固守文人的清高，對種菊去賣這種行為「嗤之以鼻」，認為「有辱黃花矣」，甚至於非常鄙視種菊去賣的陶生，認為他種菊太勢利〔註14〕。小說中的菊花精姐弟，也有灑脫淡泊的隱者之風，菊花精陶氏姐弟質樸淡泊，隱於東籬，回首西風「寧可枝頭抱香死，何曾吹落北風中」，其傲然東籬的形象與愛菊的陶淵明聯繫在一起，那「不為五斗米折腰」的傲骨更令人敬佩幾分。雖然文中並無太多著墨於黃英，正如司空圖所說「落花無言，人淡如菊」。陶生好酒，最後因酒醉被馬子才誤拔出地面而亡。蒲松齡也一承陶公對菊花的文化認識，寫其隱逸而超凡脫俗的品格。然而，蒲松齡卻並非只限於對愛菊之士品格清高的描

〔註14〕 （清）蒲松齡：《聊齋誌異》卷11，人民文學出版社，1989年，第1429～1432頁。

繪，也並非僅僅是寫菊花隱者之風，他在《黃英》篇中又將菊花精姐弟個性有所發展，他們不是孤守清寒，而是靠著自己的雙手，種花、賣花，用賺來的錢來養活自己。兩人既有菊花的品質，又更加具有勞動者樸素的人性。《紅樓夢》中也多處運用植物來喻指人物性格，如稱王熙鳳為「鳳辣子」，小說第三回中，王熙鳳出場時眾人都在老太太房內「斂聲屏氣」，只有她未見其人，先聞其聲，伴著爽朗的笑聲出場，賈母向黛玉介紹：「他是我們這裡有名的一個潑皮破落戶兒，南省俗謂作『辣子』，你只叫他『鳳辣子』就是了。」〔註15〕小說後面情節中鳳姐雷厲風行、不講情面，懲治丫鬟時濫施刑罰，對張華父子斬草除根等等。「辣椒」形象貼切地將王熙鳳性格上風風火火，處理事務老辣幹練表現出來。小說中稱探春「混名兒叫『玫瑰兒』」「玫瑰花又紅又香，無人不愛的，只是刺戳手。」〔註16〕尤三姐也是「帶刺的玫瑰」：賈璉稱其「玫瑰花兒可愛，刺太扎手。」〔註17〕探春和尤三姐二人都是長相標緻，性格剛烈，有主見、有個性。小說中通過植物來塑人物性格可以將較為抽象的事物形象直觀的表現出來，給讀者留下深刻印象。

以人物家居中植物裝飾透露人物性格特徵。《紅樓夢》中用菊花作為家居裝飾的有寶釵和探春二人。且看寶釵的家居陳設：「一色玩器全無，案上只一個土定瓶中供著數枝菊花，並兩部書，茶奩茶杯而已。床上只弔著青紗帳幔，衾褥也十分樸素。」〔註18〕寶釵選用青色帳幔，唯一的花瓶，也是不帶光澤的土定，插著數枝清瘦的黃花。而探春住處：「一張花梨大理石大案，案上磊著各種名人法帖，並數十方寶硯，各色筆筒，筆海內插的筆如樹林一般。那一邊設著斗大的一個汝窯花囊，插著滿滿的一囊水晶球兒的白菊。」〔註19〕曹公了了數筆，就使蘅蕪苑室內獨特的風格凸現在讀者面前。《紅樓夢》中對寶釵住所菊花的描述中我們可以看出，只有「花中隱者」菊花獨吐芬芳，與之相伴。

〔註15〕（清）曹雪芹撰，高鶚等：《紅樓夢》第 3 回，人民文學出版社，1982 年，第 40 頁。

〔註16〕（清）曹雪芹撰，高鶚等：《紅樓夢》第 65 回，人民文學出版社，1982 年，第 914 頁。

〔註17〕（清）曹雪芹撰，高鶚等：《紅樓夢》第 65 回，人民文學出版社，1982 年，第 910 頁。

〔註18〕（清）曹雪芹撰，高鶚等：《紅樓夢》第 40 回，人民文學出版社，1982 年，第 539～540 頁。

〔註19〕（清）曹雪芹撰，高鶚等：《紅樓夢》第 40 回，人民文學出版社，1982 年，第 537 頁。

這種冷僻的室內風格也正是居者——薛寶釵內心世界和性格特徵的外在反映。數枝菊花，卻含有三層意味，不僅將寶釵內在性格展現出來，還暗示她後來的人生處境。第一層意味，菊花不僅象徵著品德高雅，還象徵著隱逸超脫，淡泊名利。菊花生性隨和，生長於溝壑路邊，不與眾花爭鋒。寶釵處處不爭先，處處藏拙，在大觀園眾女子中人緣最好，正是具有菊花隨和與隱逸淡泊的本性相合。第二層意味，菊花在百花凋零後開花，在寒風中傲霜開放，象徵著堅貞不屈、無所畏懼。唐末農民起義領袖黃巢詠菊花的詩句：「颯颯西風滿院栽，蕊寒香冷蝶難來。他年我若為青帝，報與桃花一處開」。「待到秋來九月八，我花開後百花殺。衝天香陣透長安，滿城盡帶黃金甲。」寶釵並不是對現實無所關注，否則也不會在寶黛愛情中成為「寶二奶奶」，她有一首詩中寫道「好風憑藉力，送我上青雲」可謂志向不小。寶釵個人暗地裏積極又表現出菊花能隱忍的鬥爭向上的精神氣質。第三層意味，菊花又象徵憔悴愁苦。菊花的形態中花瓣瘦長，枯萎時花瓣並不飄落而是萎縮到一起，像是人思慮憔悴時的情形。宋朝女詞人李清照有一首《醉花陰》以清瘦的菊花作為與自己人生的對照：「莫道不銷魂，簾卷西風，人比黃花瘦」。「人比黃花瘦」用「瘦」字抒發內心對久別丈夫的感受又體現以靜默的冥想表達質樸而又意蘊豐富氣質。曹公也將「清瘦」菊花代表著淒冷的意境，以此描繪出寶釵以後孀居寡婦的人生。曹雪芹如此布置寶釵的閨房，正如把她經常服用的一種奇異藥物命名為「冷香丸」一樣。賈母對蘅蕪苑室內布置的評論是太簡樸、太素淨，缺少喜慶色彩。一個未出閣的姑娘把閨房收拾得這樣簡樸家淨，是犯了「忌諱」。在封建社會，只有孀居寡婦的居室才應該簡樸素淨，以防止寡婦門前多是非，很顯然這個「忌諱」，是指孀居的「忌諱」。賈母說到犯「忌諱」，忙把話頭一轉說：「我們這老婆子，越發該住馬圈去了」。清瘦的菊花也喻示到寶釵以後的寡婦人生。室內一株小小的黃菊，居然有三重的意味，如若不懂菊花的內在文化內涵，在讀《紅樓夢》時可就少了一層內在的文化韻味。這與黛玉的瀟湘館裏千百竿翠竹形成鮮明對比，竿竿修長挺拔、遒勁硬朗。兩相比較，剛與柔、曲與直，風格迥然不同。

　　菊花一直被稱為是「花之隱者」，這一文化品格的形成與晉朝大詩人陶淵明淵源極深。陶公可謂是愛菊成癖，在他筆下有許多詠菊詩句，如「採菊東籬下，悠然見南山」、「秋菊有佳色，更露攝其英」等名句，至今仍膾炙人口。由此菊花與人之間有了變化，菊花潔身自好，不惹蜂蝶、耐寒傲霜、與世無爭的

品格也由陶公擴散到當時士大夫中。「採菊籬下，悠然見南山」中透露的幽靜安逸生活，以田園詩人和隱逸者的姿態，賦予菊花獨特的超凡脫俗的隱者風範。

四、以植物寫人物情感：葉上題詩欲寄誰

　　情感是人對客觀生活的一種主觀反映，具體表現為喜歡、憎恨、憂傷等情緒。然而若作者僅僅采采平白如實的描繪，常讓人感覺所要傳達的感情虛偽，文章也顯得空洞很難細膩準確的將人類的情感表現出來。因而，在小說裏作者常借助於外物去傳達人物的感情，這樣顯得人物情感非常豐富飽滿。借用植物來表現人物情感也是其中較常見的一種手法，尤其體現在一些情感故事中。

　　「紅葉題詩」題材類小說借用紅葉寄託主人公的感情。《紅葉題詩》的故事最早見於孟棨的《本事詩》中「情感第一」，故事講述：中唐詩人顧況在洛陽，閑暇時與幾位詩友遊玩。看到流水從上陽宮宮牆內飄來一片大梧桐樹葉，上面寫有一首詩：「一入深宮裏，年年不見春。聊題一片葉，寄與有情人」。顧況也在葉上題了一首詩「花落深宮鶯亦悲，上陽宮女斷腸時。帝城不禁東流水，葉上題詩欲寄誰」，第二天將葉子放入流水的上游，讓它順著水流入宮牆內。十多天後，有人踏春時又得到一首紅葉詩，拿來給顧況看。紅葉上寫著：「一葉題詩出禁城，誰人酬和獨含情。自嗟不及波中葉，蕩漾乘春取次行」。相傳，唐朝年間，後宮佳麗雲集，而大多數宮女一生只能獨守空房。僅開元、天寶年間，各地行宮的宮女總數超過了四萬。白居易在《上陽白髮人》中說上陽宮女「入時十六今六十」，在剛入宮時「臉似芙蓉胸似玉」，本以為入了宮「便承恩」卻沒承想一直連君王的面都沒見過，她們的青春年華就在寂寂寥寥的古行宮中度過來了。

　　「紅葉題詩」曲折離奇的情節一直吸引著後世文人，在其後的傳說、詩詞、戲劇中都有「紅葉題詩」這個類似的故事，只不過人物、情節稍有不同。「紅葉」成為人物之間傳遞感情的「媒介」。唐代范攄的筆記小說《雲溪友議·題紅怨》，即根據孟棨《本事詩》中顧況的故事增飾而成。故事主角置換成中書舍人盧渥，故事情節與顧況紅葉故事稍有差異：盧渥將在御溝所拾紅葉上題詩「流水何太急，深宮盡日閒，殷勤謝紅葉，好去到人間」。他將紅葉置於巾箱之中。多年以後盧渥獲所退宮人即當時所題紅葉詩的宮女。在盧渥的故事中將顧況的故事加以豐富，更加突出「題詩紅葉」的傳奇性，紅葉成為紅娘成為二人姻緣的牽線者。五代孫光憲《北夢瑣言》卷九中所記的「紅葉題

詩」故事傳奇性進一步加強。所記故事主角置換成李茵。進士李茵遊御苑時，見題有「流水何太急，深宮盡日閒。殷勤謝紅葉，好去到人間。」詩句的紅葉，於是將拾起紅葉收貯在書箱裏。後來在藩鎮之亂背井離鄉奔竄到一位老百姓家中，見到一位自稱雲芳子的宮女。兩人交往日深後，雲芳子發現了那片紅葉並說是自己所題。於是兩人同行。路途中，一個宦官認出了雲芳子，強行將她帶走。李茵十分難過，但又無可奈何。那天晚上雲芳子忽然又回到他所住酒店，自稱以重金賄賂了中官才得以出來。佳人失而復得，李茵欣喜難以言表。兩人得以相伴。幾年後，李茵得了病身體消瘦，有個道士說他面有邪氣。這時雲芳子才道出實情稱當年相遇之時她已去世，因感念李茵對紅葉詩的深情才來相從，卻不料人鬼殊途。事已至此也不會再連累李茵，說畢置酒與李茵對飲，酒後飄然而去。至宋代「紅葉題詩」的故事情節進一步豐富，如王銍《補侍兒小名錄》記有德宗時賈錢虛的故事，劉斧《青瑣高議》中所載的《流紅記》。《流紅記》記魏陵張實撰的《流紅記》，記于佑與韓夫人的故事：于佑拾到題有詩句「流水何太急，深宮盡日閒。殷勤謝紅葉，好去到人間。」的紅葉，於是將紅葉帶回住處後放在書箱中，每天都拿出來欣賞吟誦。因想紅葉一定是宮中一位美人所寫的。因而珍藏起來。後來，于祐對紅葉日夜思慮，消瘦很多。他也題詩「曾聞葉上題紅怨，葉上題詩寄阿誰？」於紅葉上放到御河上游。後來，于佑多年參加京城科舉考試都沒能考中，就投奔到河中府權貴韓泳門館擔任文書。過了幾年後，韓泳召見于佑說皇宮有宮女被逐出各自嫁人，其中一名韓夫人是他同鄉就介紹給他。于佑同意。於是于祐和韓夫人成婚。婚後，韓氏在于佑書箱中發現了紅葉，夫妻二人各持一片紅葉相視無言，感慨萬端。在《全唐詩》之《書桐葉》及五代時《玉溪編事》中也有「桐葉題詩」的記載：前蜀尚書侯繼圖，在成都大慈寺的樓上倚欄觀景，忽然有一片梧桐葉飄落而下，上面有題詩一首。侯繼圖大為驚奇，且很為欣賞上面的詩，就將其保存在衣箱裏。五六年以後，他和一位任姓小姐結婚。一天，侯繼圖吟詠此詩，夫人聽後詢問。結果書葉詩將二人結緣。《已虐編》中還將紅葉題詩由人世間擴展到人神戀愛：張士傑客居壽陽時，一日醉酒進入龍祠，見祠內龍女塑像很美，就取桐葉題詩投入帳中。忽見一美女，士傑上前飲酒，女子吟詩以復。張士傑醒後發現自己孤坐於龍廟門右邊，後見一女奴前來還桐葉並稱龍女傳語「勿復置念」。梧桐葉在秋天一般變為黃色，楓葉變為紅色。因梧桐葉落較早，古人有「梧桐一葉而天下知秋」，

梧桐葉落喻示著秋天就要來了，帶有著秋意和悲愁，符合題詩中因情感帶來的思念之愁的心境。

《紅葉題詩仕女圖》──唐寅（明代）

古代小說中不僅以「紅葉」寄託情感，還有以桂花作為情感的信物，如《秋香亭記》中采采即以桂花作為寄情達意的信物。亦有以柳樹喻示著離別。楊柳是別離的象徵，而中國人喜聚不喜散，但人生旅途中別離又是經常發生的，於是文人筆下便經常出現那依依的柳條，飄舞的柳絮。在唐代傳奇小說許堯佐《柳氏傳》及孟棨《本事詩》中有關於柳氏悲歡離合的故事。主人公取柳姓別有用意。在小說中因人物姓名中的「柳」字將其與柳樹聯繫到一起，柳樹飄逸的枝條惹得人類採摘攀折被用來象徵主人公倍受摧殘的人生。柳氏一如楊柳一樣柔弱，像柳枝一樣被人隨意攀摘。融入的《章臺柳》、《楊柳枝》、《寒食》的詩詞也處處以柳喻人，《章臺柳》：「章臺柳，章臺柳！昔日青青今在否？縱使長條似舊垂，也應攀折他人手。」表現出來的是男人對心上人的愛意和懷疑試探。他既擔心她的生死安危，又擔心她紅顏凋零不堪相看，更恐她已為他人所劫奪佔有。他對她相思不忘又疑竇叢生。而柳氏答詞《楊柳枝》：「楊柳枝，芳菲節。可恨年年贈離別。一葉隨風忽報秋，縱使君來豈堪折。」卻言歲月催人老，自己已非當年俊俏容顏，芳華已謝，縱使君來已不堪折了。詞義淒涼，她對他一樣情深濃念念不忘，卻沒有半點懷疑拷問，彷彿這一切都是她的錯〔註20〕。而皇帝御批借用韓翃的詩「春城無處不飛花，寒食東風御柳斜。日暮漢宮傳蠟燭，輕煙散入五侯家。」卻顯示一派春意融融的景象，三月柳絮紛飛裏，二人離散多年再聚首。這一通過楊柳傳情的寫法也被民國武俠小說所承繼，如王度廬的代表作《鶴驚崑崙》中寫江小鶴與鮑阿鸞的愛恨情愁時就反覆出現兩人當年定親的那棵柳樹。

五、以植物寫人物氣質：梅影暗香動人情

梅於冬春之交開花，獨放於百花之前。可以說它既是一年中最後一個季節開放的花，又是來年春天第一個盛開的花。它既是「歲寒三友」之一，又是一個美麗的報春使者。梅花在中國古代小說中常被用來喻指女子的人物氣質，如《林蘭香》中臘月裏鄭文送白梅花一盆給夢卿解悶，夢卿很是喜歡，賦詩一首：「聞說江南並雪開，蕭閨何幸一枝來。卻憐柔素與奴似，些子春光占帝臺。」來自比，言自己雖一介弱女子，如這盆白梅「梅雖小，光華有限。然一種絕世之芳，實可分沐帝臺之春耳。」在古典小說集大成的《紅樓夢》中也常直接描寫梅花或者借用梅花的意象寫人。小說第五回中便借用梅花「報春使者」這一

身份寫「東邊寧府中花園內梅花盛開」，以梅花盛開作為了元春得皇妃的一種
預示。梅花還常常不經意的出現在小說人物的生活中，如第三十五回有鶯兒打
梅花絡；第四十回「金鴛鴦三宣牙牌令」中也出現了梅花，賈母就出的「六橋
梅花香徹骨」，薛姨媽的「梅花朵朵風前舞」。薛姨媽雖然依然家道殷實，但因
為生了個不爭氣的混帳兒子，薛家人丁日漸稀落，寶釵這個寶貝女兒幾乎就是
她老有所依的憑靠了，她當然也希望寶釵像元春一樣出人頭地。然而曹公真正
對梅花大肆著墨在第四十九回和第五十回當中，但看「琉璃世界白雪紅梅」便
以紅梅作題，在曹雪芹的筆下，在這兩回裏，不僅實寫了梅花的形態，梅花的
風骨道姿與豐神俊朗，還寫了與梅花結緣的兩位女子，一位是帶髮出家的妙
玉，一位是比寶黛還美的薛寶琴。

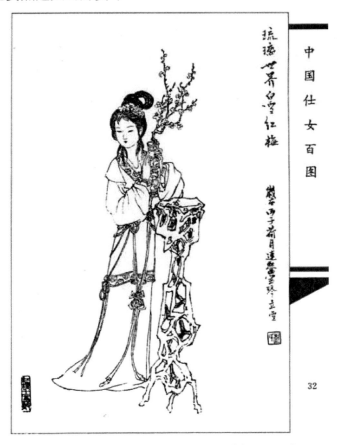

天津楊柳青畫社 2004 年版仕女圖《寶琴抱梅》

　　妙玉與梅花。妙玉極其愛梅，她所住的櫳翠庵中有十數枝紅梅，每當盛開
時節如胭脂一般，映著雪色，分外顯得精神。而在妙玉進入大觀園之前，她在

「玄墓蟠香寺」修行時就在梅花叢中長大，自然對梅花有著特殊的感情。玄墓山一帶「山人以圃為業，尤多樹梅」，據清代蘇州人士顧祿的《清嘉錄》載吳地風俗，早春二月即去「元墓（玄墓）看梅花」，而曹雪芹祖父曹寅曾先後任蘇州織造、江寧織造，都曾去玄墓遊覽賞梅，曹雪芹的舅祖李煦則還與玄墓聖恩寺主持濟志有舊。小說第四十一回「櫳翠庵品梅花雪」中，妙玉用珍藏了五年的「玄墓蟠香寺」梅花上的雪水烹茶，招待黛玉和寶釵吃「梯己茶」。櫳翠庵的梅花又有非同一般的形式美，都可見妙玉對梅花的鍾情。古人賞梅認為「梅以形勢為第一」，曹公在文中也著力用工筆描摹梅花的形式，著意於描寫於梅花的風神。第五十回裏寶玉因蘆雪庵聯詩被罰去櫳翠庵求取紅梅一枝，寶玉取來後，眾人爭相觀看「這枝梅花只有二尺來高，旁有一枝縱橫而出，約有五六尺長，其間小枝分歧，或如蟠螭，或如僵蚓，或孤削如筆，或密聚如林，真乃花吐胭脂，香欺蘭蕙」〔註21〕。這種描摹活色生香地將梅花的清韻、遒奇蜿蜒展現出來，也由這枝梅花體現了妙玉對梅花的理解之深。妙玉乃是帶髮修行的少女，不僅心性孤高，而且有潔癖。因為劉姥姥用了她的成窯五彩小蓋鍾，她便不惜貴重也要扔掉。曹雪芹寫妙玉有潔癖，也絕非閒筆，而是一種品性高潔的暗指。妙玉原是宦家小姐，因自幼多病只好被舍入空門帶髮修行，十八歲父母雙亡無依無靠，卻文墨極通，經文也學過，模樣俊秀。被迫遁入空門的妙玉也正如同一株雪地梅花，遺世而獨立。她的一生，是與世無爭的，但她也如盛開的梅花對生活有著嚮往。她雖有潔癖卻將自己的綠玉斗茶具給寶玉倒茶，有人據此指出妙玉在內心裏還有對情感的憧憬，對寶玉的渴望。那麼，如何看待妙玉對待寶玉的「不尋常」之舉呢？曹公所命「妙玉」之名也暗含玄理，《老子》第一章開頭即云「故常無，欲以觀其妙」「玄之又玄，眾妙之門」，這裡的妙都是指道而言。妙玉的師父也是個精演「先天神數」的女尼。結合妙玉的性格、行為來看，帶髮修行的妙尼實際上不純是佛家弟子，她也受到老莊道家思想的很大影響。小說中邢岫煙說妙玉是「僧不僧，俗不俗，男不男，女不女」，這句話並非是貶義，而是指妙玉實則超越了僧俗男女的種種界限規約、名教禮法，妙玉始終在精神上保持著她的獨立和自由。因此，常人眼中的「親密」「曖昧」舉動對於妙玉來說是一種「越名教而任自然」的行為。妙玉正如「魏晉風度」中的「風流名士」瀟灑不羈、怪誕詭僻。然而雪融花落後，高潔的梅花卻

〔註21〕（清）曹雪芹撰，高鶚等：《紅樓夢》第 50 回，北京：人民文學出版社，1982 年，第 676 頁。

和污泥混在一處，第五回的一首判詞和一支「世難容」已經將她如梅花落後的悲劇結局點出「欲潔何曾潔，雲空未必空。可憐金玉質，終陷淖泥中。」對於這個有著脫俗才情的女子，她雖琴棋書禪無所不精，孤芳自傲一世，卻也難逃悲劇的命運。《紅樓夢》後四十續書中將妙玉其人完全由仙降凡，成為一位不脫凡俗的偽修行者，這不能不說是對妙玉的一種褻瀆。「無意苦爭春，一任群芳妒。零落成泥碾作塵，只有香如故！」但依然還留存梅花那縷縷清香吧。

《漢宮春曉圖》局部——仇英（明代）

寶琴與梅花。寶琴在小說第四十九回才出場，但她一出場便如曇花初綻，紛芳四溢，將連同寶、黛的所有女子都被比下去了，連能幹又有才華探春都說：「連他姐姐並這些人總个及他」。薛寶琴，四大家族金陵薛家的女兒，紫薇舍人薛公的嫡系後代，不僅外表美貌腹有才華，更難得的是她頗見過世面，小說第五十回中薛姨媽向賈母介紹說：「他從小兒見的世面倒多，跟他父母四山五

嶽都走遍了。他父親是好樂的，各處因有買賣，帶著家眷，這一省逛一年，明年又往那一省逛半年，所以天下十停走了有五六停了」〔註22〕，其閱歷自然非養在深閨的諸釵可比。寶琴閱歷對她自身的影響在小說第五十二回中可見一斑，眾人填詩詞時她就很有眼界反對顛來倒去生剝《易經》來填，並講述以前的見聞，她八歲時隨父親到西海沿子上買洋貨，遇到一位真真國十五歲的女孩，黃髮聯垂，滿頭都是貓兒眼、祖母綠的寶石，連畫上都沒她美，這女孩還通中國詩書，能作詩填詞講五經。也因此，寶琴雖出場很晚，卻集萬千寵愛於一身。賈母愛之不及，逼著叫王夫人認作乾女兒，寶琴每日與賈母一處安寢，並因此有幸親眼目睹了賈府如何宗祠祭祖。圍繞寶琴，曹公著力用了一個「梅」字來襯托，處處突出寶琴與梅花有著密不可分的聯繫，如與薛寶琴的身世、命運緊密相連的《紅梅花詩》意境深遠，且明顯帶有一股「仙氣」「前身定是瑤臺種，無復相疑色相差」實乃薛寶琴「梅花女神」之點睛之筆。而「寶琴抱梅」更是和「黛玉葬花」，「寶釵撲蝶」，「湘雲眠芍」並稱的紅樓夢裏最經典畫面之一。小說第四十九回，曹公特意寫寶琴雪中抱紅梅一段：雪下世間萬物粉妝銀砌，美人抱紅梅在白雪裏更加耀眼。因此大觀園中眾人稱：「就像老太太屋裏掛的仇十洲畫的《雙豔圖》。」仇英（1498～1552），號十洲，明代有名畫家，擅長人物圖，尤工仕女圖，與沈周、文徵明、唐寅並稱為「明四家」、「吳門四家」及「天門四傑」。賈母卻稱畫不如人好看。紅梅、白雪，並非隨意為之，因為寶琴一出場就明確是來和梅翰林的兒子完婚的，梅花和白雪恰好印證「梅、薛」二姓。在第五十一回中，薛寶琴的十首懷古詩中的《梅花觀懷古》：「不在梅邊在柳邊，個中誰拾畫嬋娟。」頗耐人玩味，這一句出自湯顯祖的《牡丹亭》的「寫真」一折裏杜麗娘的自畫像題詩：「近觀分明似儼然，遠觀自在若飛仙。他年得傍蟾宮客，不在梅邊在柳邊。」暗示杜麗娘與柳夢梅的愛情。「梅」自然是暗指梅翰林家，那麼「柳」字與其相對，必然也暗含一個人的姓，那麼讓人很容易想想作為紅樓「四俠客」之一的柳湘蓮。柳公子與薛蟠雖然鬧過矛盾，可畢竟還是結拜兄弟，且又與薛家有恩，是否是後來賈府和薛家敗落後，梅家悔婚，柳公子出手相救呢？寶琴擁有梅花的清麗、高潔、脫俗。然而她也一如大觀園中眾女子，有著悲劇的人生。先是父親去世的早，那時寶琴其時不過十一二歲，所以薛姨媽說「可惜這孩子沒福」。父親去世後一家便返回

〔註22〕（清）曹雪芹撰，高鶚等：《紅樓夢》第 50 回，北京：人民文學出版社，1982 年，第 682 頁。

金陵，因不能行商，家計敗落困頓起來，她母親又是痰症。正是寶琴的《西江月》所言「三春事業付東風，明月梅花一夢」，寶釵評說太過喪敗。因此，八十回後不久，寶琴被接至薛姨媽處待嫁。「幾處殘紅」、「誰家香雪」，梅家也可能因與賈家交往密切亦受到彈劾，或是家道變故遠謫，梅翰林家退卻婚約之事。但七十回眾姐妹放風箏一處，每人所放風箏皆有喻意的，寶琴的「大紅蝙蝠」喻「紅」與「福」是吉祥象徵，或者寶琴與梅公子共結連理之好，只是在政變中一家遠謫困苦煙瘴之地窮山僻海。

若說妙玉佔了梅花的孤傲，寶琴則擁有梅花的高潔。這些如梅花般的女子，不僅有著梅花的冷豔與暗香，更多的是他們「寒梅傲雪」的精神氣質。不管生活在何種狀況下，雖然有風欺雪壓，雖有著悲劇人生，卻也一樣開出梅花的精神，留下梅花那縷淡香。

六、以植物寫人物命運：蘼蕪滿手泣斜暉

古人認為人的命運是一生下來就注定的，人一生歷程中的順與逆、貧與富、窮與達、生與死乃至一切的遭遇，都取決於冥冥之中的力量。在中國傳統的儒家觀念裏有「死生有命，富貴在天」（《論語‧顏淵》）之說，認為一個人的生死存亡、富貴貧賤是由上天安排的。古代小說中的文學人物承載著古人的思想與認識，因而在古代小說中常見對人物命運預示性的描寫。植物在古代文化中有著特點的文化內涵，尤其與女性有相關的比擬，因而在古代小說中也常見利用植物來暗寫人物命運的描寫。在《紅樓夢》裏認為眾女子的命運是「千紅一窟（哭）」、「萬豔同悲」，並運用「草蛇灰線」的筆法多處運用了植物對眾女子的命運進行了比喻暗示，其中既有在小說開頭以判詞形式對人物命運的直接比擬，也有在隨後的情節中多次運用植物對小說人物命運進行側面烘托、隱性暗示。

以植物對人物命運進行直接喻指。在《聊齋誌異‧橘樹》篇中講述一則關於橘與人的故事：陝西劉公為興化令時有道士送一盆樹枝細如手指的橘樹。劉公本不想要，但道士稱「聊祝女公子福壽耳。」劉公之女一見很喜歡這盆橘樹就置於閨房裏，小心愛護。等劉公任滿返回時，橘樹已有一把粗了，當年還結了果實。因橘樹累贅，沒法帶走，劉家小姐抱樹啼哭。家人只好哄她說還會再回來。因擔心橘樹被人搬走，他們就把它移種在庭院裏。十餘年以後，劉女之夫又任興化令，又見到舊時那棵橘樹，已經有十圍粗了，還結了累累的果實。

以前的故人說這棵橘樹從來沒結過一顆果實，這一次是第一次結果。劉女在興化三年，橘樹每年都結果累累。第四年忽然憔悴不堪。劉女對夫君說，看來任期不久了。到秋天，劉女之夫果然解任還籍〔註23〕。橘樹與人物的榮升去留有直接的喻示。在《紅樓夢》的開頭，作者就以植物對小說中重要女性命運有一整體宏觀上的喻示，即為小說第五回出現的「金陵十二釵」正冊、副冊、又副冊。在其判詞、圖畫中就多處運用了植物，如對黛玉的暗示是「兩株枯木，木上懸著一圍玉帶」，「兩株木」正是象徵著黛玉的「林」姓，「枯」暗示著死亡。而「堪憐詠絮才」中又出現柳絮，飄忽無根的柳絮也成為黛玉身世漂泊、此生無依無靠命運的又一個暗示。對於元春的判詞中有「榴花開處照宮闈」。元春從女史到鳳藻宮尚書，又榮升賢德貴妃，就像石榴花一樣，花開繁盛時期，火紅四射、榮耀一時，但因花期短暫又很快凋謝暗淡下去。元春最榮耀之時，賈府蓋省親別墅大觀園，在她元宵佳節歸省之時，場面盛大空前。不僅正冊女子以植物暗示命運，在副冊、又副冊中次要一些的女性與植物關聯亦是非常密切，如暗示香菱命運的畫是「一株桂花下面是一池水，水涸泥乾，蓮枯藕敗，判詞為「根並荷花一莖香」。香菱原名甄英蓮（真應憐），荷花又稱蓮花，以此暗示英蓮之名，卻以「蓮枯藕敗」寫她這朵蓮花只有枯萎殘敗的命運。香菱原是甄士隱之女，身為貴小姐，卻在三歲之時被拐子拐走，養到十幾歲被馮家公子看上。她本以為會命運可以中轉，卻又被薛蟠這個花花太歲看中，取回作妾。薛蟠偏又娶了又貪妒又狠毒的潑婦夏金桂，香菱受盡金桂虐待而死。雖出身福貴家小姐的香菱，一生命運著實令人歎嗟同情。

以植物對小說人物命運進行側面描繪。小說第六十三回「壽怡紅群芳開夜宴」一節中，小說行文至此故事已經發展了大半，此時作者又以植物對眾女性的命運再次喻示。小說裏提到眾人擲花籤給寶玉慶生，每個女子手裏都拿了不同的花籤。相比小說第五回，本節在暗示手法上稍有差異。第五回中的判詞、圖片無一不從宏觀上指出人物的最終結局。這一節卻從一處主要特點對人物的某種命運進行喻示。且看眾女子所拿花籤：薛寶釵的為「豔冠群芳」牡丹，所鐫小字為「任是無情也動人」。寶釵品性端正，為人大氣，家道殷實福貴，且她最後也成為賈府的「二奶奶」。眾人都道她「原也配牡丹」算得上是「豔冠群芳」。賈探春的為「瑤池仙品」的杏花，所鐫小字是「日邊紅杏倚雲栽」，並且簽名下還有注：「得此籤者，必得貴婿」。「日邊紅杏倚雲栽」為唐代高蟾

〔註23〕 （清）蒲松齡：《聊齋誌異》卷7，北京：人民文學出版社，1989年，第919頁。

詩句，「日」在封建時代正與「龍」相似，並不是普通人可以用的，而是專屬「皇帝」的象徵，「日邊紅杏」不言自明即為皇帝身邊的嬪妃。因而才有眾人笑她之語：「我們家已有了個王妃，難道你也是王妃不成。」探春作為庶出之女，能靠自己才幹在賈府得到眾人尊敬，也的確是「一枝出牆紅杏」。但考慮到探春的判詞是「清明涕泣江邊望，千里東風一夢遙」「一帆風雨路三千，把骨肉家園齊來拋閃。恐哭損殘年，告爹娘休把兒懸念。自古窮通皆有定，離合豈無緣？從今分兩地，各自保平安。奴去也，莫牽連。」〔註24〕高鶚續書寫她嫁給了鎮守海門等處總制周瓊之子，遠嫁海疆。然曹雪芹的本意或可能是將探春嫁到皇家，或邊地庶王妃。史湘雲的為「香夢沉酣」海棠，所鐫小字是「只恐夜深花睡去」。湘雲因有「醉眠芍藥茵」一節，所以所掣花簽暗含「海棠春睡」之意。因而機敏的黛玉說將花簽上的小字「夜深」兩個字應改為「石涼」，即是關切到之前湘雲之事。襲人是「武陵別景」的桃花，所鐫小字為「桃紅又是一年春」。詩句出自宋代詩人謝枋得《慶全庵桃花》「尋得桃源好避秦，桃紅又見一年春。花飛不遺隨流水，怕有漁郎來問津。」襲人對「桃紅」情有獨鍾，她因母親生病，回家探視時穿的便是「桃紅百子刻絲銀鼠妖子」，日常穿著也是「穿著銀紅襖兒」。襲人這個寶玉身邊的貼身大丫鬟，本身是應成為寶玉之妾如趙姨娘一樣的身份。她渴望向上爬，擁有主子的地位，多次向王夫人私下示好，成為王夫人心腹之人。然而寶玉始終把它當成一個「大丫鬟」甚至於還比不上晴雯在寶玉心中的地位。她與寶玉也注定沒有結局，因而在高鄂續書中襲人離開賈府又再遇蔣玉菡情定終身，也正是應「桃紅又是一年春」之句。

　　以植物對小說人物進行隱性暗示。《紅樓夢》中還利用一些植物對人物身份命運進行特指，如以「草」對兩位重要女主人公黛玉、寶釵未來婚姻的隱喻。黛玉前生是絳珠仙草，而寶釵今世是「蘅蕪」香草。「蘅蕪」典故出於晉代王嘉的《拾遺記》卷五中漢武帝與李夫人生離死別的悲劇故事：「（漢武）帝息於延涼室，臥夢李夫人授帝蘅蕪之香。帝驚起而香氣猶著衣枕，歷月不歇」。李夫人以美色和歌舞而受寵幸，卻不幸很早離世。早逝，也喻示了其後寶釵悲劇的愛情。再看看「蘼蕪」這種香草在在古典詩歌中的意象，蘼蕪常常與棄婦特別有緣，如《古詩十九首》就有「上山採蘼蕪，下山逢故夫」之詩；唐代詩人趙嘏《蘼蕪葉復齊》「提筐紅葉下，度日採蘼蕪。掬翠香盈袖，看花憶故夫。」

<hr />

〔註24〕　（清）曹雪芹撰，高鶚等：《紅樓夢》第63回，北京：人民文學出版社，1982年，第869～872頁。

在《紅樓夢》第十七回「大觀園試才題對額」中蘅蕪苑剛剛落成，賈政父子與一班門客前來欣賞，有清客為題聯「麝蘭芳靄斜陽院，杜若香飄明月洲」，眾人卻道：「妙則妙矣，只『斜陽』二字不妥。」那人又道是「蘼蕪滿手泣斜暉」之典，引來其他人一片「頹喪、頹喪」的非議〔註25〕。為何大家要道「頹喪」呢？因此處所云「蘼蕪滿手泣斜暉」之典為女道士魚玄機之詩「蘼蕪滿手泣斜暉，聞道鄰家夫婿歸」之句。魚玄機為晚唐女詩人，雖有詩才卻風流放蕩。其先嫁狀元李億為妾，然不容於李妻裴氏，被休後於咸宜觀出家。魚玄機與諸多名士官僚都有往來，其有詩云「易求無價寶，難得有情郎」。然而古詩之「斜陽」之典極多，如宋代秦觀的《滿庭芳》中「斜陽外，寒鴉數點，流水繞孤村」，范仲淹的《蘇幕遮》中「山映斜陽天接水，芳草無情，更在斜陽外」，都比魚玄機之典更為有名氣。何故一定選用此典呢？由此看出曹公自有其深意，暗示出寶釵棄婦的命運，以及其日後盼夫歸的未來。寶、黛之間有著前世的「神緣」，所以寶玉初一見黛玉就說：「這個妹妹我見過。」「神」是一種脫俗超塵的存在，因而他們在凡塵裏講究的是精神上的契合；二寶之間的「金玉良緣」是今世「俗緣」，「金玉」講究的是財富的多寡、門第的高下，是物質上的一切。因此二人貌合神離，僅僅是肉體上的結合。前世今生、精神肉體，這二者難以兩全，這才有「歎人間美中不足今方信」的苦衷。曹公又將林黛玉命名為「瀟湘妃子」暗含舜帝與娥皇女英的故事，暗示了兩人注定今生精神相契而肉體分離的悲劇；寶玉與寶釵之間所用的「漢武帝和李夫人」之典，暗示講究肉體結合的俗世之緣也注定是一齣悲劇。整部的《紅樓夢》就是對人世間各種悲劇命運的哲理性思考。「木石前盟」代表著寶黛一生扯不開割不斷的愛戀，是種發之個人身心純粹的愛情。而二寶的「金玉良緣」則是經過利益計算和反覆的權衡的婚姻，是人世間各方利益博弈平衡的結果。這才有寶玉「空對著山中高士晶瑩雪，終不忘，世外仙姝寂寞林」。

第二節　中國古代小說表現手法中的植物

一、託物寓意：願擷此物寄相思

託物寓意作為一種創作手法，是作者通過對客觀事物的描寫來間接表達

〔註25〕　（清）曹雪芹撰，高鶚等：《紅樓夢》第17回，北京：人民文學出版社，1982年，第228頁。

所要抒寫的意思，或是美好、或是醜惡等等。這些客觀描寫的事物與所表達之意要有某種相似點。作者通過客觀事物往往可以把一個深刻的道理，或是一段難以言說的情感通過簡易直白的方式展現出來。植物在中國文化中常常帶有具體的內涵，常是古人的感情依託所在。兩多年前著名愛國詩人屈原在《橘頌》中「后皇嘉樹，橘徠服兮。受命不遷，生南國兮。深固難徙，更一志兮。綠葉素榮，紛其可喜兮……」借橘樹大力讚美意志堅強的仁人志士；宋代大文豪蘇軾在《贈劉景文》詩中云「荷盡已無擎雨蓋，菊殘猶有傲霜枝」以「枯荷殘菊」來抒寫做人要保持傲雪冰霜的氣節。

　　在古代小說中用植物來託物寓意的手法隨處可見，以植物喻人、寓示情感等等。《開元天寶遺事·解語花》條中在唐明皇與楊貴妃在太液池賞花時，當左右極力稱讚太液池中各類花朵之美，唐明皇卻指著楊貴妃對左右說「爭如我解語花？」〔註26〕將迎合人意的美人比如花。

定陵出土的織金妝花喜字串枝並蒂蓮花緞紋飾（明代）

[註26]　（唐）王裕仁：《開元天寶遺事》，《唐五代筆記小說大觀》，上海：上海古籍出版社，2000 年。

　　古代小說中常以植物名稱來命名小說人物的方式，以此寓示人物的性格、命運。如《紅樓夢》中有眾多以植物命名的人物。新一代的男性名字中多與「花草」字有關，有賈蓉、賈蘭、賈菌等。相較於高枝大幹的樹木而言，「花草」是一種較為柔弱的植物類型。曹公以「草頭」字輩來安排賈家的新生代別有深意，且看在賈府中五代人物的譜系：第一代寧國公賈演、榮國公賈源，名字中都有「水」旁，顯而易見，水流之源寓意賈家第一代是開創基業的一代；第二代寧國府賈代化、榮國府賈代善，以「代」排輩，寓意賈家第二代都是承襲祖輩功業的一代；第三代賈敷、賈敕、賈敬等，名字中為「文」旁，寓意賈家第三代帶「文」字輩已脫離祖輩「軍功」改由科舉之路；第四代賈珍、賈珠、賈璉、賈寶玉等人，為「玉」旁或直接為名，珠玉象徵著財富，寓意賈家第四代人貪圖榮華富貴的享樂生活。而新生代的花草植物名稱，寓意著賈家新生代的無能，但賈家經過第四代的揮霍，已如大廈將傾，賈家第五代人正如其名如風中衰草，賈家也將徹底敗落。不僅如此，賈府中還有眾多的丫鬟、女伶也常常以植物命名，如蕊官、藕官、秋桐等。這些以植物命名的女性人物不僅有著花草的柔弱無助，還有著另一種身世之悲，如英蓮寓「應憐」之意、嬌杏諧音「僥倖」等語。

　　古代小說中還以植物來傳達文章的主旨或是人物的情感。相思，是人類比較微妙的情感之一，在文字或是語言中都難以表達。而古人卻通過對植物的描寫中委婉含蓄地將這一難以言傳的感情表達出來。唐代王維有一首《相思》的五言絕句「紅豆生南國，春來發幾枝？願君多採擷，此物最相思。」以紅豆這一小小的植物果實來寫相思，語淺而情深。南宋姚寬《西溪叢語》中有一則筆記，說李龜年於汀中採方使筵上唱起王維這首《相思》詩，舉座之人都遙望玄宗所在的蜀中，面色慘然。白居易在《長恨歌》長詩中有「在天願作比翼鳥，在地願作連理枝」一語，以描繪唐明皇與楊貴妃長恨綿綿的愛情。連理枝，本是指兩棵相鄰樹的枝幹合生在一起，看起來像是兩棵樹長要一起，所以又稱相思樹或是夫妻樹。「相思樹」這一說法據稱最早出現在古代小說裏，魏晉志怪小說干寶的《搜神記》中記載了一則關於「相思樹」的故事：戰國時代，宋康王因舍人韓憑之妻何氏貌美，就強娶過來。韓憑滿心怨恨，康王就把他抓起來服苦刑，白天防敵寇，夜晚修建青陵臺。韓憑暗地裏給妻子寄了封含義隱晦的信以明死志，不久就自殺了。何氏也心存死志，暗中將衣服弄朽爛。在和康王一起登上高臺之時，何氏縱身從臺上躍下。宋康王的隨從想拉住她，但卻因何

氏的衣服朽爛，經不住手拉，何氏從高臺跌落而死。何氏在衣帶留一封遺書請求與韓憑合葬。康王發怒，派其同里人將韓憑夫婦的墳墓埋得遙遙相望，並言：「既然你們夫婦如此相愛，若是能讓這兩口墳合起來，那我就不再阻擋你們。」很短時間便有兩棵大梓樹分別從兩座墳墓的端頭長出來，兩棵樹幹相互交錯，樹根在地下相交纏繞。樹上還有一雌一雄兩隻鴛鴦，長棲於樹上日夜不離，交頸悲鳴。宋國人有感於鴛鴦的悲鳴聲，於是稱這種樹為相思樹。「相思之名，起於此也」〔註27〕。在自然界的確有這樣合生的樹木，由於兩棵樹樹幹挨的太近，一起風就相互摩擦，結果把樹皮都磨光了。等到風停枝穩，樹木又開始生長新的樹皮，兩棵樹的枝幹靠在一起就很容易生長在一起。這種自然界的規律被人類發現，由此創造出了植物界生長中人工嫁接的方法，將一種植物的芽或枝割取下來，而將另一種植物的樹皮切開一處捆紮起來，過段時日，兩種植物就長在一起了。不僅連理枝被用來比喻至死不渝的愛情。並蒂花、合歡樹等植物也常成為婚姻中常用來喻示好事成雙、比翼雙飛的愛情象徵。王勃《春思賦》詩中寫到：「游絲空絹合歡枝，落花自繞相思樹。」並蒂花常被運用在婚慶裝飾中。此外，還有以「檳榔」來寄情之說。《紅樓夢》中的第六十四回賈璉探訪垂涎已久尤二姨時說：「『檳榔荷包也忘記了帶了來，妹妹有檳榔，賞我一口吃。』二姐道：『檳榔倒有，就只是我的檳榔從來不給人吃。』」〔註28〕賈璉來「討檳榔」，尤二姐回應「我的檳榔從來不給人吃」，那麼檳榔與「情」有什麼關涉呢？檳榔被稱為我國南方四大南藥之一，在海南、福建一帶廣為種植，進而也形成了南方青年男女一種特別的約會活動——「採檳榔」。蘇東坡曾寫「兩頰紅潮曾嫵媚，誰知濃是醉檳榔」，可見檳榔在古代具有男女之間傳情達意之用。因此，賈璉以檳榔來達到「情挑」尤二姐的目的。

　　古代小說中也以植物喻示人物氣節。《晏子使楚》中所謂「橘生淮南則為橘，生於淮北則為枳」頌揚橘樹不輕易易志的高尚操守。橘樹一如古代的「士」，遇知己者劉女則結果，劉女離去寧願選擇不結果實。

　　在古代小說中通過託物寓意的手法，植物被賦於了多種文化內涵，也由此擴展了小說「含蘊蘊藉」的審美意蘊。

〔註27〕（晉）干寶撰，馬銀琴、周廣榮譯注.《搜神記》卷11，北京：中華書局，2010年，第210～211頁。
〔註28〕（清）曹雪芹撰，高鶚等：《紅樓夢》第64回，北京：人民文學出版社，1982年，第898～899頁。

二、借物抒情：綠葉成蔭子滿枝

　　借物抒情是指作者通過對客觀事物的描寫來傳達自己的思想感情。這種藝術手法要點在於所描寫之物與人物之間相關的情感，找準事物與自己情感的共鳴之處，融自身的愛憎於事物之中。物體是感情的依託。植物與人類的情感關聯密切，古人常借植物來抒發內心的感觸，如《詩經‧小雅‧采薇》篇中「昔我往矣，楊柳依依」當年出征之時，依依的楊柳隨風飄拂，雖然外在景物美好但內心卻滿是悲涼；另有杜甫《春望》有詩句「感時花濺淚」，杜公有感於安史之亂，看到明豔的花朵不是開心卻是潸然淚下。王國維先生在《人間詞話》中云「一切景語皆情語」，景物的描寫都是作者為了表情達意的載體。古代小說中也利用通過植物景觀描寫來展現人物的思想感情。

　　景為情語，作者借植物來展現主人公的情感。《紅樓夢》第三十五回寫寶玉挨打驚動了賈府，眾人輪番前去探望。黛玉已經去探望過了，可又放心不下，於是只好常「立於花蔭之下，遠遠的卻向怡紅院內望著」竟呆了半日腿都站酸了〔註29〕。這樣也令黛玉更清楚地看到眾人在怡紅院裏進進出出，最後又看到賈母、王夫人及眾位姨娘並丫鬟媳婦一起前來，便想到有父母的好處，感念自己孤苦伶仃，不覺又傷感淚流滿面。當她回到瀟湘館後「一進院門，只見滿地下竹影參差，苔痕濃淡」這更引起黛玉濃濃的身世之悲，她馬上想起了《西廂記》中「幽僻處可有人行，點蒼苔，白露泠冷」之句。她回到屋內吃完藥後「只見窗外竹影映入紗窗，滿屋內陰陰翠翠，幾覃生涼」，更增加心中悲悶之情。這一段中瀟湘館的植物景觀處處充斥著慘淡的情調。曹公借這些植物描寫抒寫的是黛玉敏感細膩心思之下的感傷情懷。如果說作為少女的黛玉因植物而產生身世之悲的情感，但讀者不經細讀絕對難以想像大鬧天空不服三界管的孫悟空也會因植物而心生感懷之念，《西遊記》第三十八回中孫悟空、豬八戒潛入到烏雞國的御花園中，悟空對著御花園向八戒發出一番感慨：「莎汀蓼岸盡塵埋，芍藥荼蘼俱敗。茉莉玫瑰香暗，牡丹百合空開。芙蓉木槿草垓垓，異卉奇葩壅壞。巧石山峰俱倒，池塘水涸魚衰。青松紫竹似乾柴，滿路茸茸蒿艾。丹桂碧桃枝損，海榴棠棣根歪。橋頭麴徑有蒼苔，冷落花園境界。」〔註30〕孫悟空之語將烏雞國御花園的蕭瑟景象描繪的非常形象，這些悲涼淒清之境竟

〔註29〕（清）曹雪芹撰，高鶚等：《紅樓夢》第 35 回，北京：人民文學出版社，1982年，第 460 頁。

〔註30〕（明）吳承恩：《西遊記》第 38 回，北京：人民文學出版社，1955 年。

也引起悟空「心鬱鬱之憂思兮，獨永歎乎增傷」。這些破敗的植物引起大聖心中的憂鬱之情，免不得也生出一絲悲傷的意緒。但八戒卻不管這些，對悟空說：「且歎他做甚？快幹我們的買賣去來！」

　　景與情異，植物在人物的思想感情變化中出現反差。《紅樓夢》第五十八回裏，清明踏春時節，天氣晴朗，大觀園中眾婆子載花的、種豆的、行船夾泥種藕的……忙得不亦樂乎。眾姐妹都坐在山石上看著取樂。戶外是「柳垂金線，桃吐丹霞」一片春意盎然的生機。然後寶玉看到一棵杏樹：「一株大杏樹，花已全落，葉稠陰翠，上面已結了豆子大小的許多小杏」，結滿果實本是預示著豐收，寶玉卻覺得淒涼悲楚之情：「能病了幾天，竟把杏花辜負！不覺到『綠葉成蔭子滿枝』了！」〔註31〕「綠葉成陰子滿枝」出自杜牧的《歎花》詩：「欲去尋春去羅遲，不需惆悵怨芳時。狂風蕩盡深紅色，綠葉成蔭子滿枝。」《全唐詩》中又題作《悵詩》，文亦有異：「自恨尋芳到已遲，往年曾見未開時。如今風擺花狼藉，綠葉成陰子滿枝。」《唐詩紀事》載：杜牧早年遊湖州，曾遇到一位長相嬌俏的女孩子，因當時女孩尚年幼而未娶。十四年後，杜牧任湖州刺史，一心想著尋到女子娶她，卻不料女子早已嫁人生子。「綠葉成蔭子滿枝」的「子」語義雙關，雖實指果子卻又雙關「子女」，蘊含著詩人尋人不遇的惋惜之情。寶玉又聯想到再過幾天杏樹要子落枝空，待嫁的邢岫煙也未免烏髮如銀。雖是滿眼春色，但因小說中的人物寶玉思想感情的不同，植物也會出現另外一種傷感景象。

　　景隨情遷，植物隨著小說情節的發展而變化。《水滸傳》中處處寫到梁山泊，但同是一個水泊梁山在不同人物的眼中卻情調迥異：在小說第十一回，林沖落草時所見的梁山：「亂蘆攢萬萬隊刀槍，怪樹列千千層劍戟」〔註32〕，「亂蘆」「怪樹」通露出林沖對梁山泊的第一印象，因為林沖主觀上並不想落草為寇，卻在高衙內一步步緊逼之內被迫落草，因而在他心目中的梁山泊只不過是盜賊亂匪的藏身之地，所見也都是與盜匪相關的景象。而「刀槍」與「劍戟」又透露出層層的殺氣，剛剛聚義的梁山泊有一股威武雄壯之氣。在小說第七十三回，大聚義排座次後的梁山：「鵝黃著柳，漸漸鴨綠生波。桃肥亂簇紅英，

〔註31〕　（清）曹雪芹撰，高鶚等：《紅樓夢》第 58 回，北京：人民文學出版社，1982
　　　　年，第 800 頁。
〔註32〕　（明）施耐庵、羅貫中：《水滸傳》第 11 回，南京：江蘇古籍出版社，1994
　　　　年，第 122 頁。

杏臉微開絳蕊。山前花，山後樹，俱各萌芽；洲上萍，水中蘆，都回生意。」〔註33〕「桃紅柳綠」、「花木成蔭」有著一股田園詩式的寧靜，這時的梁山好漢已齊聚梁山泊，因而植物也到處透露出一片春光明媚的色彩，展現出一派生機盎然之氣。在小說第一百回，宋徽宗夢遊所見的梁山：「紅瑟瑟滿目蓼花，綠依依一洲蘆葉……對對鴛鴦，睡宿在敗荷汀畔。」〔註34〕紅如血的蓼花，殘荷蘆葉，梁山已經是一片淒涼與衰敗之景，此時的梁山泊眾位好漢已經是死傷大半，一片悲涼之色。作者正是借這些相同的植物在不同情節發展中所展示出不同的外在景觀，來透露著小說的基調。

三、因物生事：起死回生還魂草

在古代小說中常常有借一事物便可敷衍成篇，植物也常被利用其中。古代小說中就「太歲」這一神奇之物構想出許多情節奇異的故事。

嘉靖本《梅杏爭春》中載吳七郡王兩位愛妾梅嬌與杏俏二人都長得丰姿綽約，又都善詩詞。二人在後花園遊玩，看到春色正濃，百花競放。杏俏來到杏花深處看見杏花開的繁茂因此稱杏花一開百花都無顏色，梅嬌卻說杏花不及梅花。二人引經據典，詩詞往復，正高聲爭論時驚動郡王。郡王讓官差喚兩位小姐至公堂，讓二人辯白，聲稱若說不出高聲喧嘩聲由則各打二十竹篦。梅嬌與杏俏又各呈梅花與杏花高下之論〔註35〕。

還魂草，又稱回生草、重生草等，具有起死回生功能。從神農嘗百草開始，人類就意識到草對於人的神奇之處。人們開始幻想各類具有特異功能的草，可以讓人食用後達到超凡入聖的效果，如宋初徐鉉的《稽神錄·黃精》中載某臨川人虐待其婢女，婢女不堪忍受逃入山中，糧盡就吃一種野草，身若飛鳥般能從一峰飛至另一峰。主人投與世俗美味，食用後她就不再身輕而被捉回。小說中對植物這種重生草的介紹，最早可以追溯到《山海經》中，其後被其他典籍或是小說所承繼。在還魂草的傳說中最早的時間可以推到秦始皇尋求「不死藥」的故事。正史中對「不死藥」也有記載，《史記·封禪書》中有「蓋嘗有

〔註33〕（明）施耐庵、羅貫中：《水滸傳》第 73 回，南京：江蘇古籍出版社，1994年，第 798 頁。

〔註34〕（明）施耐庵、羅貫中：《水滸傳》第 100 回，南京：江蘇古籍出版社，1994年，第 1087 頁。

〔註35〕（明）洪楩輯，石昌渝校點：《清平山堂話本》附錄，南京：江蘇古籍出版社，1990 年，第 380～386 頁。

至者，諸仙人及不死之藥皆在焉。」許多小說圍繞還魂草起生回生設置情節，因為仙草的難得，因此如何獲得仙草常常成為敘事中重點表現的情節，比較典型的有以下幾種：

　　一是在無意中得到仙草。清代許秋垞所撰志怪小說《聞見異辭》裏載：董氏兄弟以砍柴度日。某日去砍柴途中，哥哥忽然因腹痛異常倒地身亡。叔嫂二人惟能抱頭痛哭，正在悲痛之時，忽見平時日日休息的石頭上有一株細草落下在哥哥身旁。小草金碧色，香氣芬芳。於是二人覺得蹺蹊，就撿起所落之草取汁灌入哥哥喉中。哥哥片刻即復生，其後還比先前力大勇猛。從這些情節分析可知其固定橋段：回生草多為偶然得到，且有異香、異相特殊特徵；起初得草人並不知是仙草，後來因之救人回生。清代王韜所著文言小說《淞隱漫錄》卷七《返生草》中載：沈白石於大雨中避於大樹下，卻碰到霹靂屢次擊在大樹左右，沈生發現樹幹間長數尺的大蜈蚣，於是就拿鏟子鬥蜈蚣，卻誤遭霹靂擊中，但也因此受到雷神眷顧意外獲得能起死回生的返生草。

　　二是因動物相助得到仙草。還魂草作為仙草的一種，並不是每個人都可以得到，必須是「有緣人」，有時是緣於異類的幫助而獲得。

　　第一種鳥類，有仙鶴、石鵲、鸛等。如白蛇盜仙草的故事中，取仙草的重要使命的擔當者是仙鶴；在梅溪遇安氏的《後三國石珠演義》裏，正當劉弘祖眾人無法倉促尋來仙草時，可巧就聽聞撲剌剌的聲響，一隻石鵲「口內銜著碧綠的細草，吐在案上」。劉弘祖等人佩戴此草「勇氣百倍，自然妖不能侵」；在王同軌的《耳談類增》卷二十中記述一則故事，鸛鳥的卵被童子煮熟，老鸛遠飛七日往返，銜來一棵紅草纏繞到蛋上，不久又孵出小鸛。人們推斷老鸛所銜紅草必是仙島生生返魂之類。同樣在謝肇淛《五雜俎》卷十「物部二」也有相似載錄：永樂初，天妃宮鸛卵為寺僧即將烹熟，老僧聞哀鳴，命手下歸還。不到幾個時辰，小鸛鳥孵化出來，僧人探巢獲返魂香。

　　第二種是獸類，如鹿、蛇等。在《聊齋誌異·鹿銜草》中尋來回生草的動物是鹿。故事講述關外人常常在頭上戴一個假鹿頭，蹲伏在草叢中，劫奪「回生草」的異事。一開始，他們先口中含著葉子，吹作鹿鳴聲引來群鹿。因群鹿中母多公少，公鹿常因交配累死。大群的母鹿，就分別跑到山谷中尋覓一種異草。母鹿銜著異草放在公鹿的嘴旁一薰，公鹿頃刻間就蘇醒過來。這時，蹲伏於草叢中的人就急忙敲鑼、放火銃驚散群鹿，就可以拿到回生草〔註36〕。清末

────────────────────

〔註36〕 （清）蒲松齡：《聊齋誌異》卷8，北京：人民文學出版社，1989年，第1138頁。

宣鼎在其小說《夜雨秋燈續錄》卷五中寫被謀殺的陸小芹即為巨蛇所銜「碧葉黃英小草」救活。為何人類得到還魂草需要求助於鳥獸呢？或許，人們相信某些動物的確具有特殊的應對突發災難的自救能力，但需要及時尋找藥草「自救」，明代袁達輯、清朱丕霞注《禽蟲述輯注》引唐代《朝野僉載》云：「虎食青泥而解箭毒，雉察地黃以點鷹傷」說明動物有某種人類不具備的特異之處。

陝西鳳翔木版年畫《盜仙草》

　　三是在艱難跋涉尋找中得到仙草。清代梅溪遇安氏小說《後三國石珠演義》裏劉弘祖前去破蒲洪之陣，軍師侯有方所言破陣的前提需要先去艱險的錦城雲頂山尋得一種叫「金絲草」的仙草護體。最為人們所熟知描寫尋還魂草故事是「白蛇盜仙草」，在民間有眾多的版本。在玉山主人《雷峰塔奇傳》第五回「冒百險瑤池盜丹，決雙胎府堂議症」中寫端陽節里許仙因受法海暗地裏唆使，就強勸白素貞喝雄黃酒。白素貞難耐夫君盛情，只好勉為其難的飲下酒。在雄黃酒的作用下，白素貞現出了白蛇原形，將走進房門的許仙給嚇死了。白素貞並不因喝下雄黃酒銜怨許仙，仍是一片癡情去努力去搭救他。於是，她就潛入瑤池仙境去偷聖母娘娘仙丹，卻因道行不夠被聖母拿個正著。聖母手執斬妖劍想要殺了白素貞，當正在行刑之際觀音菩薩前來救助。觀音一片慈悲心一併指點白素貞去紫薇山南極仙翁處求仙草。南極仙翁也以慈悲為懷，讓鹿童去雲房取一枝回生草贈給白素貞。也有傳說白素貞前去南極仙翁處盜還魂草被

發現，勇鬥鹿、鶴二童。當然，雖是艱難尋找但要想得到異草，神仙指引也是少不了橋段。羅貫中《三國志通俗演義》寫諸葛亮五擒孟獲時，逢炎暑天氣，蜀軍飲啞泉中毒，奉伏波將軍之命的山神化作老叟前來指點尋找名曰「薤葉芸香」的解毒草，「人若口含一葉，則瘴氣不染也」。

四是人鬼／妖戀中，人受妖鬼所累病入膏肓，異類尋來仙草讓人起死回生。如白蛇傳中，許仙因看到白蛇本相被嚇死，白蛇盜來仙草救許仙。在《螢窗異草·桃葉仙》中桃葉死後託生為白狐，與尚廷採繾綣致其一病沉痾，白狐上靈山覓得芝草唧來相救。〔註37〕

在起死回死的情節中，就返生的仙草成為貫穿整個情節至關重要之物。如在王韜的《返生草》中：沈白石娶陳氏妻，二人伉儷相得。沈生早年喪父，母親年逾五旬一直體弱多病。沈生很孝順，時常尋些人參茯苓治母親之病。在他家祖墓附近常產些黃精，沈生時常帶長鑱親自採來給母親吃。一日，沈生因採黃精沈生稍微走得遠了。風雨忽至，雷電交作，沈生急避大樹下，霹靂卻屢次擊在大樹左右。沈生驚駭，忽又在樹的枝幹間見一長數尺的大蜈蚣。沈生方悟雷聲為擊此物。在雷聲再發之時，沈生即舉長鑱鬥蜈蚣，但因用力過猛，昏然倒地。只聽得耳畔有人聲說：「錯了，怎麼辦呢？」隨即聽到又說：「阿香，拿返生草來。」隨後感覺好像有人拿一物放入鼻中，習習作癢，沈生連打噴嚏不止。睜眼四處望去，見自己倒臥在樹旁，雲散雨收。起身整衣欲行時，忽有一物從袖中墮地，拾起觀看，乃是細草一束。聞一聞，芳香襲人。這一束草紅莖白花，沈生知道不是凡品便放入懷中帶回家。沒多久，沈母舊病復發，所有的醫生都說治不好了。沈生哀痛異常，一夜，伏案小憩時，朦朧中忽然聽的有人對他說「你懷中藏有仙草，何不試試呢？」沈生立即醒來，搜尋書箱子裏的草還在，便煎湯給母親服用。沈母服藥後病完全好了。沈生將剩下的草藏起來，視若至寶，希望他日還可以救人。其後，沈生跟隨舅父到楚北謀生，遇豔妓魏姓女，兩人相得，然而沈生顧念與妻子情誼，只是以閨中密友身份與之相處。沈妻病逝後，沈生欲娶魏姓女入門，卻得知魏姓女卻被一位提督掠走，魏女不從吞鴉殞命，提督怒棄其屍於叢冢中。沈生前往帶回魏女屍身，以所藏之草煎水灌下，魏氏女果然蘇醒，遂為夫婦。小說情節一波三折，引人入勝。

〔註37〕　（清）長白浩歌子：《螢窗異草》初編卷2，北京：人民文學出版社，1990年，第45頁。

古代小說中關於還回魂草的這些橋段也被後世武俠小說屢屢運用為固定的情節模式，其主要人物往往於某處偶然間吃不知名仙草，由此武功日進或具有某種特異功能；或是主人公曆經艱辛去找尋，如起死回生之效的植物「天山雪蓮」，在金庸《書劍恩仇錄》中是陳家洛為了香香公主冒險爬上數十丈的懸崖採摘「生著兩朵海碗般大的奇花，花瓣碧綠，四周都是積雪，白中映碧，加上夕陽金光映照，嬌豔華美，奇麗萬狀。」梁羽生《白髮魔女傳》中的卓一航為了讓「玉羅剎」練霓裳白髮轉黑，在千雪峰頂苦熬十年等待。

四、以物喻人：梨花一枝帶春雨

以物喻人，是一種為了使人物的形象、性格等更加鮮明而採取以某物作比喻的手法。在古代文學中有許多以植物喻人的傳統，如西漢女詩人班婕妤一首有名的宮怨詩《怨歌行》中就以團扇喻宮人「出入君懷袖，動搖微風發」希望像團扇一樣常得到君王的寵幸，卻又擔心天涼之時「棄捐篋笥中，恩情中道絕」。女詩人在詩中以物喻人，借團扇形象地將宮中妃嬪受帝王短暫恩寵後終遭遺棄的不幸。植物被用於喻人更是比比皆是，如蘇軾調侃好友張先在八十歲時迎娶十八歲小妾「一樹梨花壓海棠」，以白色的梨花比喻白髮的丈夫，以紅色的海棠花比喻紅顏少婦，一個「壓」字更是道盡無法言傳的男女情事。《韓湘子全傳》中竇夫人因韓湘子娶妻三年都未生育因此遷怒於媳婦蘆英，因此喚來蘆英要砍了院中那棵只開花不結果的木芙蓉〔註38〕。此外，小說中的一些植物名稱還來源於傳說故事中的人物，如玫瑰茄一名洛神花，據說洛神花朵是洛神血淚幻化而成，因而顏色紅豔。另一種植物虞美人，名稱來源於楚漢相爭時期西楚霸王項羽的寵姬虞姬；朱砂玉蘭又名二喬玉蘭，這種清潔高雅、溫婉動人的玉蘭為了紀念三國時期江東美女姐妹花大喬和小喬。才子佳人小說《玉嬌梨》中盧夢梨才貌雙全，因母夢梨花而生，因此其父取名「夢梨」，梨花正喻指佳人外貌之美與氣質的高雅。小說中以植物喻人的手法運用俯拾皆是，現僅以《紅樓夢》中瀟湘館後院種植著大株的梨花為一例。

以梨花喻示黛玉的清雅美麗的外表、嫻靜高潔的氣質。曹公以描繪梨花的美來勾勒黛玉美麗寂寞的神韻，而且借梨花飄零凋謝的特徵抒發她淒涼與哀

〔註38〕（明）楊爾曾編撰：《韓湘子全傳》，上海：上海古籍出版社，1990 年，第 42頁。

怨的思緒。梨花素淡，花色潔白如雪，有淡淡清香。它不以豔麗的姿色媚人，也沒有醉人的芳香誘人，它不慕繁華，只靜悄悄地綻放在枝頭。花開之際滿樹梨花如白雪壓枝，花落之時猶如大雪紛飛。在萬紫千紅的花中，它是一抹清雅的風景。黛玉的清麗正如潔白無瑕的梨花，開在春風裏。她只是一種精神上的自我超越，自古以來，文人皆有多愁善感、無病呻吟的通病，悲春傷秋，感懷離別。梨花的潔白象徵高潔的品德。白色在古代常被視為不吉利，白與喪事相關聯。因而婚喪之事也被稱為「紅白之事」，也因此白色的梨花多不受普通人所鍾情。但古代文人卻一反常俗，常將梨花形之筆端，他們不僅看到梨花外表的美麗之處，更注重的是它的精神上的高潔。元稹的悼亡詩「尋常百種花齊發，偏摘梨花與白人」雖然百花盛開，但是詩人在白花中偏偏最喜歡梨花，並將它摘來送給妻子。詩中感念的不是梨花，還是那位一如清雅梨花的女子。瀟湘館中的嫻雅的梨花，即是冰清玉潔、靜若處子的黛玉化身。

　　以「梨花帶雨」喻示黛玉常哭的形態。「梨花帶雨」常被古人常用來形容女子傷心落淚時楚楚動人的樣子。「柳葉隨歌皺，梨花與淚傾」以「梨花」來寫美人淚如雨傾的情景。林黛玉在書中時常哭泣，給人印象很深，猶如一枝帶雨的梨花。在小說第三十七回中，探春給黛玉起的「瀟湘妃子」雅號即是有她愛哭這一原由。據一些學者統計，曹雪芹筆下的林黛玉在《紅樓夢》中一共哭了 44 次之多，並有近二十種文字表達方式如「掩面自泣」、「無言對泣」、「獨在房中垂淚」、「汪汪的滾下淚來」、「悲悲戚戚嗚咽起來」、「兩個眼睛腫的桃兒一般，滿面淚光」等等。小說第一回便交待了寶黛之間的還淚之說，黛玉前世為西方靈河岸邊，三生石畔一顆絳珠草，因得神瑛侍者的灌溉才得久延歲月，後來受天地之靈氣而修成仙。為了報答神瑛侍者的灌溉之恩，當他下凡塵為人時，絳珠仙子也要隨他去塵世間走一遭，將畢生之淚來償還神瑛侍者的恩情。哭，基本上貫穿了黛玉的一生。黛玉一生的淚，不僅是為了前世的約定、今生的愛情，更是對生活與自我的一種感懷和超越。黛玉會因身世之悲而落淚，甚至於秋雨春花都會引起黛玉流淚，她對生活有著深刻的感悟與體驗。《紅樓夢》有著濃濃的悲劇美，而黛玉正是對於生命有著深深的悲劇意識之人。

　　以梨花喻示寶黛愛情。梨花的素雅潔白象徵著寶黛兩人愛情的純潔無瑕，又預示著寶黛注定分離的愛情悲劇。梨花在古典詩詞中也是多用來表達離愁別緒的。古詩詞中的梨花多與閨怨、傷春、風雨連在一起，表現的是對

青春逝去的惋惜，對美好往事的追憶，多流露出的是一種無可奈何的傷感之情。李重元《憶王孫》詞中有「欲黃昏，雨打梨花深閉門」、唐寅有詞「雨打梨花深閉門，忘了青春，誤了青春」、劉方平《春怨》詩中「寂寞空庭春欲晚，梨花滿地不開門」，「深閉門」、「不開門」在這些詩中營造出的是一種孤寂冷清的氛圍，梨花正襯托的是一個人內心的悲涼與孤獨。梨花花開象徵著正青春年少，然而孤寂卻佔據了大半的青春，美好的歲月只能更增添一種哀情。白居易有詩句「玉容寂寞淚闌干，梨花一枝春帶雨」、辛棄疾所作詞《玉樓春·風前欲勸春光住》中「夢回人遠許多愁，只在梨花風雨處」、杜牧「砌下梨花一堆雪，明年誰此憑欄杆？」詩中也都是滿滿的離愁別緒，斯人遠去，留下的只有砌下如雪的梨花和抹不掉的懷念。潔白的梨花盛開在瀟湘館的每一個春天，既讓我們想起寶、黛之間純潔的愛情，也預示他們注定分離的命運。在宗法社會裏，寶黛之間的愛情注定是一齣悲劇。寶玉作為賈府裏的未來「接班人」，與家族利益休戚相關。「四大家族」之間，一損俱損，一榮皆榮。黛玉家道中落寄居在大觀園中，很難被看重家族聯姻的賈家長輩選中。梨花凋零在暮春，也正暗含著黛玉的淒涼孤寂處境以及青春凋零之意。黛玉伴著梨花與淚花，守著一世的寂寞與惆悵，心上人寶玉也只能「終不忘，世外仙姝寂寞林」。

想起瀟湘館裏的梨花，便會想像到白色的梨花片片落下，樹下有一位清麗的女子正在吟詩默想，梨花如雪落滿肩，拂了一身還滿……

五、以小見大：茶香四溢話世情

以小見大是一種以一斑窺全豹的寫作手法，在具體的寫作過程中對局部加以強調，或是對整體進行濃縮取捨。雖然是對小事件以及事物片斷的描寫，卻從中可見小中寓大，甚至於達到以小勝大的效果，是一種簡潔的藝術。在古代小說中常見一些有關植物的小事件，讀者從這些小事件中卻可以看到豐富的內涵，如通過日常生活中常見的飲茶描寫透露出中國傳統文化中濃濃的茶文化。

在古代小說中，茶的身影隨處可見。茶是古人生活中必不可少之物，宋人吳自牧《夢粱錄》中「蓋人家每日不可厥者，柴米油鹽醬醋茶」之語，將茶視為「開門七件事」。明清小說中許多章的名稱即含有「茶」，如「吳月娘掃雪烹茶」（《金瓶梅》）、「賈寶玉品茶櫳翠庵」（《紅樓夢》）、「小才女亭內品茶」

（《鏡花緣》）、「三人品茶促膝談心」（《老殘遊記》）等等，還有一些小說的篇名即含「茶」，如清代李慶辰還著有文言短篇小說集《醉茶志怪》。《續博物志》中稱：「南人好飲茶，孫皓以茶與韋昭代酒。謝安詣陸，納設茶果而已。北人初不識。開元中，太山靈巖寺有降魔師教禪者，以不寐，人多作茶飲。因以成俗。」〔註39〕在這些小說中往往系統的寫了古人生活中與茶相關的方方面面。紅學家胡文彬曾說：「《紅樓夢》滿紙茶香」、「茶香四溢滿紅樓」。由此可見茶在中國古代小說中佔據的重要內容。茶在古代小說中引人注目不僅在於其多處寫茶，更是在於其將小說與人們生活中的風俗習慣相聯繫。那麼在古代小說裏，常描寫哪些有關茶的風俗呢？

　　飲茶與日常禮俗。茶在中國重「禮」的傳統之下形成許多飲茶禮節。「獻茶」禮。「客來敬茶」是古人很接待客人必不可少的禮節，這一日常禮俗在小說中多有體現，且看《紅樓夢》從第一回中，寄居在甄士隱隔壁葫蘆廟裏的賈雨村前來拜訪，到書房中後「小童獻茶」；第三回中，林黛玉初次進賈府，去到王夫人房內拜見時「丫鬟忙斟上茶來」〔註40〕；第十三回中，秦可卿去世，「大明宮掌宮內相」太監戴權前來拜祭，賈珍「讓坐至逗蜂軒獻茶」〔註41〕；第三十三回中，忠順王府的人前來向寶玉討要琪官，賈政與其「忙接進廳上坐了獻茶」〔註42〕，等等。不管是普通鄰居如賈雨村，還是貴為官府「內相」的戴權，主人都是進行「獻茶」禮，若是「貴客」則要多次獻茶，如小說第十八回中元妃省親大典，「茶已三獻，賈妃降座，樂止。」〔註43〕敬茶，不但要講究茶葉的質量，還要講究泡茶的藝術與茶具的使用，有時甚至還需要看人「下茶」。《紅樓夢》寫到賈母不喜吃的「六安茶」，妙玉特地為她準備了適合老人飲用的「老君眉」。寶玉對眾多女兒憐惜有加，在他的怡紅院裏常備的是專門適合女子飲用的「普洱茶」。至於《紅樓夢》還中茶的品種更是多種多樣，如茜雪端上的「楓露茶」、黛玉房中的「龍井茶」，還有來自外國——暹羅國（泰

〔註39〕（宋）李石：《續博物志》，卷5，北京：中國書店影印本，2019年，第157頁。

〔註40〕（清）曹雪芹撰，高鶚等：《紅樓夢》第3回，北京：人民文學出版社，1982年，第39頁。

〔註41〕（清）曹雪芹撰，高鶚等：《紅樓夢》第13回，北京：人民文學出版社，1982年，第174頁。

〔註42〕（清）曹雪芹撰，高鶚等：《紅樓夢》第33回，北京：人民文學出版社，1982年，第440頁。

〔註43〕（清）曹雪芹撰，高鶚等：《紅樓夢》第18回，北京：人民文學出版社，1982年，第239頁。

國）進貢的「暹羅茶」等等。此外一些富貴人家在宴前還要進行「漱口茶」之禮，飯後再行吃茶。在黛玉初次進賈府時，就以黛玉之眼詳細將這些禮節一一列明。

《陸羽烹茶圖》局部——趙原（元代）

　　茶與婚俗。自唐宋時期，茶就與婚俗有了密切關係。一是「受茶」禮，即男方把茶作為一種求婚的聘禮，如果女方接受了婚聘，就叫做「受茶」。明朝《七修類稿》中云：「種茶下子，不可移植，移植則不復生也。故女子受聘，謂之吃茶，又聘以茶為禮者，見其從一之義」。婚聘中的「受茶」禮反映了封建社會要求婦女「從一而終」的儒家道德觀以及對女子堅守貞操的要求。《紅樓夢》中第二十五回寫道：鳳姐送了兩瓶玉暹羅茶給黛玉，黛玉吃了覺得好準備再讓丫頭去取點。王熙鳳便說林黛玉：「你既然吃了我們家的茶，怎麼還不給我們家作媳婦？」眾人聽了一齊都笑起來。林黛玉紅了臉，一聲兒不言語，便回過頭去了。李宮裁笑向寶釵道：「真真我們二嬸子的詼諧是好的。」〔註44〕黛玉臉紅，眾人齊笑，因為其中指的就是「受茶」即表示接受婚聘的風俗。二是「茶禮」。《清平山堂話本》中錄有《花燈轎蓮女成佛記》中李押

〔註44〕（清）曹雪芹撰，高鶚等：《紅樓夢》第25回，北京：人民文學出版社，1982年，第342～343頁。

錄因兒子李小官看中隔壁張待詔之女，於是請了兩個官媒前去說新。兩位官媒到張待詔家張口就說「特來討茶喫，賀喜事。」〔註45〕宋人吳自牧在《夢粱錄》裏記述了杭州當時婚嫁風俗，在男女相見後，若中意，則由雙方媒人溝通雙方情意，議定茶禮，報送女家。「豐富之家，以珠翠、首飾、金器、銷金裙褶及緞匹、茶餅，加以雙羊牽送。」《金瓶梅》第十六回《西門慶謀財娶婦，應伯爵慶喜追歡》講李瓶兒在丈夫花子虛死後，準備嫁給西門慶，把她「床後茶葉箱內」還藏著的「四十斤沉香，二百斤白蠟，兩罐子水銀，八十斤胡椒」交與西門慶，讓他拿去「賣了銀子湊著蓋房子使」。為何茶葉箱子放在床後且裝的並不是茶葉呢？這便是女子隨嫁的「茶禮」。明末馮夢龍《醒世恒言》中《陳多壽生死夫妻》篇講述柳氏欺貧愛富，強令女兒退掉陳家「茶禮」另許富戶之事。這一退「茶禮」當即遭到了女兒的反駁和抵制「從沒有見好人家女兒吃兩家茶」。最後，柳家閨女終於與陳多壽結為生死夫妻。「茶禮」是男女確立婚姻的重要形式。因為人們對茶葉寄託著種種美好的願望，例如認為茶樹「堅貞」、「不遷」，於是人們把「茶禮」和「吃茶」看作是青年男女戀愛婚姻中忠於愛情的象徵。

　　茶與祭禮。茶還被用來作為祭親祀神的供品。晉代王浮所撰志怪小說《神異記》中載有「虞洪遇丹丘子獲大茗」的故事，講述餘姚人虞洪，進山採茶時遇到一個道士，自稱是神仙丹丘子，說可以相幫採摘山中的大茶樹，只希望他留些剩茶給他飲。虞洪回去後「因立奠祀」，其後每次都能到好茶。《神異記》原書已佚，這些殘篇故事被後世《太平御覽》、《顧渚山記》等文中都有引述，此一則關於茶的故事，還可見於唐代陸羽《茶經》。由故事中「因立奠祀」可知在晉代時已有以茶為祭的風俗。梁朝蕭子顯所撰《南齊書·武帝本紀》中載，齊武帝蕭賾曾下詔云：「我靈上慎勿以牲為祭，唯設餅、茶飲、乾飯、酒脯而已。天下貴賤，咸同此制。」〔註46〕《禮記·禮運》中稱：「夫禮之初，始諸飲食。其燔黍捭豚，污尊而抔飲，蕢桴而土鼓，猶可以致其敬於鬼神」，在祭禮中「以牲為祭」的獻食必不可少環節，「犧牲」是必需品，常為「三牲」、「六畜」，蕭賾下令不要用牲而改用餅、茶、飯、酒，可見其省儉之極。至明清時期，以茶為祭更甚，當朝統治者還將茶立為歲貢，如明代徐獻忠的《吳興掌故

〔註45〕（明）洪楩輯，石昌渝校點：《清平山堂話本》，南京：江蘇古籍出版社，1990年，第231頁。
〔註46〕（南朝梁）蕭子顯：《南齊書》卷3，北京：中華書局，1972年，第62頁。

集》載：「我朝太祖皇帝喜顧渚茶，今定製，歲貢奉三十二斤，清明年（前）二日，縣官親詣採造，進南京奉先殿焚香而已。」在清代，宮廷祭祀祖陵時必用茶葉。在我國民間的喪葬風俗以及信神拜佛的善男信女中，常用「清茶四果」或「三茶六酒」（三杯茶、六杯酒），祭祖或祭天謝地。以茶為祭禮的形式在《紅樓夢》中亦為常見，如小說第十四回中秦可卿去世後，鳳姐作為主事前去寧國事料理，便吩咐「供茶供飯，隨起舉哀」〔註47〕，在五七正五日時，鳳姐前去哭靈時又吩咐「供茶燒紙」〔註48〕；第七十八回「癡公子杜撰芙蓉誄」中，賈寶玉因晴雯逝後還沒有到靈前去祭祀心中覺得傷感，因而寫了一篇《芙蓉女兒誄》在芙蓉花前「焚帛奠茗」祭奠一番〔註49〕。誄文是古代散文中常見的一種文體，屬於哀祭文一種，以敘述死者生平以寄哀思之情。在寶玉的誄文中開頭有「謹以群芳之蕊、冰鮫之縠、沁芳之泉、楓露之茗，四者雖微，聊以達誠申信，乃致祭於白帝宮中撫司秋豔芙蓉女兒之前」，「群芳之蕊」意即所採摘之花，「冰鮫之縠」乃是晴雯素日所喜歡的紗手絹，「沁芳之泉」意指泉水，「楓露之茗」即小說第八回中出現的楓露茶，寶玉很喜歡這茶，還對此茶頗為瞭解「那茶是三四次後才出色的」，專門砌給黛玉喝，因為李奶奶吃嘗了這茶，他氣得摔了茶鍾〔註50〕。寶玉現用此茶來祭拜晴雯，並在誄末云「酌茗清香，庶幾未饗」。寶玉將誄文讀完「遂焚帛奠茗」。由此可知茶已經是祭禮活動必不可少的一部分了。

由日常飲茶禮，再到人生中重要的婚喪大禮，茶的濃香已潛移默化到古人生活中的大小角落中。

六、虛實結合：海棠春睡日遲遲

虛實結合是將抽象描寫與具體描寫相互結合起來的寫作手法。實與虛是相對而言，實寫是對事物作一客觀具體的描述，虛寫則常是假託主觀描寫。虛

〔註47〕（清）曹雪芹撰，高鶚等：《紅樓夢》第14回，北京：人民文學出版社，1982年，第181頁。

〔註48〕（清）曹雪芹撰，高鶚等：《紅樓夢》第14回，北京：人民文學出版社，1982年，第184頁。

〔註49〕（清）曹雪芹撰，高鶚等：《紅樓夢》第78回，北京：人民文學出版社，1982年，第1115頁。

〔註50〕（清）曹雪芹撰，高鶚等：《紅樓夢》第8回，北京：人民文學出版社，1982年，第127頁。

實相結合給人很多的想像與回味之處。如毛澤東在《卜算子·詠梅》中從實處落筆寫梅花「已是懸崖百丈冰，猶有花枝俏」，又從虛處寫「待到山花爛漫時，她在叢中笑」。在古代小說中，也有許多精彩的虛實描寫，如《紅樓夢》中頻繁出現的海棠花。

北京大觀園怡紅院

　　一部《紅樓夢》可謂「繁花似錦」，在眾多花卉描寫中曹雪芹寄情最多的花當屬海棠。海棠深得文人墨客的喜愛。元好問曾寫「枝間新綠一重重，小蕾深藏數點紅。愛惜芳心莫輕吐，且教桃李鬧春風。」詩中雖寫未開的海棠有著不與群芳爭豔的矜持高潔，實際卻是藉此展示自己的精神節操。李清照的《如夢令》詞中「試問捲簾人，卻道『海棠依舊』」與周邦彥的《少年遊》詞「一夕東風，海棠花謝，樓上捲簾看」同樣是惜花之情，李詞顯示女子的溫婉與含蘊，只是問「捲簾人」；周詞卻顯示男性詞的直率，直接「捲簾看」。曹公在書中也一承前人詩詞中對海棠的描寫，既有對海棠的實寫，如借黛玉之口直接稱讚海棠「偷得梨蕊三分白，借得梅花一縷魂」真是把海棠的嬌柔之美寫得令人怦然心動；也有對海堂的虛寫，如最早出現在第五回秦可卿屋內所懸《海棠春睡圖》，通過海棠花來寫秦可卿這一人物。從小說第五回到第九十五回，寶玉不知怡紅院中的海棠冬日開花，「主好事呢」，還是有「不吉之事」，細數全書，共近二十回寫到海棠花，不可不謂繁多了。

　　在實寫方面，《紅樓夢》裏雖然寫了許多海棠花，但重點只寫了兩處海棠：怡紅院植的西府海棠、賈芸送的白海棠。先看怡紅院的那株海棠。《紅樓夢》第十七回中，賈政帶領寶玉等人遊覽大觀園，第一次對怡紅院的環境進行了描寫。「院中點襯幾塊山石，一邊種著數本芭蕉；那一邊乃是一棵西府海

棠，其勢若傘，絲垂翠縷，萏吐丹砂。」〔註51〕怡紅院主要造景的植物是海棠和芭蕉。第二十五回，寶玉「只見西南角上游廊底下欄杆上似有一個人倚在那裡，卻恨面前有一株海棠花遮著，看不真切」〔註52〕；第七十七回，寶玉道：「這階下好好的一株海棠花，竟無故死了半邊，我就知有異事，果然應在他（晴雯）身上」〔註53〕；第九十四回，「怡紅院裏的海棠本來萎了幾棵」，原本應當在三月花的，卻忽然在十一月開得很好〔註54〕，等等。以上各回裏提到的海棠，所涉及的海棠都是第十七回裏描寫過的怡紅院的那株西府海棠。為何要在怡紅院裏植一株西府海棠呢？據明代《群芳譜》記載：海棠有四品，皆木本。這裡所說的四品指的是：西府海棠、垂絲海棠、木瓜海棠和貼梗海棠。西府海棠屬於木本植物，花姿瀟灑，花開似錦，自古以來就是雅俗共賞的名花，素有「花中神仙」、「花貴妃」、「花尊貴」之稱，屬於海棠中的上品。在皇家園林植物配景裏常用到海棠，與玉蘭、牡丹、桂花相配植，形成「玉棠富貴」的意境。作為《紅樓夢》裏的怡紅公子，外號「富貴閒人」的賈寶玉的住所，自然有一種富麗堂皇的富貴氣象。用花開絢爛的西府海棠正好點綴此意。另一種稀有品種的白海棠在《紅樓夢》中第三十七回中探春提議成立詩社，恰在此時，賈芸給寶玉送來兩盆白海棠，並附帖一張，帖子提到「因忽見有白海棠一種，不可多得。故變盡方法，只弄得兩盆。」〔註55〕從賈芸所奉書帖我們得知：白海棠乃是珍貴難得之物。賈芸送花時正值暑熱之天，卻是白海棠開花之時。而到第七十回中，湘雲說到，起海棠詩社時是秋天，更是指明此海棠的開花時間在初秋。從用盆載可見這是一種比較小型的海棠，屬於秋海棠的一個品種。正好眾人可以放在室內觀賞吟詩。這兩種海棠花雖是明寫，可也處處從暗處與小說中人物的命運有所關涉。如《紅樓夢》第三十七回，大觀園裏成立詩社，寶玉說要起個社名，探春道：「俗了又

〔註51〕 （清）曹雪芹撰，高鶚等：《紅樓夢》第 17 回，北京：人民文學出版社，1982年，第 230 頁。

〔註52〕 （清）曹雪芹撰，高鶚等：《紅樓夢》第 25 回，北京：人民文學出版社，1982年，第 334 頁。

〔註53〕 （清）曹雪芹撰，高鶚等：《紅樓夢》第 77 回，北京：人民文學出版社，1982年，第 1082 頁。

〔註54〕 （清）曹雪芹撰，高鶚等：《紅樓夢》第 94 回，北京：人民文學出版社，1982年，第 1299～1300 頁。

〔註55〕 （清）曹雪芹撰，高鶚等：《紅樓夢》第 37 回，北京：人民文學出版社，1982年，第 487 頁。

不好，特新了，刁鑽古怪也不好。可巧才是海棠詩開端，就叫個海棠社罷。雖然俗些，因真有此事，也就不礙了。」〔註56〕海棠結社，一眾青年男女走到一起見證了大觀園裏最繁盛美好的時光。但選用海棠作為詩社名稱絕不是一時興起，也一樣有其深意。太虛幻境薄命司所收錄的眾女子命運，正如海棠花相契合。像第七十七回海棠枯萎應在晴雯身上，應人之預亡，故先就死了半邊。第九十四回「宴海棠賈母賞花妖」西府海棠本應在三月間開花，怡紅院的海棠突然在十一月盛開，反季節的盛開讓賈赦為首的一派認為必是花妖作怪。其後寶玉失去通靈寶玉，原先訛傳元妃逝世變為事實，黛玉不久魂歸離恨天……

《海棠蛺蝶圖》——佚名（南宋）

　　在虛寫方面，《紅樓夢》第五回中寶玉隨賈母等人到寧府遊玩，一時倦怠，欲睡午覺，被引到秦可卿房中。剛至房門，便有一股細細的甜香襲人而來。寶玉覺得眼餳骨軟，連說「好香！」入房嚮壁上看時，有唐伯虎畫的《海棠春睡圖》，兩邊有宋學士秦太虛寫的一幅對聯，其聯云：「嫩寒鎖夢因春冷，芳氣襲人是酒香」。關於「海棠春睡」其典故出自北宋樂史《楊太真外傳》：

〔註56〕（清）曹雪芹撰，高鶚等：《紅樓夢》第37回，北京：人民文學出版社，1982年，第493頁。

唐明皇登沉香亭，召見楊貴妃。當其時貴妃因酒醉未醒，唐明皇就命令高力士使侍兒扶掖而至，妃子醉顏殘妝，鬢亂釵橫，不能再拜。唐明皇笑說：「豈是妃子醉了，是海棠春睡未足啊！」由此，海棠花因指代指楊玉環，後來漸漸演繹出以其比喻嬌豔女子。那麼，在秦可卿房中掛一《海棠春睡圖》卻不僅是為了以海棠喻可卿之美，而是大有深意。不管李、楊二人有著怎樣「此恨綿綿無絕期」的愛情，但唐明皇李隆基納了作為兒媳婦楊玉環為貴妃，在中國以儒家思想作為正統思想的社會裏，這無疑是種「亂倫」行為。曹公在《紅樓夢》裏採用「草蛇灰線」的筆法，由這幅圖中暗示了秦可卿與其公公賈珍之間的「亂倫」關係。可卿與賈珍之間的關係並在小說中並未直接交待，卻處處加以伏筆，尤其體現在第十三回秦可卿去世一節中。可卿之死，並沒有讓作為丈夫的賈蓉有太多的傷感，卻讓作公公的賈珍過於悲痛、哀毀異常，以至於只能拄著拐走路，忙上忙下。作為婆婆的尤氏「恰好」在去世這幾天抱恙，不理媳婦喪事，而只能請榮國府的王熙鳳主事……尤其是焦大破口大罵「爬灰」嚇的眾人驚慌失色。爬灰，又稱扒灰，其文雅叫法叫稱「聚麀」，其出於《禮記·曲禮上》：「夫唯禽獸無禮，故父子聚麀。」原指獸類父子共一牝的行為，後專指公公和兒媳之間的亂倫關係。那掛於可卿房中的《海棠春睡圖》暗指就不言自明瞭。從可卿臥室的陳設也可見其「擅風情，秉月貌」的特點：案上設著武則天當日鏡室中設的寶鏡，一邊擺著飛燕立著舞過的金盤，盤內盛著安祿山擲過傷了太真乳的木瓜。上面設著壽昌公主於含章殿下臥的榻，懸的是同昌公主制的聯珠帳。還有西子浣過的紗衾，紅娘抱過的鴛枕。脂硯齋對於秦可卿臥室的批語是「豔極，淫極！」為何說可卿房內這些陳設與香豔、淫蕩相關呢？且看武則天的寶鏡，據明代沈德符《敝帚齋餘談》：「唐高宗鏡殿成，劉仁軌驚下殿，謂一時乃有數天子。至武后時，遂用以宣淫。楊鐵崖詩云：鏡殿青春秘戲多，玉肌相照影相摩。六郎酣戰明空笑，隊隊鴛鴦浴飾波。」武后的寶鏡是用以宣淫的。再看趙飛燕，據《飛燕外傳》載：飛燕自幼聰悟，習其行氣之術。未入宮前，就與人多次私通。後遇漢成帝召入宮，飛燕即運用彭祖房中術，假裝處子三日不於成帝行房，此間行氣導引使自己恢復如處女。在飛燕被封為皇后，益發放蕩驕奢。趙飛燕也是一淫婦。而安祿山作為地方節度使，雖比楊玉環大十幾歲，但為了便於親近楊玉環就拜玉環為母。據宋代《事物紀原》「訶子」條云：「貴妃私安祿山，指爪傷乳之間，遂作訶子飾之」，指二人有姦情，某次安祿山不小心抓傷了楊玉

環的胸部，玉環只好以掩飾，於是婦女爭相倣仿出現了「訶子」（古代婦女的胸衣）。由此隱射秦可卿亂倫。「紅娘抱過的鴛枕」則是崔鶯鶯與張生幽會時「羞答答不肯把頭抬，只將鴛枕捱」。秦可卿臥室的陳設，所涉及的對象無不與情色有著或多或少的聯繫。它們共構成一個春色無邊的夢幻世界。《金陵十二釵》正冊判詞說她「情既相逢必主淫」，在《好事終》裏有：「畫梁春盡落香塵。擅風情，秉月貌，便是敗家的根本。箕裘頹墮皆從敬，家事消亡首罪寧。宿孽總因情。」〔註57〕秦可卿的父親「秦業」也是一個「情孽」的諧音，脂硯齋評說「妙名，業者孽也」。

　　曹雪芹批閱十載增刪五次寫就的紅樓夢，留給今人無數解不開的謎團，秦可卿的身世就是其中之一。也許這也正是紅樓夢百讀不厭的迷人之處。書中多處暗中描寫也奠定她十二金釵的位置。在第十一回又提到了那幅《海棠春睡圖》，賈寶玉瞅著《海棠春睡圖》，聽秦可卿說自己這病未必熬得過年去，只覺得萬箭穿心。海棠圖依舊，可美人卻將不久人世。海棠花姿綽約但花期卻很短暫，可卿的逝去正如海棠花的飄零。曹公不僅以海棠喻可卿，也用海棠花喻指了整個書中的女子。

七、側面襯托：滿架薔薇一院香

　　側面襯托即是通過對所敘述事物周邊的人物或是環境進行描寫，對所要敘述之事起到烘雲托月的作用。有正襯與反襯兩種類別，前者是用事物之間相近之事，後者則是對立之事。在具體寫作中，側而襯托的手法常常曲徑通幽，往往使所要描寫事物形象鮮明突出從而給人留下深刻印象。它可以起到正面描寫無法替代的效果。側面襯托在寫作過程中常常運用很簡省的筆墨去描繪對象，以收到以少勝多的效果。它既是對正面描寫有益的補充，也有利於表達文章中的事物或是主旨。

　　在古代文學中常通過植物描寫來側面襯托人物，如《詩經》中《蒹葭》篇中用「蒹葭蒼蒼」、「蒹葭萋萋」及「蒹葭采采」從水邊的蘆葦顏色由蒼青轉到泛白，將深秋淒涼之境渲染的越來越濃，襯托詩人對「伊人」思念之情的描寫。戎昱《塞下曲》中句首「北風凋白草」寫將士們在邊塞生活的苦寒之境，為了襯托出他們因為戰爭而飽受戍邊之苦。皎然在《尋陸鴻漸不遇》中「移家雖帶

〔註57〕（清）曹雪芹撰，高鶚等：《紅樓夢》第5回，北京：人民文學出版社，1982年，第86頁。

郭，野徑入桑麻。近種籬邊菊，秋來未著花。」以桑麻、菊花襯托出陸鴻漸這一位寄情山水，不為塵事羈絆的世外逸士形象。古代小說中也不乏用植物來進行側面襯托的手法。《清平山堂話本》中《西湖三塔記》中寫西湖之景：

> 每遇春間，有豔草、奇葩，朱英、紫萼，嫩綠、嬌黃；有金林檎、玉李子、越溪桃、湘浦杏、東都芍藥、蜀都海棠；有紅鬱李、山茶蘼、紫丁香、黃薔薇、冠子樣牡丹、耐戴的迎春：此只是花。更說那水，有蘸蘸色漾琉璃，有粼粼光浮綠膩。那一湖水，造成酒便甜，做成飯便香，作成醋便酸，洗衣裳瑩白。這湖中出來之物：菱甜，藕脆，蓮嫩，魚鮮。〔註58〕

西湖的美景躍然紙上，但小說主要寫西湖中出現的三妖，小說家以此「西湖極樂天」作為三妖出場時的側面烘托之景。《水滸傳》中為魯智深以「倒拔楊柳」來襯托其勇猛，「走到樹前，把直裰脫了，用右手向下，把身倒繳著，卻把左手拔住上截，把腰只一趁，將那株綠楊樹帶根拔起。眾潑皮見了，一齊拜倒在地」〔註59〕。

一種是正襯手法的運用，如《紅樓夢》中「齡官劃薔」。「齡官劃薔」為小說第三十回情節中「齡官劃薔癡及局外」，在此一段中，曹公意欲寫齡官與賈薔二人的愛戀，其中以滿架的薔薇從側面襯托出少女齡官對賈薔的癡情。寶玉因從王夫人處回到大觀園。當時烈日當空、樹陰滿地，在蟬噪林逾靜的環境中，寶玉聽到薔薇花架下有哽噎聲，透過籬笆他看見一個女孩子在薔薇花架下。寶玉初見女孩子蹲在花下，誤認為她「東施效顰」學黛玉葬花，細看有黛玉之態，拿著金簪在寫地上寫「薔」字，又以為女子見了薔薇花想作詩填詞。再一看仍是寫薔字，寫了幾十個「薔」字。陣雨來了淋濕紗衣，她都恍然不覺，把局外人寶玉都看癡了〔註60〕。這裡的薔薇花便是對齡官的側面襯托描寫。陰曆五月之際，薔薇花正值花繁葉茂之時，齡官面對滿架薔薇，觸景生情，在地上癡癡地畫著「薔」字。寶玉當時非常困惑其緣由，直到後文中才交待出齡官與賈薔的感情。小說第三十六回「識分定情悟梨香字」裏

〔註58〕 （明）洪楩輯，石昌渝校點：《清平山堂話本》，南京：江蘇古籍出版社，1990年，第27頁。

〔註59〕 （明）施耐庵、羅貫中：《水滸傳》第7回，南京：江蘇古籍出版社，1994年，第82頁。

〔註60〕 （清）曹雪芹撰，高鶚等：《紅樓夢》第30回，北京：人民文學出版社，1982年，第412～413頁。

有賈薔將剛買來的「雀兒」放生的情節：賈府裏負責管戲班子的子弟名叫賈薔，為了哄齡官高興，特地花了「一兩八錢銀子」買了一個名為玉頂兒「會銜旗串戲臺」雀兒。誰知齡官將小鳥與自己身世相聯繫，生起氣來，賈薔便毫不猶豫地立即將小鳥放生了。寶玉見了這般景況，這才領會了劃「薔」深意〔註61〕。齡官偶然看見盛放的薔薇花，心有所感，因此不停地在地上劃寫所愛之人的名字。

另一種是反襯手法的運用，如「黃粱一夢」。這個故事出自唐朝沈既濟傳奇小說《枕中記》講述唐朝開元年間，有道士呂翁得了仙術，在邯鄲住宿旅舍，途遇盧生。盧生與呂翁相談甚歡，期間看到自己衣衫破爛而自歎貧困，大發感慨人生應當出將入相，建立功名，而不是像自己現在的樣子人生壯年還耕作農間。盧生說完便兩眼迷離想睡覺，呂翁便拿出一個青瓷枕讓他倚枕而臥。入睡後，他夢見自己回到家，幾個月後就娶了出身高門大戶又容顏端莊美麗的清河崔氏為妻。第二年，他科舉中了進士，士途上平步青雲，沒幾年就做到宰相。不久，卻有同僚誣陷他圖謀不軌而被打下獄。當要被抓之時，他感歎當初穿粗布衣在邯鄲路上的生活。他自殺被救起。幾年後，皇帝恢復了他的清白，並恢復原職冊封燕國公。他的五個兒子也高官厚祿，嫁娶高門，有十幾個孫子。盧生八十歲時，仍得皇帝器重，終因久病不愈而亡。盧一覺醒來，雖然夢裏享盡榮華富貴，左右一看，一切如故。睡前店家蒸的黃粱米飯還沒有熟。因有所悟，三生浮屠。之後故事也一再被文人續寫改編，如元朝馬致遠的《邯鄲道省悟黃粱夢》，明朝湯顯祖的《邯鄲記》，清代蒲松齡的《續黃粱》，甚至於《紅樓夢》的思想精髓裏也可見黃樑夢的影子。在「黃樑夢」故事中的「黍」，出現過兩次，一是故事起始盧生入睡前店主人剛剛開始「蒸黍」，一是故事臨結束時盧生夢醒店主人「蒸黍未熟」。盧生一輩子的榮華富貴卻還沒有小米蒸熟那麼久的時間，在長與短的反襯中可見名利得失只是彈指剎那之間，無非過眼雲煙耳。

不管是滿架的薔薇花，還是那鍋冒著熱氣的小米飯，這些都是小說中環境描寫必不可少的一部分。它們對小說人物個性或是情節發展起著重要的烘托之用。

〔註61〕（清）曹雪芹撰，高鶚等：《紅樓夢》第 36 回，北京：人民文學出版社，1982年，第 481～482 頁。

八、伏筆鋪墊：牡丹花下風流鬼

伏筆與鋪墊雖有細微區別，但都是古代小說中常見的前後呼應的寫作手法。伏筆側重於暗寫，著筆較少，大多是在小說情節剛剛開始不久設下懸念，抓住讀者的好奇心，在後文中才慢慢將這一懸念解開。鋪墊則是在小說的前部分進行相關交代，用語相對較多，主要為後文中出現的情節打好基礎，一方面為了情節展開符合邏輯，另一方面為了引出情節中高潮的出現。古代經典小說中隨處可見伏筆鋪墊的手法，在文中留下的痕跡或明或暗，金聖歎評《水滸傳》、脂胭齋評《紅樓夢》、張竹坡評《金瓶梅》時都運用了「草蛇灰線，伏脈千里」這一概念來喻指小說中伏筆中留下隱約可見的線索。古代小說中不僅長篇小說，就是短篇小說也常見伏筆與鋪墊手法，在此以幾篇短篇傳奇小說為例。

《葛巾》連環畫封面——四川人民出版社 1982 年版

古代小說中出現的花妖樹怪，在出場之時都未直接交待其身份，而是通過伏筆鋪墊在文中甚至文末才揭曉。牡丹花被稱為花王，《五雜俎》中稱：「世之詠牡丹者亦自獎借太過，如云『國色天香』猶可，至謂芍藥『近侍芙蓉避芳塵』『虛生芍藥徒勞妒』『羞殺玫瑰不敢開』，恐牡丹未敢便承當也。牡丹豐豔有餘而風韻微乏，幽不及蘭，骨不及梅，清不及海棠，媚不及荼蘼，而世輒以花之

王者，富貴氣色易以動人故也。」〔註62〕蒲松齡《聊齋誌異》中有兩篇關於牡丹花精的作品《香玉》與《葛巾》，故事一直沒有交待女子身份，讓讀者心生疑竇，但文中有關女子的身份一直埋有伏筆。《香玉》篇講述一位膠州黃姓書生，苦讀於嶗山山下的清宮院內，卻於讀書間隙經常看見一位白衣女郎，由此心生愛慕。黃生第一次遇到白衣女子時僅寫其在花叢中若隱若現的身影，他一出來便無影無蹤了。第二次寫兩人相遇，黃生忽然出現，女子嚇得迅速跑走，裙袖飄拂間香風四溢。他緊追過去時，女郎又消失了。黃生愛慕至極卻又無處相覓，只好在樹上題寫一首情詩，往書齋走去。他剛到書齋女子忽然笑盈盈的出現，這令黃生又驚又喜。於是二人歡好，常常共處。至今，作者仍沒有交待女子身份。直到有一天，女子慘然來與黃生分別，黃生仍不明就裏。翌日，他見有人來觀裏見到白牡丹心生喜愛便把它挖走了。黃生才恍然大悟，香玉就是牡丹花精，至此讀者才明白香玉身份〔註63〕。《葛巾》篇中講述洛陽書生常大用特別喜愛牡丹，聽說曹州牡丹甲齊魯，就到山東曹州尋訪牡丹，在牡丹園園中偶逢一位衣著豔麗的女子，由此日日相思。一天，常大用在園中又碰到女郎，近距離接觸時，他聞到「異香竟體」。其後兩人同結燕好，常大用第一次與女郎共處，聞得她「吐氣如蘭」。第二次共處，在親熱間覺得她「玉肌乍露，熱香四溢，偎抱之間，覺鼻息汗薰，無氣不馥」，女子走了後「衾枕皆染異香」。女子謀與常大用私奔，之後又促成常大用弟弟常大器與其表妹玉版的婚事。兩年以後，姐妹倆各生了個兒子，這才自己透露說自己姓魏，母親被封為曹國夫人。常大用常懷疑葛、玉二人身世，疑為花妖，並親自回曹州尋訪二人身世，得知曹國夫人即是牡丹，品種就叫「葛巾紫」，由此女郎的身份才得浮出水面。直到常大用回家後述說自己去曹州所知的曹國夫人的詩，女子聽後變臉，叫來妹子玉版痛斥常生的猜忌之心，隨後將兩個兒子往遠處地上一扔，兩個孩子入地即不見了。二女也杳無仙蹤。幾天後，墮子之處長出一紫一白兩棵牡丹，比平常的葛巾、玉版品種更為豔麗〔註64〕。兩篇小說都是在篇末才交待女郎是牡丹花精的身份，但文中卻留下了明顯的伏線即女子身上無時不在的香氣，文末牡丹花精的出現就不覺突兀。

〔註62〕（明）謝肇淛：《五雜俎》卷10，濟南：山東人民出版社，2018年，第355頁。
〔註63〕（清）蒲松齡：《聊齋誌異》卷11，北京：人民文學出版社，1989年，第1521～1524頁。
〔註64〕（清）蒲松齡：《聊齋誌異》卷10，北京：人民文學出版社，1989年，第1420～1424頁。

《牡丹圖》——陳卓（清代）

　　再看另一則與牡丹有關的傳奇小說中有關伏筆鋪墊的情節描寫。在瞿祐所撰的《剪燈新話》中有《雙頭牡丹燈記》其中「牡丹花」脫去美麗多情的形象，而成為一種「奪命符」。故事講述喬生元宵日因初月夜下倚門佇立之際，偶遇一丫鬟挑雙頭牡丹燈，其後跟一絕色佳人。喬生一見神魂顛倒而不能自持，即尾隨前行。行走數十步後，美女忽然回頭微笑著對喬生說「初無桑中之期，乃有月下之遇，事非偶然也。」意即兩人乃有緣之人，喬生順勢云自己寓所就在附近並邀請女子去自己住所一觀。美女同意，於是公子佳人兩相愛悅。半月之後，隔壁一老者生疑心，是夜遂從壁穴窺視，見燈下喬生擁一粉紅骷髏並坐於燈下，大駭。老者第二日將所見警示喬生。喬生也感到害怕，於是按女子所給地址尋找，終於在湖心寺尋得女子靈柩，並見靈柩旁懸一雙頭牡丹燈，燈下站一個盟器女子，背上書有其婢女「金蓮」二字。至此，小說才交待美女的來路，但又對喬生的安危做一鋪墊。面對鬼魅的喬生，究竟如何能自保呢？小說繼續寫喬生大驚，奔出寺，當夜借宿鄰居老翁家。老翁建議找玄妙觀法師尋得符咒。法師交給其兩道符，並告誡再也不能去湖心寺。由是一月無事。一天，喬生去訪友喝醉，忘卻法師之戒，路過湖心寺回家。將到寺門，便見金蓮，拉之入室。女子痛斥其薄情，將喬生拽入棺中。喬生因酒而致禍。後來三人作祟，常於夜間行惡，只要見了雙頭牡丹燈，民眾必祭才可獲愈，否則皆病死〔註65〕。「雙頭牡丹燈」既不是一種富麗堂皇的「花開富貴」的牡丹形象，也不是一種溫柔多情、渾身溢香的牡丹精，而是一張「牡丹花下死」的招魂符，牡丹燈下的美女，恰恰是一具對男人極具殺傷力、奪精勾魂的骷髏。明代劇作家湯顯祖的名作《牡丹亭》裏寫的一首詩：「問君何所欲，問君何所求，牡丹花下死，做鬼也風流。」瞿佑筆下的「牡丹」形象顯現了文人對牡丹開始了深度的思索。

　　古代小說中常見此類伏筆鋪墊手法。《古今清談萬選》卷三、卷四中有眾多植物精怪也通過前文或明或暗的鋪墊，至文末交代女子為異類，如《窗前琴怪》金鶴云好琴，有一女子來與相戀，二人相別兩年後因富戶築牆挖出古琴後才知前文女子即為古琴幻化〔註66〕；《濠野靈葩》中成器在晚上受邀參加宴飲，應氏、皮氏、楊氏、陶氏四妓前來歌舞助興，至天明興盡而返，翌日尋跡而去

〔註65〕　（明）瞿佑：《剪類新話》，北京：中國戲劇出版社，2000 年，第 46～52 頁。
〔註66〕　（明）泰華山人編撰，陳國軍輯校：《新鐫全像評釋古今清談萬選》，北京：文物出版社，2018 年，第 243～248 頁。

卻一無所見，只有櫻桃、枇杷、楊梅、葡萄諸果燦爛而已，通過前文人物的姓氏始悟其為妖〔註67〕；《荔枝入夢》篇中譚微之遊於荔枝林下恍惚入夢，見一女子，問其姓氏並不直接作答而是吟詩一首為暗示〔註68〕等等。另如《螢窗異草·梅異》中吳氏忽然被一老嫗強邀於一地，但同樣不交待吳氏所碰到的人物身份，卻又通過環境加以伏筆：吳氏剛下輿即聞「異香遍發，馥郁清芬，直達於門屏之外。及入而覘之，則老梅數百株，合抱參天，花繁幹密，雜植垣墉之內，始悟香所由來。益入而深，樹且益夥，中一堂，連亙十數楹，鳥革翬飛，朱甍畫棟。」所見女子「衣素者十之九，衣綠者十之三，衣緋則一人而已，其衣愈澹，其貌愈妍」〔註69〕。直到文末，讀者才能在伏筆中明白吳氏前世梅花仙的身份。

〔註67〕 （明）泰華山人編撰，陳國軍輯校：《新鐫全像評釋古今清談萬選》，北京：文物出版社，2018 年，第 365～370 頁。

〔註68〕 （明）泰華山人編撰，陳國軍輯校：《新鐫全像評釋古今清談萬選》，北京：文物出版社，2018 年，第 370～376 頁。

〔註69〕 （清）長白浩歌子：《螢窗異草》二編卷 2，北京：人民文學出版社，1990 年，第 385 頁。

第四章　中國古代小說中的植物意象

　　意象是中國文學中的重要文論之一。《周易・繫辭》中就有「觀物取象」、「立象盡意」之說，雖然在《周易》中的象還是指卜辭所用的「卦象」，但對其後意象的理論影響卻是深遠的。古人認為意是源自內心的、抽象的東西，如果將內心抽象的事物表達出來就必須要借助於外在具體可感的物象。其所借助的物體（象）便是內在思想情感（意）的寄託物。意象通常取自具體可感的大自然中的物象，而經過文人審美再創造形成。

　　植物作為大自然中常見物象，便成為文人審美創造中重要的意象。在古代詩歌中隨處可見植物意象，如「春色滿園關不住，一枝紅杏出牆來」之句，春天裏萬物復蘇，到外呈現草長鶯飛、百花盛開的景象，如何在繁花鬧春中在文字中體現出春天呢？「一枝紅杏」這一簡單的意象足以傳達出整個春天的勃勃生機。古人也常會將多個意象進行組合，如「枯藤老樹昏鴉，小橋流水人家」句中，枯藤、老樹是一種淒清之景，這一意象與昏鴉、小橋、流水、人家四個意象在一起，共同勾畫出一個淒清、傷感又蒼涼的意境，傳達出漂泊天涯的遊子那股無法言傳的愁思。古人還常會將兩種植物意象對比運用，展現出悲、喜，樂、憂兩種不同的情感或處境，如白居易的《長恨歌》中「春風桃李花開日，秋雨梧桐葉落時」，「桃李花開」是一種春色盎然的明豔景象；「梧桐葉落」是一種落葉紛飛的淒涼之景。桃李與梧桐也就漸漸形成一種固定的意象出現在文學作品中。

　　中國古代小說文體成熟比詩歌晚，這令它可以直接借鑒詩歌中的植物意象，還進一步將植物意象運用到人物、情節、環境中。植物意象已經成為中國古代小說中常見的一部分。由於古代小說中植物意象眾多，筆者按照植物學的分類特點，列出其中重要的植物意象。

第一節　草類植物意象

在各類植物中，草類植物最為常見，分布範圍廣，種類數量多。草類植物多是木莖不發達，根莖柔弱的植物，一般長得都較為矮小，而成長週期也非常短。草類植物一部分開花，如菊花、蘭花、荷花等，一部分不開花或者花的非常小而常被忽視。在文學作品中，花卉由於其獨特的觀賞性，本身就帶有自有意象特徵，因此筆者將其單列，本節主要梳理一些不以花朵為意象的草類植物。

一、香草意象

《詩經‧小雅‧頍弁》裏就寫到了女蘿。其首、次兩章分別有詩句曰：「蔦與女蘿，施于松柏。」具有纏繞、依附意味的植物意象了，但蔓草與松柏之間並沒有貶意，而是喻指兄弟、姻親之間的和諧共生的關係，「蔦蘿施於木上，以比兄弟親戚纏綿依託之意」[註1]。隨後屈原的作品中也大量出現香草意象。據學者統計在《離騷》之中有 19 種香草，在《九歌》之中有 22 種香草，如江離、杜衡、澤蘭、蕙、蘋等等。屈原作品中出現的這些眾多不同類別的香草，形成一個意象群，喻指品德和人格的高潔。這些香草意象被後世文人承繼並運用到各類文學作品之中，如蘇軾在政治鬥爭中被貶、人生受挫之時，他在《蝶戀花》中吟道「天涯何處無芳草」。以「芳草」一詞代表了所有的美好事物，蘇公之意指不管到哪裏都會有美好的事物。在人生困境中何其坦然！古代小說集大成之作《紅樓夢》中也融入了許多香草意象，它們在小說中不僅起到烘托環境的作用，還對小說人物性格進行喻示。曹公對香草意象運用最多的地方當屬蘅蕪苑——薛寶釵的住所。曹公在小說中既承繼了詩詞中香草對人格高潔的喻意，同時也對於香草本身特徵對於寶釵這一重要人物進行雙重喻指。

蘅蕪苑里種植眾多不同種類的香草。在小說第十七回中，大觀園峻工，賈政一行人去查看。諸人所見的蘅蕪苑景象是「且一樹花木也無，只見許多異草，或有牽藤的，或有引蔓的，或垂山嶺，或穿石腳，甚至垂簷繞柱，縈砌盤階，或如翠帶飄搖，或如金繩蟠屈，或實若丹砂，或花如金桂，味香氣馥，非凡花之可比。」「這些之中也有藤蘿薜荔。那香的是杜若、蘅蕪，那一種大約是茞蘭，這一種大約是清葛，那一種是金簦草，這一種是玉落藤，紅的自然是紫芸，綠的定是青芷」，蘅蕪苑里以草為裝飾，而且形態各異，各自別有風趣。寶釵

〔註 1〕　（宋）朱熹：《詩集傳》，上海：上海古籍出版社，1958 年，第 161 頁。

別號「蘅蕪君」,「蘅蕪」典出晉代王嘉《拾遺志》卷五,是杜蘅和蘼蕪兩種香草的合稱。按杜蘅在《楚辭》中常見提及。屈原在《離騷》之中有「畦留夷與揭車兮,雜杜蘅與芳芷」之句,用香草杜衡來象徵君子的賢德和傑出的才能;在《九歌・湘夫人》中「芷葺兮荷屋,繚之兮杜衡」、《九歌・山鬼》中有「被石蘭兮帶杜衡」,在《九歌・山鬼》也提到薜荔、女羅、杜衡、杜若:「被薜荔兮帶女羅」「彼石蘭兮帶杜衡」「山中人兮芳杜若」,在《大招》裏有「茝蘭桂樹,鬱彌路只」。杜蘅也都被用來襯托人物的高尚情操。蘼蕪也是一種香草,古人認為它可以使人多子,但卻與棄婦有著關聯,古樂府《上山採蘼蕪》中有「上山採蘼蕪,下山逢故夫」之句。蘅蕪苑的異草,既是對寶釵深層次的精神修養的反射,也對其人格乃至命運都有所關涉。

北京大觀園蘅蕪院

　　蘅蕪苑的香草暗示寶釵性格。蘅蕪苑的眾香草多是藤蔓類植物,或牽藤,或引蔓,或垂山嶺,或穿石腳等等。這些草類多以向上攀爬的特徵,這些植物的特點是牽藤引蔓、柔屈夾纏、垂簷繞柱、縈砌盤際。且看看其中的藤蘿、薜荔。《九歌・山鬼》中「若有人兮山之阿,被薜荔兮帶女蘿」與《離騷》中「攬木根以結茝兮,貫薜荔之落蕊」據清初陳淏子《花鏡》卷五:「藤蘿一名女蘿,

在木上者一名兔絲，在草上者。但其枝蔓軟弱，必須附物而長。」而「薜荔一名巴山虎。無根，可以緣木而生藤蔓，葉厚實而圓勁如木，四時不凋。在石曰石綾，在地曰地錦，在木曰長春。藤好敷岩石與牆上。」由於它們的這種攀爬特性，在古代文學作品中它們常被比作依賴男性而上升的女子。顯然，曹雪芹有以此象徵薛寶釵性格某一側面的構思。眾多香草借助於外力向上攀爬，也正是寶釵內在心理的外在寫照。這裡的藤蘿、薜荔也正是暗示寶釵試圖通過婚姻來實現自己「好風憑藉力，送我上青雲」的志向。寶釵起初進京是為了待選，在《紅樓夢》第四回中，薛蟠進京的目的第一條就是「為妹待選」。至於寶釵有沒有正式參選，曹公在書寫之時採取「留白」的態度，而一些紅學家考證認為是「沒選上」，其後寶釵留在賈府。在賈府中寶玉備受寵愛，不僅僅是他生下來口裏含玉，主要在於他實際的地位。榮國府中第一代賈代善有賈赦、賈政兩個兒子。雖然賈赦為長子，但生平猥瑣好色、不思長進，賈政便成為榮國府的掌權者。賈政有二子賈珠、賈寶玉，長子賈珠英年早逝，隨後成為榮國府掌權人的必然是寶玉。由此，「寶二奶奶」的位置也倍受關注。在寶釵來之前，寶玉和黛玉之間已經是兩小無猜、青梅竹馬，關係十分親密了。史老太君也處處維護著這兩人的關係，有意將黛玉選為寶玉之妻。在明處，寶釵一直不動聲色的處於寶、黛之間；在暗處，曹公卻通過蘅蕪苑這些牽藤引蔓、垂簷纏柱、穿山繞石的藤蔓植物，來暗示寶釵意欲託付終身於寶玉，並希望憑藉寶玉而青雲直上的心理。寶釵的院子裏無處不迷漫著薛寶釵的「冷」和「香」。奇花仙藤說明她不與俗人相等，自高一格。果實累累又是她不慕慮幻，講究實際的功利主義入世思想。

蘅蕪苑里的香草象徵寶釵的人格。寶釵的性格「藏愚」、「守拙」中透露出另一種超凡絕塵與不苟同於流俗的品格。蘅蕪苑的香草從不以花香色豔誘人，卻「味芬氣馥，非花香可比」。而且都是以果實或是自身價值引人注目，「一進蘅蕪院，只覺異香撲鼻。那些奇草仙藤愈冷愈蒼翠，都結了實，似珊瑚豆子一般，累垂可愛。」其後賈府衰落，探春正在因為經濟問題煩惱之時，蘅蕪苑的這些香草果實的實用價值得到體現，被曬乾後做成藥材、香料賣到藥鋪。這也正如寶釵其人，表現上看似平淡無華，但實際卻是具備多種才幹之人。賈政對蘅蕪院初見的印象是「無味的很」，正如寶釵給人的最初認識。在《紅樓夢》裏是位「冷美人」，常年需要吃冷香丸。她的臥室裏「雪洞一般，一色的玩器全無。」她為人處世的原則是「不關己事不開口，一問搖頭三不知」。然而，

及走進蘅蕪院裏面，卻是山石插天，異草盤環。面對那些奇藤仙葛，賈政也不住稱讚「有趣」，並感歎「此行中煮茶操琴，亦不必再焚名香矣」。脂硯齋云，諸景「皆還在人意之中」，惟獨「蘅芷清芬」一處，「則今古書中未見之工程也」。賈政對蘅蕪院的態度由貶至褒，由最初感到「無趣」到心生「煮茶操琴」的出世思想。曹公以「清雅」一詞來概括蘅蕪院的整個美學特徵，正是符合道家文化中以「清虛」美學，強調在平淡無奇的外表中，見出真精神、真境界。蘅蕪院裏的香草不豔不俗，香味不濃而長存，正是寶釵內在人格的外在體現。寶釵才學過人、博古通今，向來與黛玉相提並論。她還精通書畫、善於理家，與探春、鳳姐幾乎不相上下。難得的是，她卻擁才不驕、行為豁達，從不炫才逞強，對任何人都不亢不卑、落落大方。在小說第七十八回抄檢大觀園之後，賈寶玉看到蘅蕪苑里的香藤異蔓「仍是翠翠青青」，這些香草正是寶釵寵辱不驚、坦然超然的生活態度與超然物外精神世界的寫照。

　　通過蘅蕪院的香草意象來解讀這個人物形象，讀者看到的便不僅僅是寶釵的「世故」、「圓滑」或者是「古板」、「無味」的外在體現，還有更深一層次精神世界及人格中「豁達」與「超然」。

二、竹意象

　　晉代葛洪《神仙傳》中載：東漢汝南費長房見一老翁在集市賣藥，每次賣完藥就跳進藥擔的壺裏。費長房想跟老翁學道，老翁就將他帶入深山。費長房因未能學成道術，就辭別老翁回家，老翁替給他一個竹杖和一道靈符，說騎上竹杖就可以飛回去，並囑咐他回到家要將竹杖放在葛陂中。費長房按照老翁所言，騎上竹杖返回家中。他原本以為離家僅一天，卻不料一別竟一年有餘。他將竹杖放在葛陂中，竹杖已變為青龍。

　　提起林黛玉，我們就會想到她孤高自賞、目下無塵、清雋高潔的品格，而這種典型的塑造，除了得益於作者形象入微的人物描寫之外，更得益於作者給我們黛玉塑造了一個典型人文的環境——瀟湘館。提起瀟湘館，首先映入人眼簾的便是那千百竿夾路的青青翠竹。人物的居住環境與人物的風格、志趣緊密相聯。環境以及其中的景物往往成了其主人人格氣質的象徵。以「蕉棠兩植」，「滿架薔薇」，「碧桃花」，「綠柳周垂」以及由大片玫瑰和各色草花組成的「竹籬花障」為其特徵的怡紅院，就只能讓賈府的「富貴閒人」賈寶玉住進去；而一樹花木也無，只有「奇草仙藤」的蘅蕪院，也只有分配給性喜「素淨」和「樸

素」的薛寶釵去住才最合適。竹自古以來在人們的心目中就是一種清高、聖潔、堅貞的象徵。鄭板橋在他的《題竹石》詩中寫道：「咬定青山不放鬆，立根原在破石中。千磨萬擊還堅勁，任爾東西南北風。」這首詩中說的竹的挺拔、不屈、有節、常青、堅韌等自然特性充分概括了竹子的特點，而這些特點也正是作者要賦予林黛玉的主要性格特徵。應該說，林黛玉本身就是竹的化身，在作品中，竹的形象和林黛玉的形象是渾然天成，合二為一的。竹子是瀟湘館的標誌，也是林黛玉的象徵。

《紅樓夢人物圖譜》·黛玉改琦（清代）

　　竹，象徵了黛玉清麗高雅的文人氣質。提起瀟湘館，《紅樓夢》第十七回中描繪的是這樣的一種景象：忽抬頭看見前面一帶粉垣，裏面數楹修舍，有千百竿翠竹遮映。眾人都道：「好個所在！」於是大家進入，只見入門便是曲折遊廊，階下石子漫成甬路……後院牆下忽開一隙，清泉一派，開溝僅尺許，灌

入牆內，繞階緣屋至前院，盤旋竹下而出。在賈政心目中，這是個讀書的好所在，「若能月夜坐此窗下讀書，不枉虛生一世」。從中可見瀟湘館的竹子清幽中透著孤獨，一如文人遺世而獨立的性格。小說第二十三回，寶玉問黛玉住哪一處好時，黛玉便笑道：「我心裏想著瀟湘館好，愛那幾竿竹子隱著一道曲欄，比別處更覺幽靜。」當黛玉住進去之後，竹林就不單單是沒有生命的植物，而似有了靈魂。竹與人的已經融為一體，那風吹竹葉聲與黛玉的哀歎聲相呼應，竹林承載了黛玉細膩豐富的內心情感世界。瀟湘館裏寂寞挺秀的竹子，與同樣孤寂秀麗的黛玉是何等相像！「秀玉初成實，堪宜待鳳凰。竿竿青欲滴，個個綠生涼。逬砌妨階水，穿簾礙鼎香。莫搖清碎影，好夢晝初長。」寶玉的一首「有鳳來儀」詩，就是黛玉的寫照，她就像青翠欲滴的青竹，有著修長纖巧的體態；又似竹子只等鳳凰棲息，有著清麗高雅的氣質。竹子正是黛玉瘦削的身影，文人氣質的外在表現。

竹，代表著黛玉卓然獨立的孤高個性。竹的外表清疏淡雅，而內在卻有一種剛直不屈之氣。竹子的這一特性又反襯著黛玉孤高自詡、目下無塵，說話尖刻不討人喜歡的個性。正是這翠竹掩映的寂寞淒清的環境，展示著黛玉「一年三百六十日，風刀霜劍嚴相逼」痛苦又沉鬱的生活。黛玉的內心是孤獨的，她喜歡處於幽靜之地，以求免受世俗的紛擾。雖然過著寄人籬下的生活，她也不願改變本性去討好奉承別人，依然心直口快，心中所想立即表達出來。黛玉無論外在生活環境如何，依然不改自己本性，保持自己高潔的風格，這也正如有著清雅孤傲、堅貞品格的竹子。《紅樓夢》第一百零八回，寶玉再進大觀園時，黛玉已經亡故，人去樓空。曾經的繁華熱鬧不再，只見滿目淒涼，花木枯萎，亭館樓榭彩漆都開始剝落。但在萬木蕭條中，獨有瀟湘館的竹子仍然翠綠。雖然黛玉去世多時，但那「幾杆翠竹的青蔥」依然卓然獨立，也象徵是黛玉那顆不屈的靈魂。

竹，是林黛玉憂鬱哀怨性格的象徵。在瀟湘館裏，竹子的形態與黛玉的性格氣質遙相呼應。竹子的變化還隨著黛玉個性的變化而變化，它是黛玉內心氣質的外在映照：多愁善感、孤高自許。由於父母雙亡、無依無靠，一直過著寄人籬下的生活，由於與寶玉那悲傷而無望的愛情，她的身心被塗上一層憂鬱而又淒清悲涼的色彩，這份悲傷絕望還隨著日子一點一點流逝不斷在加劇。瀟湘館的竹子也似乎有了靈性，明白了主人的心境，也向著清瘦、淒涼的之處發展。隨著小說情節的一步步向前推進，瀟湘館的竹子由最初的「青青翠翠」轉向「參

次不齊」，甚至於疏疏落落，正如它的主人身心一點點憔悴下去。小說四十五回中，黛玉「喝了兩口稀粥，仍歪在床上，不想日未落時天就變了，淅淅瀝瀝下起雨來。秋霖脈脈，陰晴不定，那天漸漸的黃昏，且陰的沉黑，兼著那雨滴竹梢，更覺淒涼。」若是瀟湘館裏少了竹的存在，那麼黛玉的形象也就少了一些情致與內涵。竹子的描寫與刻畫已是《紅樓夢》中對黛玉形象描寫的重要組成部分，竹已經與黛玉的形象生命融為一體了。

竹，也是林黛玉愛情悲劇的象徵。《紅樓夢》中的景物，還對人物起著一個特殊的作用：大都作為人物的「讖語」而設，象徵暗示著人物的性格命運。小說第三十五回寫：（黛玉）一進院門，只見滿地下竹影參差，苔痕濃淡，不覺又想起《西廂記》中所云「幽僻處可有人行，點蒼苔白露泠泠」二句來，因暗暗的歎道：「雙文，雙文，誠為命薄人矣。然你雖命薄，尚有孀母弱弟，今日（我）之命薄，一併連孀母弱弟俱無。古人云『佳人命薄』，然我又非佳人，何命薄勝於雙文哉！」……於是進了屋子，在月洞窗內坐了。吃畢藥，只見窗外竹影映入紗來，滿屋內陰陰翠潤，幾簟生涼……大觀園中的環境是曹雪芹別出心裁的創造，不同人物所住的住所都為不同人物的性格、命運提供一個外在可感的參照。《紅樓夢》中的竹不僅象徵著黛玉的形象和性格，更是一種對人物未來的喻示。瀟湘館的竹子深蘊著的「離別」與「悽楚」，恰恰是寶黛之間那種無望而悲傷愛戀的一種環境隱寫。《陣物志》中稱：「堯之二女，舜之二妃，曰『湘夫人』，舜崩，二妃啼，以涕泪揮，竹盡斑。」《群芳譜》中載：「斑竹即吳地稱『湘妃竹』者」。關於湘妃竹的來源傳說是舜帝有兩個妃子娥皇和女英，因舜外出去戰惡龍多年音信全無，她們便去尋找。一天，她們到了一個叫三峰石的地方看見一座大墳，得知便是舜帝病逝之墓，二人悲痛萬分抱頭痛哭，一直哭了九天九夜，最後哭出血淚來，灑在了九嶷山的竹子上，竹竿上便呈現出點點淚斑，有紫色的，有雪白的，還有血紅血紅的，這便是「湘妃竹」。黛玉前身是西方靈河岸邊三生石畔的絳珠仙草，受神瑛侍者日日灌溉之恩，逐漸修煉成形，於是游離於離恨天之外，饑則食蜜青果，渴則飲灌愁海之水，體內漸漸鬱結成氣。曹雪芹以「絳珠償淚」神話開篇，時刻不忘敘述這個纏綿悱惻的前世今生故事。然而，絳珠的「以淚償灌」的夙願，注定了淚乾而逝的悲劇命運。「還淚債」為寶黛愛情定下了基調。第四十五回，黛玉咳疾加重，悶在房中養病。時值秋天，又淅淅瀝瀝下起雨。兼著那雨滴竹梢，更覺淒涼。林黛玉吟成一首《秋窗風雨夕》將這景物再出色加染一番：「秋花慘淡秋草黃，

耿耿秋燈秋夜長。已覺秋窗秋不盡，那堪風雨助淒涼！……寒煙小院轉蕭條，疏竹虛窗時滴瀝。不知風雨幾時休，已教淚灑窗紗濕。」

三、芭蕉意象

芭蕉在我國境內很早就被用來作為裝飾，商代青銅器「四羊方尊」的四邊上裝飾有蕉葉紋、三角夔紋和獸面紋。芭蕉葉組成帶狀紋飾，特指以蕉葉圖樣作二方連續展開形成的裝飾性圖案。用作瓷器裝飾始於宋代，定窯、龍泉窯、景德鎮窯多將其作為瓷器的輔助紋樣，為芭蕉的最早實物證明。

四羊方尊（商朝）　　　　　　越窯青釉刻花蕉葉紋蓋罐（宋代）

在傳統園林造景中，芭蕉是絕不可少的植物。清代李笠翁曾說：「幽齋但有隙地，即宜種蕉，一二月即可成蔭，坐其下者，男女皆入畫，且能使臺榭軒窗盡染碧色」。大觀園裏植有多少處芭蕉不得而知。但曹公至少對三處芭蕉刻畫細緻：怡紅院裏的芭蕉、瀟湘館裏的芭蕉和秋爽齋裏的芭蕉。這三處芭蕉造景風格不同，各有意境，然正符合這三處館主的性格與文化品味。

芭蕉代表著無常、無我、虛妄不實的佛家隱喻。芭蕉是佛教色彩極其濃厚的一種植物，佛經中有很多芭蕉之喻：「想如野馬，行如芭蕉，識為幻法」、「是身如芭蕉都無有實」、「猶如幻芭蕉，亦如水中月」等等。芭蕉看似堅實如樹幹的葉莖實則是由每一片葉柄相互重迭而成，一葉新長出，老葉方枯落，這樣一層包裹著一層長起來，實則並沒有實心。因為沒有實心，也即沒有堅實所在。佛家所云眾生往往如芭蕉不知世間事，因此芭蕉象徵無常、無我，是世間的虛妄不實。《紅樓夢》裏寶玉的怡紅院植有一棵芭蕉，怡紅院的匾額題「怡紅快

綠」各指海棠與芭蕉：「一入門，兩邊都是遊廊相接。院中點襯幾塊山石，一邊種著數本芭蕉；那一邊乃是一棵西府海棠，其勢若傘，絲垂翠縷，葩吐丹砂。」
〔註2〕芭蕉其葉闊而碧綠，表面油翠似絹，舒展瀟灑，與西府海棠對植，一邊碧綠，一邊嫣紅，色彩明豔而不失清雅。一邊占盡紅香之妙，一邊盡現綠翠之韻，兩相對植，玲瓏入畫。然而，怡紅院的芭蕉並非僅僅在園林造景中渲染這種愉悅浪漫的氛圍，卻隱喻著在寶玉的繁華生活不過是鏡中花水中月，如同芭蕉一樣沒有實心，也隱含了寶玉最終遁入佛門的命運。《紅樓夢》中第一回中寫道：甄士隱在書房閒坐讀書時，不覺朦朧睡去。夢至一處，忽見一僧一道在談論要攜帶「蠢物」去了卻一段風流官司。士隱上前攀談，並借「蠢物」一看。後來看見僧道二人進了「太虛幻境」，正意欲跟上前時。忽聽一聲霹靂，叫士隱驚醒。士隱醒來只見烈日炎炎，芭蕉冉冉，所夢之事便忘了大半。甄士隱醒來看到的是烈日下的芭蕉，甄士隱實又是「真事隱」，那芭蕉所指意義不言自明：一切都是虛妄不實的。甄士隱家道中落，在世態炎涼中隨僧道二人出家。因此怡紅院裏蕉棠兩植也大有深意，無論西府海棠開出多久絢麗多姿的花朵，芭蕉卻在一旁默默暗示塵世間富貴繁華也不過是過眼雲煙。

北京大觀園怡紅院外景

芭蕉還代表著孤獨憂愁與離情別緒。在《紅樓夢》中黛玉的瀟湘館內也植有一株芭蕉「從裏間房內又得一小門，出去則是後院，有大株梨花兼著芭蕉。」
〔註3〕瀟湘館的芭蕉也伴著觀賞花卉而種，但瀟湘館裏素白梨花與怡紅院熱烈

〔註2〕（清）曹雪芹撰，高鶚等：《紅樓夢》第17回，北京：人民文學出版社，1982年，第230頁。

〔註3〕（清）曹雪芹撰，高鶚等：《紅樓夢》第17回，北京：人民文學出版社，1982年，第221頁。

的紅海棠有明顯的差別,前者的清幽與芭蕉的綠葉相互映襯,顯示著一派柔美嫻靜之氣。在園林布景中,有「蕉窗」之說,即芭蕉當窗「窗虛蕉影玲瓏」,因為窗外植芭蕉,晴天可以遮蔭,風起時芭蕉隨風舞,雨日裏又增添雨打蕉葉的韻律,芭蕉滿滿的翠綠又增加了窗外景致的畫意。然而,芭蕉卻是常與愁苦的心緒相聯繫,尤其是芭蕉夜雨時,女詞人李清照在國破家亡夫死之後,填了一首《添字采桑子》就運用芭蕉表達淒涼之音:「窗前誰種芭蕉樹?陰滿中庭;陰滿中庭,葉葉心心、舒卷有餘情。傷心枕上三更雨,點滴霖霪;點滴霖霪,愁損北人、不慣起來聽!」吳文英《唐多令》中寫:「何外合成愁?離人心上秋。縱芭蕉,不雨也颼颼。」也是以「雨中芭蕉」抒發一種孤獨與離愁別緒。《聊齋誌異‧鳳陽士人》中麗人所唱的那首詩句:「黃昏卸得殘妝罷,窗外西風冷透紗。聽蕉聲,一陣一陣細雨下。」〔註4〕芭蕉在雨中更是頻添一股愁怨。瀟湘館的芭蕉正是與館主的憂傷相應和,在秋風秋雨中,雨打芭蕉葉,瀟湘館更顯得淒清冷落。原本哀愁的黛玉吟唱「不知風雨幾時休,已教淚灑窗紗濕」。

　　芭蕉還與書法相聯繫。正如提起菊花便讓人想起陶淵明,提起梅花便讓人記起林逋「梅妻鶴子」,提起芭蕉就要與懷素相聯繫。懷素為唐代名僧,工書,尤善狂草,學書法時因為家貧無紙,自種萬餘株芭蕉,取葉鍊字。《酉陽雜俎》載懷素居於零陵東郊,治芭蕉幾數萬,取其葉代紙而書,因號其所為「綠天庵」。由「懷素書蕉」到其後古代文人墨客爭相「蕉葉題詩」以傚風雅,其後芭蕉經常與文人及詩聯繫到一起,清代文學家張潮在《幽夢影》云:「天下有一人知己,可以不恨。不獨人也,物亦有之。如菊以淵明為知己;梅以和靖為知己……蕉以懷素為知己」。《紅樓夢》裏的探春的居所也植有一處芭蕉,且自稱:「我最喜芭蕉,就稱『蕉下客』罷。」〔註5〕眾人都道別致有趣。芭蕉雖屬於草本植物,卻有著木本植物高大的體態,蕉葉寬大闊綽而顯出粗獷之氣。探春對這種植物自的欣賞,正是表現出她一種生性豁達的氣度。但最重要的還是其文化內涵。賈府四春,於琴棋書畫各擅一藝,元春原帶進宮去的丫環名為「抱琴」,以琴勝。迎春的性格內向,人稱「二木頭」,詩作平平,又拙於言辭,但她擅長於下棋,第七回送宮花章節中有迎春與探春下圍棋的描寫,其丫頭取名為司棋。惜春善於作畫,賈母還安排她將大觀園畫出來,大丫頭取名為「入畫」。而探春則以書

〔註4〕（清）蒲松齡:《聊齋誌異》卷2,北京:人民文學出版社,1989年,第187頁。
〔註5〕（清）曹雪芹撰,高鶚等:《紅樓夢》第37回,北京:人民文學出版社,1982年,第488頁。

法勝。探春對書法的熱愛還可從其居室秋爽齋的布置看出：「三間屋子並不曾隔斷，當地放著一張花梨大理石大案，案上磊著各種名人法貼，並數十方寶硯，各色筆筒、筆海內插的筆架如樹林一般」，「西牆上，當中掛著一大幅米襄陽的《煙雨圖》，左右掛著一副對聯，乃是顏魯公的墨蹟」。她的兩名丫鬟一位取名為「待書」，一位取名為「翠墨」。由這眾多書筆陳設烘托出她身為紅樓第一書法家的風範。而探春的生日三月初三，也剛好是「天下第一行書」——《蘭亭序》的創作紀念日。《紅樓夢》第十七、十八回，元春省親時命諸姐妹為大觀園題詩，卻命探春以彩箋謄錄詩歌。第二十三回，又提到賈元春又命探春依次抄錄，可見其書法水平高眾人一疇。如果說這是一種巧合，不如說是曹公刻意為之，種種以書法來寫探春，秋爽齋裏所植的芭蕉也正是她書法藝術人生的體現。

《紅樓夢》人物：探春——馮其庸（近代）

第二節　樹木類植物意象

先秦之前樹木的意象就廣泛出現在古人的生活中。《論語・八佾》中載：「哀公問社於宰我，宰我對曰：『夏后氏以松，殷人以柏，周人以栗』」，當時祭祀土地神的牌位所用的所用的松木、柏木、栗木就是運用了樹木的象徵意義。

一、松柏意象

古人一直對松樹懷有一種特殊的感情，常用松柏象徵堅強不屈的品格。孔子在《論語・子罕》中云「歲寒，然後知松柏之後凋也。」松、竹、梅被人們譽為「歲寒三友」。在名川大山常可見松樹，據《史記・秦始皇本記》載，秦始皇一統全國後，為炫耀文治武功，震懾六國臣民，決定大舉東巡。始皇於二十八年（公元前 219 年）到達山東，隨即上泰山封禪時封松樹為「五大夫」。在現今泰山雲步橋北側五松亭旁，有石坊額題「五大夫松」。「黃山歸來不看岳」的黃山上，也有一棵知名的迎客松。《五雜俎》中載：「嵩山嵩陽縣有古柏一株，五人聯手抱之，圍始合，下一石刻，曰『漢武帝封大將軍』。人但知秦皇之封松，而不知漢武之封柏也，又唐武后亦封柏五品大夫。」〔註6〕

松柏代表著品性高潔、氣度不凡，在逆境艱困中而能保持節操的人。宋人王安石《字說》云，松字從「公」，柏字從「伯」，在公侯伯子男五爵中，松居首，柏居三，皆有封位。《酉陽雜俎》記載一棵松樹的氣節：南康有一棵很怪的松樹。從前，刺史每次讓畫工畫這棵松，就一定有幾個樹枝衰敗憔悴。後來因為一個客人和一名歌妓在樹下環繞著它飲酒作樂，一日之後，這松樹居然死了〔註7〕。這裡的松如同「士」，古人認為儒者的品質是「可親而不可劫，可近而不可迫，可殺不可侮」，如果受到凌侮寧可選擇去死。這裡的松樹正如歷史上的燕趙之士，慷慨悲歌，豪氣衝天，有著士可殺而不可辱的氣節，使人為之擊節而歌，浩然而歎。由此，松樹也常常與義士相聯繫。清人吳熾昌《客窗閒話》卷三有《八松墓》記述自己在庚辰年間，道行途中見荒煙古墓中有八棵松樹環繞，鬱鬱蒼蒼，冠蓋如遊龍。由松樹引起一個關於義士某公的故事：義士在世時開旅舍，一日於床榻塵埃中得一布囊，裏面有白銀五百兩。義士藏金於

〔註6〕（明）謝肇淛：《五雜俎》卷 10，濟南：山東人民出版社，2018 年，第 341 頁。
〔註7〕（唐）段成式著，曾雪梅校釋：《酉陽雜俎校釋》，濟南：山東人民出版社，2018年。

箱中。翌年，有布客到旅舍內就開始痛哭，敘述一年前自己遺金五百兩被主人罰償而傾家蕩產，如今至此睹舊物而悲傷。義士問清楚標識與數目後，入房內將遺物原封不動的歸還。客人感念要以一半為謝。義士拒絕。客人歸後對主人言明，其主人感義士之義願意以兄長侍奉，卻被義士拒絕了，義士稱自己只有老夫妻二人，上蒼讓自己富都拒絕了，何必又要人接濟而富足呢？於是，布客的主人就重價購溫柔敦厚的女子送給義士作妾，且言「不孝有三，無後為大」，其後義士活到九十多歲，連生八子，都中了科舉。義士過世時，恰逢布客兒子路過，就購置了八棵異松植於墓地，三百年了依然鬱鬱蔥蔥。這植於義士墳上的松樹也正是義士正氣的化身，雖處於窮困，但並不貪圖不利之財，也並不羨慕富貴，始終保持自己的氣節。

《幽澗寒松圖》——倪瓚（元末明初）

松柏四季常青，古人常將松柏植於墓地以象徵逝者永垂不朽、靈魂永生。弗雷澤在《金枝》中稱：「中國自上古以來便流傳一種習俗，在墳地植樹以安死者的靈魂，免其遺體腐爛，因松柏四季常青，千年不朽，所以墳地四周多種

松柏。墳地樹木的榮枯，反映著死者魂魄的安否。」〔註8〕松柏在秦漢時期就被植於陵墓中，漢代古詩十九首中稱：「驅車上東門，遙望郭北墓。白楊何蕭蕭，松柏夾廣路。」（《驅車上東門》）「遙看是君家，松柏冢累累。」（《十五從軍征》）古代小說中載松柏被植於墓地是緣於松柏的避邪功能，《搜神記》「陳寶祠」條載：「秦穆公時，陳倉人掘地得物，若羊非羊，若豬非豬。牽以獻穆公，道逢二童子。童子曰：『此名為媼。常在地食死人腦。若欲殺之，以柏插其首。』」〔註9〕

松樹作為「百木之長」，代表著長壽。西周時期松柏就被用來祈求長壽，《詩經・小雅・天保》中載：「如月之恒，如日之昇。如松柏之茂，無不爾或承。」現在仍常在有「福如東海長流水，壽比南山不老松」的賀壽佳聯。由於松柏與長壽相關，由此中國古代文學中也出現南山老松的形象，在古代小說中，松樹常常會化為一個老者的形象出現。在《西遊記》第六十四回中，師徒四人走到荊棘嶺，碰到木仙庵的松樹精十八公。這一松樹精與其他攝唐僧的精怪也有所不同，自號勁節，其容貌打扮一如仙翁「忽見一陣陰風，廟門後，轉出一個老者，頭戴角巾，身穿淡服，手持拐杖，足踏芒鞋」〔註10〕。他攝了唐僧後帶到木仙庵，不是為了要吃唐僧肉長生不老，而是集合眾樹精與之談詩論道「蓋張翠影留仙客，博弈調琴講道書」。十八公談吐風雅，有禮有節，自稱「我亦千年約有餘，蒼然貞秀自如如。堪憐雨露生成力，借得乾坤造化機。」與唐僧喝茶談詩論道，頗有古選賢遺風，後來因為杏樹精化作的美女想與唐僧成親才出現拉扯。天明時分，悟空徒弟三人趕來，眾精怪歸身。後被悟空識破，八戒上前不論好歹朝著眾樹木一頓猛打，樹精下鮮血淋漓。唐僧試圖勸解，也終阻止不了，八戒一頓鈀打倒眾樹。不僅是在《西遊記》裏十八公眾樹木受到八戒的傷害，在小說裏還提到松樹受到人的傷害。在《夷堅甲志》卷十七《峽山松》記載一棵松樹因被人砍傷，只好化為一位老者尋求人類保護的故事：廣州清遠縣東有峽山，山水清秀，林木茂盛，有古時留存的飛來寺。在殿西南十步左右，有一棵大松樹傍崖而生，枝葉繁茂。唐朝大觀元年十月，南昌人錢師愈恰好罷兵官北上，因夜間行船，他的侍從就用斧頭砍松根來取松脂夜間照

〔註8〕〔英〕J・G・弗雷澤：《金枝》，商務印書館，2013 年，第 198 頁。

〔註9〕（晉）干寶撰，馬銀琴、周廣榮譯注：《搜神記》卷 8，北京：中華書局，2010 年，第 160 頁。

〔註10〕（明）吳承恩：《西遊記》第 64 回，北京：人民文學出版社，1955 年，第 772 頁。

明。第二年，錢吉老經廣州到連州時，路過寺廟。當天夜裏夢到一位鬚髮皆白的老人，訴說因不幸碰到錢吉老族人，管理不了侍從，拿斧頭砍了膝蓋代為燭，至今血流不止。想勞煩他幫忙告訴方丈禪師出力治療。老人並說自己並非人類，而是植物中帶有靈性者。錢吉老醒來懷疑老人便是松樹。當時天未明，寺門未開。他只好等到第二日天亮時分，錢吉老起身時卻發現船家已經解繩行數里地了，他悵然不能忘懷。在經過浛光時，錢吉老以此事告訴了朋友彭銖。唐朝政和二年，彭銖解官到廣東境內，便過飛來寺以錢吉老之說去查訪此事，果然看見有巨松在離根一尺的地方，樹皮傷剝，膏液流注不止。這已經過去大約已經七年時間了。彭銖就以此事告訴主事僧人和土來補救，又圍了一圈大竹護在松樹的外面。在此文中，人類因自身些微利益，就可以大肆不顧自然中其他物種的存亡。作者以一顆心懷天下蒼生之心，借松樹精的口吻，以自身的傷痛來呼籲人們關注大自然界的萬物。在松樹受到傷害的這一事件上，近乎十年的時間才終於受到人類的救助保護。

除此之處，松樹還與得道成仙相關聯。在道教神話中，松往往是不死的象徵，道士服食松葉、松根，以期能飛昇成仙、長生不死。《五雜俎》載：「偓佺食松實，形體生毛，兩目更方。山中毛女食柏葉，不饑不寒，不知年歲……青城上官道人食松葉，九十如童。趙瞿餌松脂，百歲發不白，齒不落。」〔註11〕。在道教裏有呂洞賓度松樹成仙的故事。

二、梧桐意象

梧桐是一種常見的觀賞植物，在園林中點綴於庭園、宅前，也常種植於路旁做為行道樹。梧桐葉形如手掌狀，又裂缺如花朵。夏季時節開花，梧桐花開之時花朵鮮豔而明亮。古人又以青桐、碧梧、青玉、庭梧之名稱梧桐樹，在我國詩文文獻中是留存較早的樹種之一。對梧桐樹的描繪，最早可見於先秦文獻《詩經》「鳳凰鳴矣，于彼高崗。梧桐生矣，于彼朝陽」之句，這成為梧桐引鳳凰傳說的最早來歷。其後的《尚書》、《莊子》、《呂氏春秋》等先秦文獻均提及梧桐樹。春秋吳王夫差建梧桐園，於園中植梧桐樹，南朝梁任昉《述異記》載：「梧桐園在吳宮，本吳王夫差舊園也，一名琴川。」其後種植梧桐樹開始增多，北宋李格非《洛陽名園記》載北宋洛陽名園中多植有梧桐樹。明代陳繼儒《小窗幽記》認為「凡靜室，前栽碧梧，後栽翠竹。前簷放

〔註11〕（明）謝肇淛：《五雜俎》卷11，濟南：山東人民出版社，2018年，第388頁。

步，北用暗窗，春冬閉之，以避風雨，夏秋可以開通涼爽。然碧梧之趣：春冬落葉，以舒負暄融和之樂；夏秋交蔭，以蔽炎爍蒸烈之威」，建築庭院梧桐樹是少不了的配置。正因為文人對梧桐樹的喜歡之情，歷代文學作品中亦少不了梧桐意象的存在。

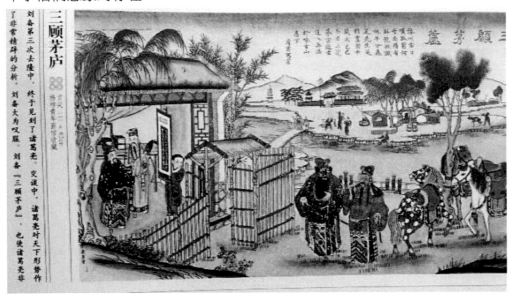

天津楊柳青年畫《三國演義》·三顧茅廬

　　梧桐樹常與鳳凰相聯繫，代表著高潔的品格。梧桐常與高潔之士鳳凰相關，《詩經·大雅·卷阿》有「鳳凰鳴矣，于彼高崗。梧桐生矣，于彼朝陽。」之句，梧桐一如鳳凰都有美好高潔的品質。莊子《秋水》中云：「夫鵷鶵發現於南海，而飛於北海，非梧桐不止。」鵷鶵即是鳳凰一類的鳥。古代有「栽桐引鳳」之說，「栽下梧桐樹，自有鳳凰來」宋代鄒博的《見聞錄》說：「梧桐百鳥不敢棲，止避鳳凰也。」在小說中也以梧桐引來的鳳凰暗喻高潔之士。如《三國演義》第三十七回「劉玄德三顧草廬」中，寫劉備三次去隆中請諸葛亮，幾次誤將他人錯當成孔明。在第二次去隆中諸葛亮草廬時，碰到一個少年擁爐抱膝而歌：「鳳翱翔於千仞兮，非梧不棲；士伏處於一方兮，非主不依」之語，以梧桐之上的鳳凰來指孔明。在《紅樓夢》中秋爽齋裏不僅種了芭蕉，還有一株梧桐。與扶疏似樹的草本芭蕉對植的是高大挺拔的木本梧桐，二者種在一處，便產生了豪邁大氣的意境，也彰顯著秋爽齋主人探春那種巾幗不讓鬚眉的志向抱負，與院中高大植物相呼應的是探春閨房的陳設，且看小說第四十回中「大理石大案」、「斗大的一個汝窯花囊」、「一大幅米襄陽《煙雨圖》」、「大觀

窯的大盤，盤內盛著數十個嬌黃玲瓏大佛手」，不是女子閨房的精細之物而突顯得都是一個「大」，都是堅實、碩大、古樸之物。賈母似乎無意的一句話：「後廊簷下的梧桐也好了，就只細些。」由此可知秋爽齋裏種的這些梧桐也是與影射探春，她不僅貌美有才華「文采精華，見之忘俗」，還心高氣傲、志向遠大，小說第五十五回中有探春的自我表白：「我但凡是個男人，可以出得去，我必早走了，立一番事業，那時自有我一番道理。偏我是女孩兒家，一句多話也沒有我亂說的」，因此探春也被小廝們戲稱為「老鴰窩裏飛出的金鳳凰」。探春如同挺拔高大的梧桐，但畢竟「細了些」，雖然她努力向上，卻無法改變自己庶出的命運，也改變不了卑下齷齪的趙姨娘是她生母的事實。因而這棵「細了些的梧桐」也是象徵著「才自精明志自高」的探春。

元曲《梧桐雨》插圖

　　梧桐又象徵著孤獨憂愁與離別。在古代文人的篇章裏，梧桐代表著孤獨愁苦離別意象非常多，風吹葉落，雨滴梧桐，淒清淒苦，由此梧桐作離情別恨的意象和寓意是最多的。如李煜《相見歡》「無言獨上西樓，月如鉤。寂寞梧桐深院鎖清秋」，以梧桐襯托出了這位亡國之君幽居的寂寞與落魄。溫庭筠有詞：「梧桐樹，三更雨，不道離情正苦。一葉葉，一聲聲，空階滴到明。」李清照在國破家亡之時，孤苦無依地寫下「梧桐更兼細雨，到黃昏，點點滴滴。這次第，怎一個愁字了得。」梧桐幾乎都承載不了這麼多的離情別緒了。白居易在《長恨歌》裏有詩云「春風桃李花開日，秋雨梧桐葉落時」，將春天的花開繁華與秋天梧桐葉落相對比。元代白樸還由《長恨歌》寫了戲劇《梧桐雨》以昔日的盛況和眼前的淒涼作對比，描寫了唐明皇因安史之亂失去了楊貴妃后的淒涼境況。梧桐獨自始至終都立於蕭條的宮苑，靜看人來人往，繁華不在，物是人非，它更能襯托出唐明皇老的時候的孤獨與寂寞。探春雖有過人之處，但出身卻很低微的趙姨娘之女。她努力想改變自己命運，捍衛賈家「三小姐」的名頭。她與寶玉走得很近，口口聲聲喊著王夫人為她母親，而與自己的生母和親弟弟卻劃清界線。她公然指責生母趙姨娘「特昏聵得不像了」，罵自己的親娘是「陰微鄙濺的見識」並明確表態「我只認得老爺，太太兩人，其他的我概不管」。探春一直擺著一幅主子的面孔以「姨娘」稱生母，平日對趙姨娘也儼然是主子對奴才的吆喝。她壓抑著人性內心的情感，以一種冷酷、自私、無情的方式來尋找自尊。直到探春遠嫁之時，她才終於喊了趙姨娘一聲「娘」。秋爽齋的梧桐樹也正是探春人性壓抑之下的孤獨淒苦與她內心的憂愁的外在體現吧。秋爽齋的梧桐樹也是探春離別的暗示。在賈府元宵節制燈謎一節，探春的詩謎是個風箏：「階下兒童仰面時，清明妝點最堪宜。游絲一斷渾無力，莫向東風怨別離。」庚辰雙行夾批曰：「此探春遠適之讖也。」小說第七十回「林黛玉重建桃花社，史湘雲偶填柳絮詞」中有一段關於探春與鳳凰相關聯的描寫：大觀園眾人放飛箏以求放晦氣，風箏中有螃蟹的、大魚的、大紅蝙蝠的、大雁的不一而足，探春所放的是軟翅子大鳳凰，當她正要剪自己的風箏放晦氣時「見天上也有一個鳳凰……只見那鳳凰漸逼近來，遂與這鳳凰絞在一處……又見一個門扇大的玲瓏喜字帶響鞭，在半天如鐘鳴一般，也逼近來……那喜字果然與這兩個鳳凰絞在一處。三下齊收亂頓，誰知線都斷了，那三個風箏飄飄搖搖都去了。」這段關於鳳凰風箏的描寫，不僅將探春以鳳凰作喻也結合她遠嫁的讖語。

梧桐也是忠貞愛情的象徵。從「梧桐」這個詞的語音來看，「梧」諧音「吾」，「桐」諧音「同」，明顯具有男女情愛的意義，由此也成了忠貞愛情的象徵。在傳統文化和古代文學作品中，梧桐也成為忠貞愛情的符號。在長詩《孔雀東南飛》中劉蘭芝和焦仲卿雖迫於封建禮教，以死抗爭來捍衛他們純真的愛情，死後終於合葬九泉，墓地有「東西植松柏，左右種梧桐。枝枝相覆蓋，葉葉相交通。」以梧桐來象徵他們之間忠貞不渝的愛情。白樸的《梧桐雨》中梧桐也始終是唐明皇和楊貴妃兩人愛情的見證。小說《夷堅志》丙志卷七《新城桐郎》還講述了梧桐與人戀愛的故事：練師家中院內有一棵很古老的桐樹，日久成精。練師的女兒天天梳妝打扮後去樓上，風雨無阻。有時家人聽得談笑聲，可上了樓卻什麼也沒有。後來才知道是院中那棵梧桐樹在作怪，於是砍掉桐樹。女兒驚天號地，連呼桐郎。也許只有愛情能夠超越生死與異類的界限。

第三節　花卉類植物意象

「花」是古代各類文學作品中常見之客，是文學創作中取之不盡的題材。佛家所稱「一花一世界」，人的生死，事之成敗，大千世界林林總總，都可以「花」論之。因此，花卉在文學作品中被融入各類意象，古代小說作品中花卉也是植物類最常出現的意象，桃花的絢爛、蘭花的高潔、牡丹的富貴等等，組成一幀豔麗的百花圖卷。

一、桃花意象

桃花，一般開在春天的三四月裏，花開時節，整株樹色彩絢爛豔麗。桃花意象也很早就出現在中國文學作品中，《詩經・周南・桃夭》有「桃之夭夭，灼灼其華。之子于歸，宜室宜家。」以「桃之夭夭」盛讚桃花花開熱烈、鮮豔之時，又稱讚在春意盎然春天裏出嫁的女子。清代學者姚際恒在《詩經通論》中云：「桃花色最豔，故以取喻女子，開千古詞賦詠美人之祖。」春秋時代，息國的國君夫人息夫人容顏美麗，被人稱做「桃花夫人」。一提起桃花盛開的地方，就不禁讓人想起晉代陶淵明筆下的《桃花源記》，在燦爛的桃花背景下構建了一個虛無縹緲，無法到達的理想世界「桃花源」。在那裡沒有戰爭、沒有傾軋，人們怡然自得，過著雞犬相聞的平和生活。桃花以嬌俏的身形、濃麗的色彩、繽紛的落英觸動人的情感與思緒，由此形成一種特定的審美心理，形成「桃花文化」。

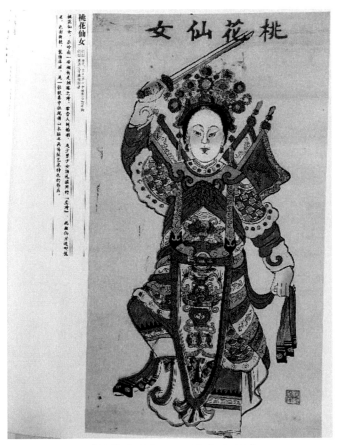

《桃花女仙》——清代木版畫

　　桃花嬌豔美麗，常被被用喻指美人，桃花也因此常與情事結緣，還成為情色慾望的象徵。如無名氏《燈下閒談》卷上《桃花障子》講述盧相國有一女，性格恬淡孤高，不喜歡繁雜事務。某日宴席中因不喜歡聽席間音樂，就回到房間和衣假睡。忽然窗外有一不知名東西將她帶到一個瞎了一隻眼的道士家裏，見道士與一美夫婦清談講詩。道士會客完就讓家中奴婢給盧女寬衣侍寢。盧女起初不從，奴婢就說盧女與道士之間是「萬億年之契分，非今日之偶然也」。盧女只得隨了道士。其後盧相國見盧女有所端倪就讓妻子晚上監視，卻發現晚上盧女一入寢後就不見了。盧相國問盧女原委，盧女只記得所在地有「夾竹桃花障子」。盧相國派人訪到道士之所併暗暗地邀請道士到家中，然還未來得及問罪，道士就連帶著盧女不見了。這個故事之中的桃花還僅僅是情事的某種暗示，而真正由桃花結緣是家戶喻曉的崔護與桃花女的故事。孟棨《本事詩・情感》因崔護的一首詩《題都城南莊》：「去年今日此門

中，人面桃花相映紅。人面不知何處去，桃花依舊笑春風。」敷衍出關於崔護與桃花女的故事這首詩設置了兩個場景，「尋春遇豔」與「重尋不遇」，雖然場景相同，卻又物是人非。故事講述博陵有一書生名叫崔護，才貌雙全，性情卻孤潔寡合。崔生在長安進士考試中名落孫山。由於家途遙遠，他便只好暫住京城附近，以備來年大考。清明時節，崔護獨自去城南門外郊遊，遇一戶花木叢生的莊園，靜若無人。崔護走上前去叩門，在桃花繁盛之中見一佳人。這是第一個場景，以「桃花」的紅豔烘托「人面」之美。第二年的清明時節，崔護才又想那位城南住在桃花裏的美人，於是直奔城莊園。不料春日微風下，桃花依舊，斯人卻不見芳蹤。仔細詢問才得知佳人因去年對崔護一見鍾情，長期思念繾綣而亡，崔護聽後內心也十分悲痛。他便真誠去桃花女亡靈前敘述思念之情。因二人至情感念上蒼，桃花女復活，二人團圓。其後「人面桃花」的故事便被用來形容男女邂逅分離後男子追念的情形。「人面桃花」比喻佳人像桃花一樣易謝，也指女子面容與桃花相輝映，後來用於泛指與所愛慕的女子再也不能再見，或形容由此而產生的悵惘心情。後世文人創作常用到這個典故。比如晏幾道《御街行》：「落花猶在，香屏空掩，人面知何處？」再如袁去華《瑞鶴仙》：「縱收香藏鏡，他年重到，人面桃花在否？」鄧雅聲《無題》：「崔郎能否能相見，怕讀桃花人面詩。」柳永《滿朝歡》：「人面桃花，未知何處，但掩朱扉悄悄。」戲劇家歐陽予倩曾以這個典故為基礎創作了一出京劇《人面桃花》，後來還被改編為評劇、越劇及影視劇等。桃花還成為男女之間重要的定情之物，《金瓶梅》中描寫潘金蓮與陳經濟調情時想要勾引他時就以桃花為暗示：「金蓮將那一枝桃花兒，做了一個圈兒，悄悄套在經濟帽子上。」因此，陳經濟走出去被孟玉樓、桂姐等人撞見問起時「一聲兒也沒言語」〔註12〕。桃花由美人至情事又至情色，桃花成為男女情事中重要的意象。

桃花花期短暫，桃花開時一片燦爛，花期過後，一地蕭條，也常喻指女子容顏易凋或是相思愁苦。佳人一如桃花之盛開，奈不住歲月的侵蝕，紅顏易老如花謝。唐李賀在《將進酒》中云：「況是青春日將暮，桃花亂落如紅雨。」描繪出桃花片片飛，紛紛落如雨的傷感場景。「紅雨」也成為韶華易逝的代名

〔註12〕 （明）蘭陵笑笑生著，陶慕寧校注：《金瓶梅詞話》第48回，北京：人民文學出版社，2000年，第569～570頁。

詞。劉禹錫《竹枝詞》中「山桃紅花滿上頭，蜀江春水拍山流。花紅易衰似郎意，水流無限似儂愁。」桃花落滿頭，恰遇薄情郎，青春年華付流水，也只剩自怨自艾空餘恨。陸游的《釵頭鳳》「桃花落，閒池閣。山盟雖在，錦書難託」書寫著他與唐琬之間傷感而纏綿的愛情。周密的《清平樂》：「一樹桃花飛茜雪，紅豆相思暗結。」也是以桃花襯托出自己的一片相思情。小說中也常紛飛的桃花作為人物的背景來襯托人物。《紅樓夢》中「黛玉葬花」、寶黛二人在落紅片片中共讀西廂等可謂是經典情節，其中的落花便是桃花。桃花意象的隱喻不僅在於其是寶黛愛情悲劇的象徵，桃花更是黛玉的薄命是相通的。黛玉作了兩首關於桃花的詩《葬花吟》與《桃花行》。黛玉由桃花的凋零而發出的感慨。桃花花開時節，一片嬌紅豔麗。最美之處是花落時節形成的「桃花雨」，落紅一片格外淒美。寶玉讀《會真記》，遇「落紅成陣」落滿身。寶玉「愛紅」、「惜紅」，不忍將一身潔淨的花瓣，終落爛泥中的命運，便兜了花瓣抖落於沁芳閘的池水中，任桃花飄飄蕩蕩，逐水而流。黛玉卻認為流水仍然會流入污瀆中，便用「錦囊收豔骨」，以「淨土掩風流」，這樣才能真正「質本潔來還潔去」，化作春泥，滋潤新生。而黛玉與桃花之間最密切的關聯是小說第七十回「史湘雲偶填柳絮詞」黛玉所作的《桃花行》詩，這首詩實則是她自己的寫照。《桃花行》原係唐樂曲，唐代武平一撰《景龍文館記》云：「四年春，上（唐中宗）宴於桃花園，群臣畢從。學士李嶠等各獻桃花詩，上令宮女歌之，辭既清婉，歌仍妙絕。獻詩者舞蹈稱萬歲。上敕太常簡二十篇入樂府，號曰《桃花行》。」眾人看了黛玉這首詩讚賞有加，並因黛玉這首桃花詩要重興詩社，將之前的海棠社改為桃花社，黛玉任社主。黛玉提議每人做桃花詩一百韻，寶釵道：「從來桃花詩最多，縱作了必落套，比不得你這一首古風。」然寶玉面看著這首《桃花行》「並不稱讚，卻滾下淚來。便知出自黛玉」〔註13〕。《桃花行》一詩形象地表達了黛玉內心無限的憂慮與傷感之情，且看其中詩句「胭脂鮮豔何相類，花之顏色人之淚。若將人淚比桃花，淚自長流花自媚。淚眼觀花淚易乾，淚乾春盡花憔悴。憔悴花遮憔悴人，花飛人倦易黃昏。一聲杜宇春歸盡，寂寞簾櫳空月痕！」黛玉以花自喻，以桃花與人之間反覆對比，儘管春天裏的桃花明媚媚人，但春盡之時，只有花落空餘枝的嗟歎了。也是命薄如桃花的黛玉夭亡的

〔註13〕（清）曹雪芹撰，高鶚等：《紅樓夢》第70回，北京：人民文學出版社，1982年，第967頁。

象徵寫照。全詩層層推進，由花人相映再到花人交融。也正如此，最懂黛玉的寶玉看到詩才會「滾下淚來」。《二刻拍案驚奇》第十七卷中寫明朝洪武年間，有廣州府人田洙生得風流倜儻，兼才學過人，隨父在成都。二月花朝節，田洙歸家時在一片桃花盛開處遇見一美人，由此夜夜相會，不料卻是遇見唐朝時薛濤的精魂。薛濤年少成名，十六歲墜入樂籍。薛濤是才華橫溢，性格又放蕩不羈的風塵奇女子。後人因鄭谷《蜀中》詩中有「小桃花繞薛濤墳」之句，便在薛濤墓穴處種滿了桃花來紀念她〔註14〕。燦爛多情的桃花也正是薛濤、黛玉人生最好的寫照。

《黛玉葬花》——費丹旭（清代）

桃花由於勃勃的生機還被用來作為情義的象徵。《三國演義》中開篇第一章便是「宴桃園豪傑三結義」，劉備、關羽和張飛三人相識後，意氣相投、相見恨晚，亦豪情滿懷地在涿郡張飛莊後那花開正盛的桃園，備下烏牛白馬，祭告天地，結為異姓兄弟「不求同年同月同日生，只願同年同月同日死。」人們對這個故事一直津津樂道，也一次次有人傚仿著焚香結義。梁啟超在《論

〔註14〕（明）凌濛初：《二刻拍案驚奇》第 17 回，北京：九州出版社，2001 年，第 237～241 頁。

小說與群治之關係》中便談到:「今我國民綠林豪傑,遍地皆是,日日有桃園之拜」。據稱清代一些會黨在入會儀式上,一定要插上桃枝。這一習俗的來源便是劉、關、張的「桃園三結義」。那麼劉、關、張三人為何選擇桃園結義,而不是梨園、李園或杏園呢?是偶然為之,還是後世小說家言呢?《三國志》中關於劉備的個人傳記中並沒有記述三人關係,但可從關、張二人傳記中得知。據《三國志・蜀書・關羽傳》記載:「(羽)亡命奔涿郡。先主於鄉里合徒眾,而羽與張飛為之禦侮。先主為平原相,以羽、飛為別部司馬,分統部曲。先主與二人寢則同床,恩若兄弟。」在《三國志・蜀書・張飛傳》中記載:「涿郡人也,少與羽俱事先主。羽年長數歲,飛兄事之。」史書上提到三人「寢則同床,恩若兄弟」及「飛兄事之」之語,但並沒有記述三人桃園結義之事。然而元代至治年間(1321~1323 年)刊行的《全相平話五種》之一的《三國志平話》就有就有了「桃園結義」一節。由於正史並未記載三人在桃園正式結拜,那桃園三人共誓生死也只能看作小說家言。為何要選擇桃花盛開的地方,據漢代《樂府詩集》中一篇敘事詩《雞鳴》詩中之句或可窺一斑:詩中提到這家五兄弟之前都在宮廷裏擔任顯貴要職,但兄弟之間沒有感情只講排場,每隔一段時間就相互攀比著騎著高頭大馬回家,一路都吸引人駐足觀看。詩末告誡這些兄弟不要相忘「桃生露井上,李樹生桃旁,蟲來齧桃根,李樹代桃僵,樹木身相代,兄弟還相忘!」桃樹與兄弟之情也就有了關涉。小說家安排三人在桃花燦爛的桃園結義,既喻示著雖是異姓,但也要兄弟勿相忘之意,又借助春天裏桃花似火、生機勃勃的景象喻示三人其後的事業有著無限蓬勃的生機。

在桃花盛開的地方還被文人用來比作心中的理想樂土,形成「桃源」意象。桃源首出陶淵明的《桃花源記》,記敘漁人在一片桃花落英繽紛的地方有一處沒有賦稅、雞犬相聞的樂土,但當漁人一路做了標記想去尋找時卻再也找不到了。

桃花,一朵春天的精靈,亦是一抹春日歸去的感傷情思。既有著伊人的柔美之態,亦有紅顏倏忽而逝的歡惋;有春暖緋紅滿山野的無限生機,亦有落紅滿地的傷逝情懷。於是在那桃花盛開的地方,始終彌散著中國文人的高遠情思和隱逸憧憬。

明‧萬曆《新刊校正古今音釋出像三國志傳通俗演義》插圖

二、梅花意象

　　梅花，味香、耐寒，被譽為「四君子」（梅、蘭、菊、竹）之首，歷來受人們稱頌。梅花總是一身傲骨，在百花凋零後的嚴寒裏，愈是寒冷它愈是傲然開放。由此，梅花傲骨錚錚的品質也被當成中華民族的精神，象徵著堅韌自強、百折不屈的精神品質。歷代文人都對梅花歌詠眾多，如宋代王安石的《梅花》詩：「牆角數枝梅，凌寒獨自開。遙知不是雪，為有暗香來」。不僅古人有題詠，就是到了現當代梅花依然吸引著眾人的目光，如一代偉人毛澤東的《卜算子‧詠梅》：「風雨送春歸，飛雪迎春到。已是懸崖百丈冰，猶有花枝俏。俏也不爭春，只把春來報。待到山花爛漫時，她在叢中笑。」高度讚揚了梅花在嚴寒冰冷之天的氣節精神。千百年來，梅花意象一直閃爍在文學作品中。

《賓琴抱瓶仕女圖》——王叔輝（現代）

梅花冒雪凌霜、不畏嚴寒，代表著一種凌寒不屈的形象，具有一種不屈不撓的情神氣質。元代詩人楊維幀《道梅之氣節》裏有「萬花敢向雪中山，一樹獨先天下春」之句加以詠歎。梅花的傲氣、高潔的特性在古代小說中被傳神的表現出來。如筆記小說《夷堅丙志》卷二《蜀州紅梅仙》中講述蜀州紅梅仙的

故事。在此故事中，館客李石因自恃少年才俊，勇於見異，便戲作兩首小詩對紅梅仙加以挑逗。某日，李石宴會後晚歸，就寢之時，紅梅仙顯形，李生大恐。其後李生一合眼必見之，只好囑咐同宿兩三人，只要自己熟睡，就立即喚醒。然而，即使如此，也難免騷擾。不管他走到哪裏，女子也隨至。無耐之下，他到了被認為是神仙窟宅的青城山丈人觀，但仍是無法避免。這時，他才後悔當初不應該戲弄紅梅仙。後來，直到他到了簡州境內，女子才不見了。前後大約一年多時間。小說中的紅梅仙秉承了梅花高傲自潔的本性，對於李石的戲弄採取了堅決的回擊，不屈不撓直到李生苦不堪言之後誠心悔過方才作罷。

梅花代表著「霜雪美人」的意象。梅花的豔麗常讓人想起豔絕的女子，憧憬與其相逢。梅花意象常出現在小說中，如蒲松齡的《聊齋誌異・嬰寧》篇中，嬰寧一出場的景象：「有女郎攜婢，拈梅花一枝，容華絕代，笑容可掬。」美人拈梅一枝，以清雅高潔的梅花襯嬰寧的出場，令人見之忘俗。嬰寧看有陌生男子盯著忘情地盯著自己，把梅花故意遺落地上，笑語而去。王子服拾花悵然，神魂喪失，以為女子有情於他，害起了相思病。一枝梅花牽動了兩人的情思。當王子服找到嬰寧並把珍藏的袖中枯梅給她看時，嬰寧卻稱：你若愛花，等你臨行時即命老奴送你一大捆。王子服只得說：「我非愛花，愛拈花之人耳。」〔註15〕嬰寧一如霜雪下的梅花，冰晶剔透，有著超然法世的純真美。柳宗元《龍城錄》裏記載一則與梅花人仙際遇的故事：隋朝開元中，趙師雄升遷到羅浮為官。天寒日暮，師雄醉眼朦朧，就憩息在松林間一所酒肆旁，見一女人，淡妝素服。師雄與女子聊天，只覺得芳香襲人，便與其一起到酒家共飲至醉臥不醒。第二天天快亮了，師雄起來一看，自己卻躺在大梅花樹下。梅花開在冬天，常與霜雪為伴，故事裏的梅花仙淡妝素服、芳香襲人，有著一股清冷淡雅之美。梅花開花之時，美人行走其下更能襯托出美人絕美身姿。在南宋人周密在《齊東野語》（卷十八）記宜興縣一則在梅花的映襯下的傳奇故事。小說開頭便交待宜興縣縣齋前面栽有紅梅一樹，花開時極其美麗。在梅花盛開之際的某月夜，一書生在梅花下飲酒。酒後乘月色獨步花間，忽見一位紅裳女子，輕妙綽約，在他前面十幾步遠悄然不見了。自此以後，書生總是恍然似遇到女子，整日失魂落魄。其後有一老卒知道這件事後，乘無人告訴書生：這是某知縣女，有絕色，十五歲未嫁就先逝了。其

〔註15〕（清）蒲松齡：《聊齋誌異》卷2，北京：人民文學出版社，1989年，第150、153頁。

家遠在湖湘，家人只好草草葬於此地，栽了棵梅花作標識。書生聽說後叫人發冢，其棺正蟠結在老梅根下。啟棺一看，女子顏貌如玉，果然國色。書生一見醉心。便抬女屍至密室，自此書生每晚與女屍共寢。然而，沒過多久，書生便氣若游絲，瘦弱不堪。其家人乘書生不在時，打開密室取女屍焚之，書生不久便疾重離世。這則故事幾乎有些驚悚，書生因在開的極豔麗的梅樹下飲酒而遇美人，美人又是借助於梅花得以在塵世游蕩的女鬼。然而，畢竟陰陽兩隔，這一齣因梅花際遇的愛情只能以悲劇收場。

法海寺壁畫中的蓮花

梅花作為報春使者，也成為傳情達意的工具。「折梅贈遠」成為古代文學中常見的意象。南北朝時期文人陸凱在《贈范曄》一詩中「折梅逢驛使，寄與隴頭人。江南無所有，聊贈一枝春。」陸凱率兵南征時路過梅嶺，在梅花盛開中想起好友范曄，恰逢北行的驛使，隨即信手折梅一枝，賦詩一首以為寄。一枝小小的梅花卻帶著暖暖的思念，這也成為古代文人在文章中常見的意象表達，如宋代文人王安石在《梅花》詩中云「驛使何時發，憑君寄一枝」，劉克莊在《別敖器之》中「輕煙小雪孤行路，折剩梅花寄一枝」。梅與「媒」同音，梅花從最初表達友情還發展到傳達男女思慕之情。南北朝時樂府《西洲曲》裏「憶梅下西洲，折梅寄江北。」女子由梅花想起昔日裏與情人同遊之樂。在古代小說中也可見折梅寄情的方式。在《紅樓夢》中「檻外之人」妙玉最愛梅花，櫳翠庵內種了許多形態各異的梅花樹。妙玉為人孤芳自賞，僅贈予寶玉或因為寶玉贈眾人紅梅。第五十回「蘆雪庭爭聯即景詩」中，寶玉李紈判罰去「為人

「可厭」的妙玉討一枝紅梅。隨後寶玉又去了一趟櫳翠庵，不僅與寶琴一起抱著一瓶紅梅出來，妙玉還向黛玉、寶釵等人每人各送了一枝紅梅。「贈梅」一節非常微妙地表現出妙玉的內心情感。妙玉除了向寶玉贈梅，妙玉在寶玉生日時送賀題有「檻外人妙玉恭肅遙叩芳辰」的粉箋祝壽，讓寶玉用自己的杯子喝茶。這似乎成為紅學家們驗證妙玉寄情於寶玉的幾項鐵證了。《紅樓夢》中妙玉的判詞「欲潔何曾潔，雲空未必空」，詞曲中「到頭來，依舊是風塵骯髒違心願。好一似，無瑕白玉遭泥陷；又何須，王孫公子歎無緣。」似乎也對寶玉與妙玉之情有所暗指。因而，在高鄂續筆中將妙玉對寶玉的情感進行了「升級」處理。第八十七回「坐禪寂走火入邪魔」中，妙玉在惜春住處見了寶玉臉紅心跳，回去後神不守舍，情絲如萬馬奔馳。晚上睡夢中她覺得一會兒有許多王孫公子要求娶他，又有些媒婆扯她。一回兒又覺得有盜賊劫他。這被遊頭浪子聽見後造作許多謠言。高鄂借惜春來表達對妙玉的感觀「雖然潔淨，畢竟塵緣未斷」。在一百一十二回中「活冤孽妙尼遭大劫」中，連強盜都知道妙玉與寶玉有緣故害起了相思病。然而是否真的妙玉寄情於寶玉呢？寶玉所作「訪妙玉乞紅梅」詩一首中：「酒未開樽句未裁，尋春問臘到蓬萊。不求大士瓶中露，為乞嫦娥檻外梅。」妙玉自稱「檻外之人」，其原由是認為古人無好詩，只好「縱有千年鐵門檻，終須一個土饅頭」這兩句。人生一世，無論榮華富貴還是青史留名，終究不過是過眼雲煙，可見妙玉是看破紅塵之人。她又常贊莊子之文，故又稱自己為「畸人」。莊子之文汪洋恣肆，不守成法，是作為道家思想的代表，並對魏晉「三玄」思想產生極大影響。魏晉人率真曠達，不守禮法，注重精神世界裏的瀟灑，又具有隱逸情懷。妙玉戴髮修行，某種程度上說她是兼具道家思想的佛門子弟。曹公筆下的妙玉與寶玉，注重的是精神世界的交流。就討紅梅一節，李紈安排人跟著，黛玉忙攔住說「有了人反不得了」中可知，妙玉並非「寄情」而是如黛玉一樣率真隨性。妙玉對寶玉的幾番稍顯「出格」的表現，也正是妙玉自身率性自我的一種表達。

三、荷花意象

荷花的別稱很多，如蓮花、芙蕖、水芝、芙蓉、六月春等等，被列為中國十大名花之一。荷花不僅在我國受到喜愛，也受世界上其他國家推崇，它是印度、泰國和越南的國花。古人眼中的「荷花」形象蓮花性淡高潔、出淤泥而不染受到人們稱頌。

　　荷花遺世獨立、孤高不群，代表著高潔，其在宗教類小說裏頻繁出現。《西遊記》中佛教寺廟裏的佛祖、菩薩都是慈眉善目地微笑著跏趺於蓮花座上，觀音菩薩拯救苦難眾人時也是腳踩蓮花灑甘霖，觀世音菩薩其中的一個化身就是「持蓮花者」形象，取義「蓮」同「憐」象徵同情和憐憫。

　　荷花亭亭玉立，婀娜多姿，也代表著美麗。在世情小說中，常被用來以花喻人，喻示那些在俗世中始終保持自己高潔品質的女子。如《紅樓夢》中的具有芙蓉特徵的晴雯與黛玉。小說七十八回寶玉認為晴雯死後作了「芙蓉花神」，以芙蓉比作晴雯，並為撰寫了「芙蓉女兒誄」來祭奠她。以芙蓉比晴雯不僅寫出了晴雯的美貌，也寫出了她純潔的精神。晴雯是丫環堆裏是最漂亮的，而且長的特別像林黛玉，所以才有了「晴為黛影」之說，鳳姐也承認晴雯美貌：「若論這些丫頭們，共總比起來，都沒晴雯生得好。」但晴雯個性要強，熱情率真，大膽叛逆的性格也著實得罪了不少人。《紅樓夢》第七十四回，王善保家的首惡就是晴雯，她向王夫人告狀，說大觀園裏的丫環們被慣壞了，一個個像受了封誥似的，快成千金小姐了：「別的都還罷了。太太不知道，一個寶玉屋裏的晴雯，那丫頭仗著他生的模樣兒比別人標緻些，又生了一張巧嘴，天天打扮的像個西施的樣子，在人跟前能說慣道，掐尖要強。一句話不投機，他就立起兩個騷眼睛來罵人，妖妖嬌嬌。大不成個體統！」王夫人馬上在腦海裏搜索誰是晴雯，問鳳姐：「上次我們跟了老太太進園逛去，有一個水蛇腰、削肩膀、眉眼又有些像你林妹妹的，正在那裡罵小丫頭。我的心裏很看不上那狂樣子」。晴雯生病後，終於被王夫人以「莫須有」的罪名趕出大觀園，她寄宿在哥嫂家裏，不久便病死了。黛玉與晴雯兩人個性非常相似，兩人同樣有著曲折的命運，卻又不屈服命運的捉弄，同是倔強女兒身，同為紅顏薄命，竟是長相也有相似之處。晴雯的死也預示著黛玉的命運。以芙蓉寫黛玉的在《紅樓夢》也有多處：如第六十三回「壽怡紅群芳開夜宴」行酒令占花中，黛玉抽了一枝芙蓉，眾人言說除了黛玉別人不配作芙蓉；第七十八回，寶玉祭奠晴雯時，結果從芙蓉花中走出了黛玉，二人修改誄文。在賈府這樣的污濁世界裏，晴黛二人自始至終保持自己的個性，黛玉被眾人視為小肚雞腸愛生氣、難容人，晴雯在賈府眾多丫鬟裏是唯一一個敢撕主子扇子的人。正如一朵荷花，不論外在如何，卻保持自己的香潔不改變。

　　荷花又稱蓮花，「蓮」「憐」同音，還與愛情相關涉。南朝樂府《西洲曲》：「採蓮南塘秋，蓮花過人頭。低頭弄蓮子，蓮子清如水。」唐李白《越女詞》：

「耶溪採蓮女，見客棹舟回。笑入荷花去，佯羞不出來。」「採蓮懷人」於是便有了世俗男性與蓮花、採蓮女之間的傳奇故事。宋代孫光憲撰筆記小說《北夢瑣言》中「蘇昌遠」篇講述：中和年間，士人蘇昌遠住在蘇州縣城附近的一個小村莊。吳中水鄉有許多荷花菱角。一天，蘇昌遠見到一位白衣飄飄、容顏絕代的女子，從此就迷上了。兩人常以小村莊為幽會之地。蘇昌遠已對女子迷戀至深，就將一隻玉環贈給了她。蘇昌遠偶而注意到門前白蓮花開得很美就俯身玩賞，忽然見花蕊中有件東西。仔細一看，卻是自己送給那女子的玉環。於是他就把這株蓮花折了下來。從此女子再也沒有出現。蘇昌遠誤折荷花卻誤傷情人。在《聊齋誌異》中《荷花三娘子》篇中講述：浙江湖州一位叫宗湘若書生因狐女而與荷花結緣的故事〔註 16〕。此篇中的荷花三娘子脫去清高出塵的外衣，嫁與凡人為妻，並為其生子持家，形象飽滿，並非「可遠觀不可褻玩」，但待到夙業得償，也不戀棧紅塵，毅然離去，也在其富於人性化的人格色彩裏點染上了蓮花淡泊高遠的風姿。書生宗湘若明明知道其是荷花，卻也並不以異物相待，依然對三娘子情意深重。結尾以荷花三娘子穿過的縐紗披肩仍化為自己模樣，以慰宗生的相思之情，更是讓整篇故事留有餘韻。

荷花仕女圖——張大千（現代）

〔註 16〕 （清）蒲松齡：《聊齋誌異》卷 5，北京人民文學出版社，1989 年，第 677～679 頁。

四、蘭花意象

　　蘭花常是高人逸士的代稱，古人愛蘭，孔子的《孔子家語》中稱：「與善人處，如入芝蘭之室」，沈三白在《浮生六記》中云：「花以蘭為最，取其幽香韻致也。」摯友被稱為「蘭友」，名人仙逝被稱為「蘭摧玉折」等等。楚留香這個人物，不管讀不讀小說，都有許多人知道。在「楚留香系列」裏，古龍最後一部《午夜蘭花》也是對楚留香總結之作。在這一場江湖人物血雨腥風的生死決鬥中，策劃這一切的幕後高手是一個被重重迷霧包裹的人，沒人知道他是誰。人稱「蘭花先生」，一個半夜種蘭花的人，有著清淡絕然的白色，有著若有若無的香氣。

《詩經名物圖解》蘭、茹藘

　　在古代小說，文人們也對蘭花作或明或暗的描寫。晚清吟梅山人所作《蘭花夢奇傳》以蘭花作為主題貫穿整個小說。蘭花就是全文的主題物，也是主人公寶珠的象徵。小說開篇後就點出：「寶珠生時，松公夢人送他一枝蘭花，只道是個兒子」〔註17〕。但誰說女子不如男？生女當是花木蘭。主人公寶珠自幼女扮男裝，十五歲中探花，十八歲掛帥平南，受封為公主。寶珠智勇兼備，屢建奇勳，但下嫁狀元許文卿後卻深受封建夫權淫威的折磨，十九歲即含恨身亡。在小說中，蘭花一直貫穿在對主人公寶珠的描寫中，她的居所所植的花卉

〔註17〕　（清）吟梅山人撰，李申點校：《蘭花夢傳奇》，長沙：嶽麓書社，1985年，第2頁。

中最多的是蘭蕙，在三十九回中提到寶珠夢中也夢到仙女取一支蘭花遞給她〔註18〕，四十三回又提到她在帶兵南征時，進到花神廟看到手執蘭花的女子與自己女裝時一模一樣，松鶴老人告訴寶珠她前世就是蘭花花史。在他逝世後丈夫許文卿又提到他看到寶珠手裏拈枝蘭花站在雲端〔註19〕。在小說中蘭花就是寶珠的象徵，但在男尊女卑、夫為妻綱的封建社會中，強烈的夫權思想之下，女人即便如同寶珠一樣冰雪聰明、蘭心慧質，最後也只能留一場若有若無、香若游絲的蘭花夢。在《紅樓夢》中人物描寫中也多處出現蘭花，如小說第五回裏，寶玉看「金陵十二釵正冊」有一幅畫著一盆茂蘭，旁有一位鳳冠霞帔的美人。寶釵院內種的各種香草，又有「衡芷清分」、「衡蘭芷若」之語；妙玉被形容「氣質美如蘭」；就連襲人也居然和蘭花有關，「空雲似桂如蘭」；寶琴被贈送兩盆蘭花。探春也曾被贈送一盆蘭花。當晴雯生病後被王夫人狠心掃出大觀園，寶玉形容她「就如同一盆才抽出嫩箭的蘭花，送到豬窩裏一般」。

　　李紈與蘭花。李紈是賈政長子賈珠之妻，然亦命運多舛，在她與賈珠婚後生了賈蘭不久，賈珠就去世了。小說第四回中介紹李紈的出身：「這李氏亦係金陵名宦之女，父名李守中，曾為國子監祭酒，族中男女無有不誦詩讀書者。至李守中繼承以來，便說『女子無才便有德』，故生了李氏時，便不十分令其讀書，只不過將些《女四書》，《列女傳》，《賢媛集》等三四種書，使他認得幾個字，記得前朝這幾個賢女便罷了，卻只以紡績井臼為要，因取名為李紈，字宮裁。」《紅樓夢》中還有一位媳婦——王熙鳳，然而雖同其姻婭，李紈與王熙鳳卻格格不入。王熙鳳為人聰明伶俐、八面玲瓏，又貪求無度、處處逞強，李紈卻是笨嘴拙舌、為人木訥，又清心寡欲、與世無爭。在才女濟濟、美女如雲的大觀園諸女性中，她是從來都是默默無聞的一個。李紈「雖青春喪偶，居家處膏梁錦繡之中，竟如槁木死灰一般，一概無此見聞，惟知侍親養子」，她一心裏只有兒子賈蘭，這也令其後她能母憑子貴，「戴珠冠，披鳳襖」後半生依靠著兒子來生活。然而雖熬到兒子出頭，卻又命不久已。這不知是不是又是另一種悲哀呢？然而李紈像蘭花嗎？如果從恪守婦道，無爭無求而言，她倒是有空谷幽蘭的品質。若說品德的高潔，不為俗世所染，似乎如同枯槁的李紈又離蘭花甚遠。曹公也從來沒有正面的寫過她幾回書，總是從側面形容她帶著大

〔註18〕　（清）吟梅山人撰，李申點校：《蘭花夢傳奇》，長沙：嶽麓書社，1985年，第252頁。

〔註19〕　（清）吟梅山人撰，李申點校：《蘭花夢傳奇》，長沙：嶽麓書社，1985年，第464頁。

觀園裏的姐妹們進進出出於賈母身邊；或是跟著太太吃齋念佛；在賈母王夫人等面前立規矩；守著兒子讀書寫字，似乎她的兒子就是她活著的目的，其他再沒有什麼可以動得了她的心了。這樣的一個甘心守寡的女人，連丫環們都用的胭脂她也不用，只在稻香村裏平平靜靜地守著日子慢慢過。

程甲本《紅樓夢》中插圖

蘭花，自古以來在文人士大夫中都有著品性高潔之稱。因此小說家在給小說中人物取名時會用「蘭」字以帶喻示美好。如李紈有子賈蘭，賈蘭名字中帶「蘭」字正如美人畫旁邊的茂蘭，似乎茂盛的蘭花預示著他要有出息，當大官。在小說前八十回裏，賈蘭是個很不起眼的人物，在第四回開頭介紹李紈時是「今方五歲」，到第七十八回他最後一次出場時是「十三歲」，多是作為「人物符號」出現或被人提及，幾乎沒有一個內容比較獨立或情節比較完整的故事。

賈府這麼顯貴的地位都受到政治打壓，裏面的主要人物個個命運淒慘，那李紈的兒子賈蘭怎麼會得了高官呢？現在大多數的一種說法是中了科舉，關於賈蘭不多的文字當中我們也能看出一些端倪。這是一個很有主見的人，事不關己時絕不多管多問。在第九回「起嫌疑頑童鬧學堂」裏，從學堂裏眾頑童打架可看出賈蘭的性格「賈菌亦係榮國府近派的重孫，其母亦少寡，獨守著賈菌。這賈菌與賈蘭最好，所以二人同桌而坐。誰知賈菌年紀雖小，志氣最大，極是淘氣不怕人的。他在座上冷眼看見金榮的朋友暗助金榮，飛硯來打茗煙，偏沒打著茗煙，便落在他桌上……賈蘭是個省事的，忙按住硯，極口勸道：『好兄弟，不與咱們相干。』」賈蘭小小年紀已經知道在外面自己該做什麼說什麼了。他勸告賈菌，居然說和自己宗脈相親的賈寶玉與別人打架「不與咱們相干」。第二十二回中，賈母房裏的燈謎會上，賈政因不見賈蘭「便問：『怎麼不見蘭哥？』地下婆娘忙進裏間問李氏，李氏起身笑著回道：『他說方才老爺並沒去叫他，他不肯來。』婆娘回覆了賈政。眾人都笑說：『天生的牛心古怪。』」可見賈蘭心志成熟很早，就算十分熱鬧的燈謎會，只要爺爺賈政沒有叫他，沒有得到當家家長許可，他可以做到不參加。這些性格特徵為他以後的成功作了鋪墊。還有一種說法是立了軍功而受封。因為賈家是受了政治打壓而被抄家，有的紅學專家甚至認為賈家可能是參與謀反而被株連。這樣人家的子弟應該是沒有參與科舉的機會的。同時，《紅樓夢》文中曾經專門寫到賈蘭在園中習練弓箭，小說第二十六回「只見那邊山坡上兩隻小鹿箭也似的跑來，寶玉不解其意，正自納悶，只見賈蘭在後面拿著一張小弓追了下來，一見寶玉在前面，便站住了，笑道：『二叔叔在家裏呢，我只當出門去了。』寶玉道：『你又淘氣了，好好的射他作什麼？』賈蘭笑道：『這會子不念書，閒著作什麼？所以演習演習騎射。』寶玉道：『把牙栽了，那時才不演呢。』」賈蘭小小年紀極守禮法，又心性極高，且自強不息。將他與寶玉放在一起正好作為對比。在第七十五回又提到賈蘭騎射之事。賈珍在家裏較射，賈赦、賈政兩人認為：這才是正理，文既誤矣，武事當亦該習。遂命賈環、賈琮、寶玉、賈蘭等四人於飯後過來，跟著賈珍習射一回，方許回去。曹公不僅從外部描寫賈蘭習武之事，還從人物自身的抱負上描寫。賈蘭作有一首七言絕句「詭畫將軍林四娘，玉為肌骨鐵為腸。捐軀自報恒王後，此日青州土亦香。」眾幕賓大加讚賞，說賈蘭十三歲就能如此，可知家學淵源。曹公幾次提到賈蘭習武似是有意為之，正是為後文做了伏筆。雖然小說中對賈蘭描述之語文字寥寥，但其中卻可見其對於「蘭文化」

的關涉。蘭在中國的傳統文化現象很多，《紅樓夢》中常見的是玉文化，玉石被視為高貴的代表，因此富貴閒人、百般寵愛在一身的寶玉以「玉」命名。而蘭文化，也在中國傳統文化中享有較高位置，蘭花被尊為清高君子。第二十一回寶玉對蕙香說：「那一個配比（蘭、蕙）這些花，沒的玷辱了好名好姓。」由此可知，以蘭命名的一定氣度非凡。或許正因為曹公有意賦予賈蘭蘭花般的品質，他才成為賈家唯一中興的人選。

第四節　果實類植物意象

各類植物果實很早就被古人當作食物或製為工具，《西京雜記》中記漢代時修上林苑時，遠方群臣各獻名果異樹，其中各類的果實就有，梨子十種，棗子七種，栗四種，桃子十種，李子十五種，柰子三種、查三種，椑三種、棠四種，梅子七種，杏子兩種。〔註20〕棗子是道家辟穀常食之物，如《廣異記》「張連翹」條載：張連翹暴食六七日後便不復吃東西，「歲時或進三四顆棗」〔註21〕

一、寶葫蘆意象

葫蘆是世界上最古老的作物之一，世界上關於葫蘆的最早發現便在中國，考古發現距今七千多年的河姆渡遺址就有葫蘆及種子，可知遠始初民與葫蘆的關係至為密切，這也令葫蘆成為一種圖騰和崇拜。人從葫蘆裏出生，葫蘆被看作人類的始祖，在我國有很多這樣的神話傳說。聞一多在《伏羲考》中就列出了與葫蘆相關的神話有四十九種。在古人生活中，葫蘆寓示著富貴福祿、吉祥辟邪、子孫興旺等寓意，常與仙道相關。

葫蘆象徵著生命的開始。上古神話中作為人類始祖的伏羲、女媧，皆看作是葫蘆的化身。葫蘆還是有的少數民族崇拜的圖騰。在傈僳族口頭世代相傳的《創世紀》中有這樣一個故事：有對兄妹倆人躲藏在一個大葫蘆裏，隨著洪水漂流。洪水退落後，葫蘆擱淺在泥灘上，兄妹倆人從葫蘆裏走出來，也象徵人從葫蘆裏得到重生。在古代小說裏也借鑒了葫蘆與生命的喻意，被丟棄的孩子會放在葫蘆裏。如《殷芸小說》載胡廣因出生於端午節，俗稱為「惡月」，父母惡之，就將他藏在葫蘆裏丟到河裏。後來胡廣被人救起收養，最後成為大官。

〔註20〕（漢）劉歆撰，（晉）葛洪輯：《西京雜記》卷 1，北京：中國書店影印本，2019 年，第 13 頁。
〔註21〕（唐）戴孚：《廣異記》，北京：中華書局，1992 年，第 14 頁。

因為他覺得「背其所生則害義，背其所養則忘恩」，因此就託葫蘆所生，姓胡〔註22〕。古代夫妻結婚入洞房飲「合巹」酒，巹即葫蘆，「合巹，夫婦之始也」。「合巹」即將一隻葫蘆剖作一對瓢，以線相連用以飲酒合婚，象徵新婚夫妻連為一體，也喻意夫妻之後子孫繁盛。因為每個成熟的葫蘆裏葫蘆籽眾多，象徵著「子孫萬代，繁茂吉祥」，寓意子孫人丁興旺之意。

銅胎畫琺瑯葫蘆萬代葫蘆瓶　清乾隆

　　葫蘆喻示著吉祥富貴。常見的葫蘆都是嫩時青青，老時轉黃。而在葫蘆兄弟裏，卻是七彩葫蘆，兄弟七人中各代表一種色彩。多彩葫蘆在古代小說中也有相關記載，《夷堅志補》卷三《夢五色葫蘆》記詹林宗登第後，夢到一處，

〔註22〕　（梁）殷芸撰，王根林校點：《殷芸小說》卷3，《西京雜記》（外五種），上海：上海古籍出版社，2012年，第139頁。

遍空都是葫蘆，有幾百枚之多，青紅黃白，五色雜糅。他正在看葫蘆時看一道人過來上前說：這都是今年剛及第的貴人。詹林宗說自己也是今年及第，問是否也有一枚。道人說太陽底下去找一定有的。不覺醒來。葫蘆為何是多色的呢？葫蘆諧音「護祿」「福祿」，成為富貴、高官的象徵。另外因葫蘆藤蔓綿延，結子繁盛，它又被視為祈求子孫萬代的吉祥物，諺語「厝內一粒瓠，家風才會富」，意思是說在家裏擺放一個葫蘆，才會發財、富有，因而民間常以彩葫蘆作佩飾，還常在屋樑下懸掛著葫蘆用來避邪、招寶，據說有此措施後，居家比較平安順利。較講究的民眾，則用紅繩線串綁五個葫蘆，稱為「五福臨門」。

　　葫蘆被視為得道仙器，因此成為吉祥辟邪之物。葫蘆常被人稱為「寶葫蘆」，因為古人認為葫蘆肚裏包羅萬象、應有盡有，還能收入萬物。這緣於葫蘆具封閉性、包藏性的原生形狀與性能，誘發了人類對葫蘆內部空間具有神秘感的想像力。在古代小說中，葫蘆在仙道中經常出現，且神通廣大。《列仙傳》中的鐵拐先生、尹喜、安期生、費長房這些傳說中的神話人物，身邊總是帶有葫蘆。葫蘆法力無邊，可以收入一切，甚至天地。在《西遊記》「平頂山」一劫裏，悟空與妖精圍繞著葫蘆在做爭鬥。唐僧師徒四人在平頂山碰到了金角大王和銀角大王，有個「紫金紅葫蘆」法力十分了得，只要叫對方一聲應了，就會被吸進葫蘆，只消一時三刻就會化為膿水，它的來源是「混沌初分，天開地闢，有一位太上道祖，解化女媧之名，煉石補天，普救閻浮世界。補到乾宮觸地，見一座崑崙山腳下，有一縷仙藤，上結著這個紫金紅葫蘆，卻便是老君留下到如今者。」〔註23〕孫悟空先是得到土地山神的相囑，也自知這寶貝的利害，變了一個大的「紫金紅葫蘆」假言可以裝天，在天上眾神的相助之下，與蓮花洞的兩個小妖精精細鬼、伶俐蟲用假葫蘆換了真正寶葫蘆還順帶拿了玉淨瓶。其後悟空被裝入葫蘆，從葫蘆逃脫後又竊葫蘆，用竊來的寶葫蘆收了妖精。在「八仙過海」傳說中葫蘆也是少不了的法寶，它躋於被稱為「暗八仙」的「八寶」之一。在《八仙全傳》中眾仙與通天教主鬥法，卻被通天教主的誅仙網困住，正當眾仙危急無助之時，文美真人忽然想到鐵拐李的葫蘆裏別有洞天，可以當作避難之所，於是眾仙進入葫蘆。任憑通天教主想出各種手段，都破壞不了葫蘆〔註24〕。小說中還描寫了多處鐵拐李用葫蘆伏妖魔，讓仙人、凡

〔註23〕（明）吳承恩：《西遊記》第35回，北京：人民文學出版社，1955年，第422頁。
〔註24〕（清）無垢道人：《八仙全傳》，哈爾濱：北方文藝出版社，2013年，第147～153頁。

人進入葫蘆的情節描寫。由於葫蘆是仙人法寶法力無邊，由此葫蘆被視為避邪之物，道觀及佛廟也多以葫蘆寶頂作為鎮寺廟之靈寶。

葫蘆還與醫藥相關，凡賣藥行醫的行為被稱為「懸壺」，稱醫生救死扶傷為「懸壺濟世」。這裡的「壺」字並不是指我們現在常見盛茶盛酒的壺，而是指葫蘆。在晉代葛洪的《神仙傳》、《後漢書》等古史雜說裏，都記載「壺公」的故事，雖版本各異但主要情節大致相同，故事講述：漢代時期，河南一帶鬧瘟疫，死了許多人，群醫術手。後來，一個老人擔一個藥擔前來賣藥，擔上放了一個葫蘆。凡是有人來求醫，老人就從藥葫蘆裏倒出一粒藥丸，讓患者服用。就這樣，患者一個一個都康復了。人們稱賣藥者為「壺翁」。每當市場關門時，行人漸漸散去，老者就悄悄鑽進葫蘆裏面。某日，費長房恰好在樓上飲酒時恰好看見耆者鑽進葫蘆。翌日，他就買了酒肉，恭敬地去拜見老者。在費長房多次孝敬老者並懇求老者傳道給他之後，老者便領著他一同鑽進葫蘆裏，誰知葫蘆裏別有洞天、雕欄畫棟、奇石異木、富麗堂皇，宛若海外仙閣。後來，費長房隨老翁習道，卻因資質太淺只得半途而廢，老者讓他返回故里，並贈給他役眾鬼的符籙。費長房回鄉後才知，離鄉幾日已是十幾年，自此他便能醫百病、驅除瘟疫。由於葫蘆這一特徵，「壺公傳說」被吸收在八仙故事裏，拿葫蘆賣藥的老翁成為「鐵拐李度費長房」的故事。在中國古籍裏，葫蘆名稱繁多、叫法不一，如「瓠」、「匏」、「壺」、「甘瓠」、「壺盧」、「蒲盧等。最初，「壺」、「盧」本為盛酒盛飯的器皿，因形狀和用途都相似，於是人們便將兩者合成為一成「葫蘆」一詞。瓠、匏和壺，這三個字都可以在《詩經》中找到，《邶風》有「匏有苦葉，濟有涉深」，《幽風》有「七月食瓜，八月斷壺」，《小雅》有「南有木，甘瓠纍之」等句。古人以不同的叫法稱不同形狀的葫蘆，如陸佃《埤雅》認為「長而唐上曰瓠，短頸大腹曰匏」、「似匏而圓曰壺」，即瓠形狀細而長，匏為瓢狀，壺為扁圓形。但古人的分類並不統一，李時珍《本草綱目》解釋匏、壺的含義，正好與陸佃相反，即匏是扁圓葫蘆，壺才是瓢葫蘆。至於「茶酒瓠」、「藥壺盧」，皆因用途而名之。古今許多神話故事，幾乎涉及藥就有葫蘆。傳說中的「八仙」之一鐵拐李，就常背一個裝有「靈丹妙藥」的葫蘆，周遊江湖，治病救人。《西遊記》第五回中也寫道煉丹老手太上老君也是用葫蘆盛放丹藥：「這大聖直至丹房裏面，尋訪（老君）不遇，但見丹灶之旁，爐中有火。爐左右安放著五個葫蘆，葫

蘆裏都是煉就的金丹……他就把那葫蘆都傾出來，就都吃了，如吃炒豆相
似。」〔註25〕

　　中國的幾千年的燦爛文化博大精深，葫蘆文化經歷數千年的歷史積澱，以
其獨特的歷史淵源、深厚的文化內涵擁有了廣泛的群眾基礎。近年來葫蘆形的
古代器物在古玩市場上成交價一直很高，可見在現代文化中仍佔有重要的地
位。

二、桃子意象

　　在自然界中，動物食用樹木果實非常普遍，古人很早就發現各類樹木上的
可食用的果實，如桃、李、杏、桑、棗等等。在古代小說中也大量記載了古人
服食這些果實的記載，出現日常生活中「五果之稱」的桃、李、杏、梨、棗，
但其中出現最多，文化意蘊最廣的還是作為五果之首的桃子。宋代李昉的《太
平御覽》引《金樓子》中的神話：「東南有桃都山，山上有樹，樹上有雞。日
初出照此桃，天雞即鳴，天下之雞感之而鳴。樹下有兩鬼對持葦。」〔註26〕將
桃子視為時間的開始。

　　由於桃子很早就成為古人的食材，桃在中國古代也形成豐富的文化喻意。
在古代小說中還形成對桃子各類的想像，如記載了各類形態迥異的桃子，西晉張
華《博物志》中稱「王母索七桃，大如彈丸」〔註27〕，彈丸是古代彈弓所用的鐵
丸、泥丸，後被用於計量標準，常見於中醫藥方中。《中藥大辭典》古今度量衡
對照表換算中提到在漢代一彈丸等於一雞蛋黃〔註28〕。而東晉郭璞《玄中記》中
卻稱：「木子之大者，有積石山之桃實焉，大如十斛籠。」〔註29〕斛是古代的計
量工具，口小底大，唐朝之前 1 斛本為 60 公斤，宋時 1 斛改為 30 公斤。桃子
不僅大小有差異，在成長週期上還有不同，如王嘉《拾遺記》中稱在扶桑東五萬
里之地有個叫磅塘山的地方「有桃樹百圍，其花青黑，萬年一實。」〔註30〕

〔註25〕（明）吳承恩：《西遊記》第 5 回，北京：人民文學出版社，1955 年，第 54～
　　　　55 頁。
〔註26〕（宋）李昉：《太平御覽》卷 967，果部 4，北京：中華書局，1985 年，第 4288
　　　　頁。
〔註27〕（晉）張華：《博物志》卷 8，北京：中華書局，1980 年，第 97 頁。
〔註28〕江蘇新醫學院編：《中藥大辭典》，上海：上海科學技術出版社，1979 年。
〔註29〕（晉）郭璞：《玄中記》，見《魯迅輯錄古籍叢編》，北京：人民文學出版社，
　　　　1999 年，第 453 頁。
〔註30〕（晉）王嘉撰，（南朝梁）蕭綺輯編：《拾遺記》卷三，《四庫筆記小說叢書》，
　　　　上海：上海古籍出版社，1991 年，第 325 頁。

　　桃子象徵著吉祥長壽。古代小說中記錄桃子有延年益壽的功效，如在《神異經》中就有「和核羹食之，令人益壽。食核中仁，可以治嗽」的記載。彼時桃子已被視為可以益壽的水果。由桃子可以長壽，小說家想到吃桃有特異功能。《太平御覽》摘錄有多篇吃桃可長生的記錄，如《幽冥錄》中所記劉晨、阮肇共入天台山，迷路不得返，在糧絕食盡之後，見山中有桃，兩人各摘桃數顆，吃完之後就不覺得餓〔註31〕。另有《八仙全傳》中載福德正君原身是只老鼠，因在灌口捨身救了百姓死去。縹緲真人念老鼠一片赤誠之心，收其魂魄納為徒弟，讓小童帶老鼠吃後山新成熟的桃子。老鼠吃完桃子就兩脅生出翅膀，眾人給它改名化為「蝙蝠」〔註32〕。由桃子可以食之不饑又想像到桃子可以讓人成仙。有關西王母的蟠桃會，最早可見於西周歷史典籍《穆天子傳》中：周穆王曾在崑崙山西王母的瑤池宴上吃過蟠桃，味道鮮美。《列子‧周穆王》也載「遂賓於西王母，觴於瑤池之上。西王母為王謠，王和之，其辭哀焉」。《漢武內傳》中則提到西王母帶了四顆仙桃給漢武帝，武帝吃過以後將桃核一一收起。西王母問其因由，武帝說想要拿去種。西王母卻說這種桃三千年一熟，「中夏地薄，種之不生」。至宋元時期，就開始有《王母蟠桃會》之劇，載農曆三月三是王母誕辰，王母廣開聖宴，群仙來賀。這時已提到了蟠桃三千年開花，三千年結果，三千年成熟。太上仙官東方朔曾三次偷吃過蟠桃，這一次又想乘著看桃仙女熟睡之際，變成仙鶴偷桃。西王母的蟠桃會在明清小說中廣泛出現，如明代謝肇淛《五雜俎》中稱：「洪武間，出內府所藏桃核示詞臣。核長五寸，廣四寸七分，前刻『西王母賜漢武帝』及『宣和殿』十字，塗以金，宋學士有《蟠桃核賦》。」〔註33〕清代無垢道人所著《八仙全傳》中則直接將東方朔到西王母的蟠桃園偷桃的情節移植入小說〔註34〕。在《女仙外史》中則直接以王母蟠桃盛會作為小說的開始，小說第一回「西王母瑤池開宴，天狼星月殿求姻」中又詳述瑤池碧桃殿蟠桃成熟，王母邀請眾仙佛前來吃蟠桃的情節，「其蟠桃每人一顆，上帝、三清道祖各兩顆，唯釋迦如來是三。佐以交梨火棗、雪藕冰桃」，如來將桃子分給迦葉、阿難各一顆，道祖將一桃給金銀童子分食，

〔註31〕（宋）李昉：《太平御覽》卷967，果部4，北京：中華書局，1985年，第4291頁。

〔註32〕（清）無垢道人：《八仙全傳》，哈爾濱：北方文藝出版社，2013年，第35頁。

〔註33〕（明）謝肇淛：《五雜俎》卷10，濟南：山東人民出版社，2018年，第336頁。

〔註34〕（清）無垢道人：《八仙全傳》，哈爾濱：北方文藝出版社，2013年，第311～316頁。

南極仙翁將桃各分一片予鶴、鹿,觀音大力分一枚給善財童子,嫦娥將桃一分為三與二侍女二仙共食……王母又額外恩賜一顆蟠桃予嫦娥〔註35〕。在這些描寫中最為精彩的莫過於《西遊記》中第五回「孫悟空大鬧蟠桃會」。在吳承恩《西遊記》中王母娘娘設宴廣邀眾仙,在瑤池中做「蟠桃盛會」。在盛會之前已詳細的描繪了王母娘娘的仙桃,在王母娘娘的蟠桃園裏有三個品種的蟠桃樹:一種是三千年一熟的,人吃了即可成仙得道;一種六千年一熟的,人吃了可以長生不老;最後一種是九千年一熟的,人吃了即可與天地同壽。與蟠桃具有同等功效的是鎮元子的人參果。但是人參果只有唯一一棵,而且這棵樹產量又極低,小說二十回中有交待「似這萬年,只結得三十個果子」。玉帝蟠桃園卻有「三千六百株」桃樹,每三千年就可以成熟一千兩百株。在蟠桃盛會之前小說中已經鋪墊了蟠桃園裏無可事事看桃子的猴子「齊天大聖」。猴子愛吃桃,一個下界裏不受馴化的弼馬溫不可能會守住清規戒律不吃桃,由此攪亂了上界眾仙歌舞升平的蟠桃盛會。可見西王母蟠桃故事的影響非常深遠。

　　桃子還與德行仁義相關聯。《詩經・大雅・抑》「投我以桃,報之以李」之句,指人與人之間、國家與國家之間友好往來互贈東西。司馬遷在《史記・李將軍列傳》中稱李廣:「彼其忠實心誠信於士大夫也。諺曰:『桃李不言,下自成蹊。』」,在《晏子春秋》中有「二桃殺三士」的故事:齊景公時公孫接、田開疆、古冶子是齊國知名勇士。晏子從三人前面走過時小步謙遜的走過,三人卻踞傲不起身。晏子因向景公諫稱蓄養的勇士若不遵君臣之義、長率之倫、禁暴威敵,那就是「危國之器」,建議給三人兩個桃子「計功而食桃」。當時三位勇士面臨的情形是「不受桃,是無勇也,士眾而桃寡」,如果不接受桃子,那是自認不是勇士,是懦夫的表現,但三位勇士卻只有兩個桃子。公孫接以搏猏捕虎之功,自認為可以吃桃,就拿走一個;田開疆以「仗兵卻三軍」之功,也認為可以吃桃,拿走剩下一個。古冶子稱自己跟隨君主渡黃河時,大黿咬住拉車的馬潛入激流中,雖然自己不會游泳,卻依然跳到黃河裏「逆流百步,順流九里」終於找到大黿並將它殺死,但這樣的功勞卻不能吃桃。公孫接與田開疆稱「取桃不讓,是貪也;然而不死,無勇也」,二人主動將桃子讓回,但以死明勇。古冶子稱:「二子死之,冶獨生之,不仁;恥人以言,而誇其聲,不義;恨乎所行,不死,無勇。」因此也不受桃而死。雖然「二桃殺三士」表面上書

〔註35〕　(清)呂熊:《女仙外史》(上)第 1 回,寧波:浙江人民美術出版社,2017年,第3～5頁。

寫的是晏子的智慧，但實際上卻將三勇士「殺身成仁，捨身取義」的精神體現的淋漓盡致。「仁義」精神是儒家的核心思想之一，《論語‧衛靈公》：「志士仁人，無求生以害仁，有殺身以成仁。」《孟子‧魚我所欲也》：「生，亦我所欲也；義，亦我所欲也。二者不可得兼，舍生而取義者也。」儒家視仁愛與公正視為人生中重要的道德行為規範，寧願以死來成全自己的仁德，來維護公平正義。

二桃殺三士漢磚

此外，桃子還寓意著愛情。在《詩經》中就有「桃之夭夭，有蕡其實。之子于歸，宜其家室。」桃的結果實多而且容易栽培，因此被用來象徵女子在婚後孕育生命時子嗣眾多，多子多福。通過女子的生育已經和桃子聯繫在了一起。

第五章　中國古代小說中植物的文化意蘊

　　在原始社會時期，植物就已融入世界各地的宗教儀式和民俗文化中。植物在不同的國度有不同的文化意蘊，如菊花在中國被視為文人雅士，又因菊與「吉」音近，在中國南方的民間過年普遍有擺放菊花的習俗。但在法國菊花卻被用來緬懷死者，只有在葬禮或是祭奠死者時才會出菊花，因此菊花寓意哀傷，在平常忌諱擺放菊花。由於儒釋道與民間文化是古人最受影響的幾種文化形態，植物在文學作品中也帶有這幾種文化形態的影響。本章主要講述儒釋道及民間文化形態影響下小說中主要的植物文化意蘊。

第一節　中國古代小說的植物與儒道釋文化

　　儒釋道文化在中國源遠流長、影響深遠，儒家倡導倫理綱常、修身養性，因而在儒家文化影響下的植物文化多與個人品格相聯繫。

一、君子比德中的植物

　　古代文人受儒家思想影響深遠，以儒家「仁、義、禮、智、信」作為基本的品格與德行，尤其以「君子」作為理想化的人格，以此作為道德準則與行為規範。「君子」一詞早在先秦其他典籍中就有出現，如「君子在野，小人在位」（《尚書》）、「九三，君子終日乾乾，夕惕若厲，无咎」（《周易》）、「窈窕淑女，君子好逑」（《詩經‧關雎》）等等，但彼時尚沒有將君子與道德人格進行關聯，直到孔子在《論語》中大量出現「君子」一詞且賦予道德的含義，如：「君子

之道者三，我無能焉。仁者不憂、知者不惑、勇者不懼。」（《論語·憲問》）
「君子有九思」（《論語·季氏》）等，君子意指品德高尚之人。《禮記》又進一
步將儒家思想形成社會禮制，其中也包括「君子」，如「君子道人以言而禁人
以行」（《禮記·緇衣》）。在儒家思想觀念裏，君子並非是天生而成，而是後天
不斷的「見賢思齊，見不賢而內自省」的自我修煉中達成的。君子是有擔當，
張揚仁義之人，「君子義以為上」（《論語·陽貨》）在儒家思想被奉為正統思想
的古代社會裏，「君子」成為古人的人格精神追求。

金累絲蜂蝶趕菊花籃簪（明代）

　　在古代君子文化中，植物的生長習性與特徵被用來形象化地比喻君子之
德。如梅花開在萬花凋落的冬天，不與百花爭豔，卻在嚴寒中傲雪枝頭，歷來
被視為像君子一樣具有英勇無畏、冰清玉潔的形象，「萬花敢向雪中出」（元·

楊維禎《詠梅》)。在南宋陳景沂《全芳備祖》、明代王象晉《群芳譜》、清代《廣群芳譜》中都推梅花為群芳之首。蘭花生於幽僻之所，色淡而香清，正如謙謙君子。孔子稱：「芝蘭生於幽谷，不以無人而不芳，君子修道立德，不以窮困而改節」。菊花清麗淡雅，在寒霜中傲然開放，開在百花凋零之後，在寒風中恬然自處，也如同君子堅守高尚節操。「寧可枝頭抱香死，何曾吹落北風中」（宋·鄭思肖《寒菊》)竹子徑直，經冬不凋，在荒山僻所頑強生長，像是君子剛直的個性。《詩經·衛風·淇奧》：「瞻彼淇奧，綠竹猗猗。有匪君子，如切如磋，如琢如磨。」君子的道德情操，高風亮節。《楚辭·七諫》裏子：「便娟之修竹兮，寄生乎江潭。上葳蕤而防露兮，下泠泠而來風。」王逸《章句》明確指出，「屈原以竹自喻，言有便娟長好之竹，生於江水之潭，被蒙潤澤而茂盛」〔註1〕。《冉冉孤生竹》以竹來興喻其「君」，「君亮執高節」。「咬定青山不放鬆，立根原在破岩中。千磨萬擊還堅勁，任爾東南西北風。」（鄭板橋《竹石》）古人還將「君子」用於植物中，將花草樹木拓展成人格精神的化身。宋代周敦頤稱：「蓮，花之君子者也。」(《愛蓮說》)梅、蘭、竹、菊被合稱為「四君了」，古代文人以「琴棋書畫養心，梅蘭竹菊寄情」，植物四君子還成為中國畫中常見的題材。由於古人對君子文化的追崇，他們也將植物君子視為自身人格的外化，屈原稱「朝飲木蘭之墜露兮，夕餐秋菊之落英」(《離騷》)，李白在詩中直言：「為草當作蘭，為木當作松。蘭秋香風遠，松寒不改容」(《於五松山贈南陵常贊》)。古人從植物「四君子」上都看到君子一般高尚品格。在它們身上象徵著古代文人所追求的堅貞不屈、清高恬淡的氣質，象徵著古代文人不媚俗、不同流合污的錚錚傲骨。

中國古代小說中人物描寫中常以儒家美德作為人物德行操守的準則，其中一些又與植物文化相交織。在《聊齋誌異·柳秀才》篇中記：明末青兗二州發生蝗災，蔓延至沂縣。沂縣縣令非常憂慮卻又對蝗災害無計可施。在公堂幕後休息時，縣令夢到一位秀才「峨冠綠衣，狀貌修偉」，親授如何治理蝗災。沂縣因縣令向蝗神求禱而免於蝗災，但柳秀才卻因洩露機密遭到了蝗神的懲罰。蝗神稱：「當即以其身受，不損禾嫁可耳」。翌日，蝗蟲飛來，遮天蔽日，竟不落在莊稼上卻全部落在楊柳樹上，蝗蟲過處柳葉被咀嚼都盡。〔註2〕柳神

〔註1〕（漢）王逸：《楚辭章句》卷13，四庫全書文淵閣本，上海：上海人民出版社，1999年。

〔註2〕（清）蒲松齡：《聊齋誌異》卷4，北京：人民文學出版社，1989年，第498頁。

犧牲自己保護了一方百姓就體現了儒家之「仁」，《論語‧顏淵》中：「樊遲問仁。子曰：『愛人。』」孔穎達疏《禮記‧曲禮上》中稱：「仁是施恩及物」。《柳秀子》篇末還提到柳神之所以向縣令建言是為「宰官憂民所感」，柳神急他人所急的自我犧牲是儒家「仁義」的體現，《三國志‧吳書‧太史慈傳》：「以君有仁義之名，能救人之急。」柳神以仁義之名求縣令之急，解百姓之難。

《雪竹文禽圖》——黃筌（五代後蜀）

二、服食升仙中的植物

　　道家文化崇尚自然，講究天人合一、養生修仙。在道教文化的影響之下，植物成為人與自然界和諧相通的媒介。植物不僅具有的養生的功能，還成為得道成仙的助力者。道教中「服食」法是修煉方式之一。服食最早起源於戰國方術之中，到魏晉南北朝時候成為普遍現象。在古代小說中常載有關道士的服食之法，如《宣室志》載有道士尹君者，不食粟餌柏葉，雖頭髮盡白卻顏如童子。〔註3〕

<hr />

〔註3〕（唐）張讀撰，蕭逸校點：《宣室志》卷1，上海：上海古籍出版社，2012年，
　　　　第11頁。

　　長生不老是人類夢寐以求之事，於是便幻想有一種藥可以讓人永生。在上古神話傳說裏，嫦娥奔月即與服食成仙相關。除了道家自煉的金丹，服食植物是常見的升仙方式。在古代小說中「服食植物」是常見得到成仙的方式，如《廣異記》「劉清真」條載：劉清真與其徒等二十人遇一老僧，因疑其為文殊菩薩就跟隨老僧左右。老僧臨別用法術送二十人至廬山上，稱有大樹上會有仙藥出，食之可成仙。後果見有大藤樹「周迴可五六圍」，眾人薙草而坐靜待仙藥。數日後見有白菌長出，眾人採後卻被一人盡數吃完。食菌之人成仙，其他人只得回鄉。〔註4〕常見的服食成仙的植物有以下幾種：

　　一是人參。人參在有較高的藥用價值，《神農本草經》載其：「主補五臟，安精神，定魂魄，止驚悸，除邪氣，明目，開心益智。久服，輕身延年。」人參服補的功效，而野生人參一支難得更是加強了這種神話功效，野生人參多生長在高山懸崖、深澗低谷等人跡罕至處，這給人參帶來很多的神秘感。唐代張讀《宣室志》中便記載天寶年中一位趙姓書生因吃人形人參由愚鈍變得聰慧的故事：趙姓書生家中人都以文學顯貴，只有他生性愚魯，雖然努力讀書，卻一直所得甚少。一日親朋聚餐，滿座紅衣綠袍相連，只有他一人是白衣。在他人的嘲笑之下，趙姓書生憤而棄家，隱遁到晉陽山中讀書。他勵志讀書的精神感動了一位老者前來，稱要助其一臂之力。老者說完住址後就不見了。趙姓書生尋路而去，發現一棵繁茂的椴樹。在樹下，他挖到一棵一尺多長的人參，長得特別像那位老者。於是就把人參煮著吃了。從此之後他變得聰明穎悟，所讀之書過目不忘，終於中了明經科。俞萬春《蕩寇誌》還具體描繪了人參的難得與神奇功效：「便是這高平山裏一件稀世奇珍，乃一千多年一枝成氣候的人參。形如嬰孩，風清月朗之夜，時常出來參拜星斗，各處峰巒溪澗遊戲，名曰參仙。若能取得他到手，如法服食，可成地仙。病人垂死，得他的血飲一杯，立能起死回生。只是他的身子輕如飛鳥，竄山跳澗，來去如風。他又不吃飲食，最難捕捉。」人參不僅利於服補，吃了以後更可以直接飛昇成仙。

　　二是何首烏。何首烏又名紫烏藤、夜交藤等，屬於多年生藤本植物，塊根肥厚。主要是根塊入藥，可以安神養血。制首烏則可以補氣益精血，強筋骨，補肝腎。謝肇淛《五雜俎》中載：「何首烏，五十年大如拳，服一秊則鬢髮黑，百年大如碗，服一年則顏色悅；百五十年大如盆，服一年則齒更生；二百年大

〔註4〕（唐）戴孚：《廣異記》，北京：中華書局，1992年，第5～6頁。

如斗，服一年則貌如童子，走及牛馬；三百年大如三斗拷栳，其中有鳥獸山嶽形狀，久服則成地仙矣。」服用五十年的可以鬚髮變黑，服用百年以上的容顏便會轉老還童，其功效不僅讓人返老還童，如得到三百年的，吃了就會成仙長生不老。李翱還著有《何首烏傳》載：何首烏本是順州南河縣人，本名田兒，出生時就孱弱無比，年五十八，還無妻子，常慕道術隨師在山。一天，醉臥山野時忽見有藤兩株，相去三尺餘，苗蔓相交，久而方解，解而又交。田兒驚訝其異，至旦遂掘其根歸。問諸人，無識者。後有山老忽來。示之。答曰：「子既無嗣，其藤乃異，此恐是神之藥，何不服之？」遂杵為末，空心酒服一錢。七日而思人道，數月身體強健，因此常服，又加至二錢。經年舊疾皆痊，髮烏容少。十年之內，即生數男，後改名能嗣。後與子延秀服，皆壽百六十歲。延秀生首烏。首烏服後，亦生數子，年百三十歲，髮猶裹。

三是枸杞。枸、杞，原是兩種樹名。而枸杞棘如枸之刺，莖如杞之條，所以採用二者之名。另有道書提到另一種「枸杞」得名之說：千載枸杞，其形如犬，故得枸名。《太平廣記》引《續神仙傳》也敘述一則吃枸杞根可以成仙長生的故事仙：永嘉安國人朱孺子從小就跟隨道士王玄真修仙，一日見兩隻小花犬，之後跑到枸杞從中不見了。孺子見到後甚至驚訝，回去就告訴師傅王玄真。王玄真隨著徒弟一起到枸杞叢邊果然也看見了兩隻小花犬，上前去追時又見跑到枸杞根下就不見。師徒二人一起挖開枸杞，「得二枸杞要，正式成立如花犬，堅若石。」〔註5〕謝肇淛《五雜俎》卷十一將稱「千年枸杞根作狗形」，夜晚常會出來遊戲。

四是茯苓。《抱朴子》稱」〔註6〕《古今清談萬選》中載崔玄微「餌術茯苓三十載」，吃完之後需要「領僮僕入嵩山深處採之」〔註7〕。清代小說《茯苓仙傳奇》寫麻姑成仙的故事，麻姑與嫂嫂一同上山砍柴，偶遇一小兒，即是千年茯苓精，挖出煮食後得已成仙。對於茯苓精的來源，其嫂嫂言是深山中的老松，過了千餘年，根自長成小兒形狀，名為茯苓。再受了日精月華，便為小兒一般，行走如飛。一般人是拿他不住的。但要用緋線縫住他的衣服，便可尋得蹤跡。

〔註5〕（宋）李昉：《太平廣記》（三）卷24，「神仙二十四」，北京：中華書局，2020年，第142頁。

〔註6〕（宋）李昉：《太平御覽》卷960，木部9，北京：中華書局，1985年，第4262頁。

〔註7〕（明）泰華山人編撰，陳國軍輯校：《新鐫全像評釋古今清談萬選》，北京：文物出版社，2018年，第359、361頁。

麻姑回家取了針線，縫住小兒衣服，後來見他鑽入松樹下去了。麻姑掘土，果然找到小兒。麻姑服用了茯苓後成仙。

　　五是靈芝。《鏡花緣》多處提到了靈芝，如第六回百花仙子遭貶凡塵歷練。臨行前，相處較好的四仙子特贈靈芝一枝，並言「此芝產於天皇盛世，至今二百餘萬年，因得先天正氣，受日月精華，故仙凡服食，莫不壽與天齊。」〔註8〕第四十四回又寫到靈芝，百花仙轉世的唐小山出海尋父，一路得疾，有道姑（百草仙）上船贈予唐小山靈芝。小山吃了靈芝後，頓然覺得「神清氣爽」〔註9〕。服用靈芝大補元氣，也被後世俠義小說所承繼。葉洪生先生評趙煥亭《奇俠精忠傳》「服食千年靈芝增強內力——此即古代丹道家所稱『地元丹』，有超凡入聖、巧奪造化之功，為修仙者終南捷徑。」當然人參更是常見可以成仙長生的藥品。在此類得道長生故事中，以服食草木作為主要的敘述方式。

　　古代小說中服食類植物除以上幾種以外還有很多，如葛洪《抱朴子》「仙藥」中列了諸多品種，如「諸芝」中有：「松柏脂、茯苓、地黃、麥門冬、木巨勝、重樓、黃連、石韋、楮實、象柴、荀杞。」「五芝」中「有石芝，有木芝，有草芝，有肉芝，有菌芝，各有百許種也。」《太平廣記》中記：漢成帝在終南山狩獵時見一人渾身生黑毛，能在山谷間飛騰跳躍，最後令人合圍捕獲，發現是一婦人。婦人自言本是秦之宮人，因城破驚走入山中，因飢餓難耐，碰一老翁教吃松葉松實，之後就不覺饑渴，不畏寒熱，已經活了兩百多歲。之後再吃回塵世五穀，身上毛落，不久便老死了。〔註10〕《鏡花緣》第九回中除了提到吃了可以成仙的芝草，還提到長得象棗的「刀味核」、汁如血漿的朱草。在古代小說服食成仙的故事中，雖然能成仙的植物是現實中可見之物，但小說家也構建了這些植物的獨特性：

　　一能服食升仙的植物種類本身有異相。它們或具有人形或動物形象，且常幻化出來活動。五雜俎》中稱：「千年人參，根作人形；千年枸杞，根作狗形。」〔註11〕一種是似人形。如《西遊記》中能讓人常生不老的人參果即為小兒形狀

〔註8〕（清）李汝珍：《鏡花緣》第 6 回，北京：人民文學出版社，2020 年，第 35 頁。

〔註9〕（清）李汝珍：《鏡花緣》第 44 回，北京：人民文學出版社，2020 年，第 334 ～336 頁。

〔註10〕（宋）李昉：《太平廣記》（三）卷 59，「女仙四」，北京：中華書局，2020 年，第 318 頁。

〔註11〕（明）謝肇淛：《五雜俎》卷 11，濟南：山東人民出版社，2018 年，第 387 頁。

「果子的模樣，就如三朝未滿的小孩相似，四肢俱全，五官兼備。」謝肇淛《五雜俎》中記某女道士的徒弟所見人參也是個小兒的形狀。清人吳熾昌《客窗閒話續集》卷三記何首烏為小兒形狀：張氏姑婦月夜中常聽到幼孩追逐，原來是不滿一尺的男女兩個裸孩，懂醫者說這「必靈藥所變」。茯苓也是狀如小兒，如《太平廣記》卷六十四「楊正見」條引《集仙錄》記載了茯苓狀如小兒，服用後可以長生〔註12〕。這些類人形的植物不僅是形體上長的人形，且在活動中也具有人的特點。如唐朝進士李翱在其《李文公集》卷十八《何首烏錄》裏記載：一名叫田兒的莊漢無子嗣，與朋友飲酒醉後夜歸，回來的路上便醉臥荒野。等他醒的時候，看見距離自己三尺遠的田壟裏，有兩株藤蔓相交在一起，久久不散，散後又再度相交，如此往復三四次。田兒很詫異，於是挖出藤蔓下的根曬乾收藏。在服用了這種植物後，不僅身體變得年輕且不久即得子，子嗣繁茂。另一種是似狗形。朱孺子、王玄真師徒所食枸杞根即如花犬，還有的如黃犬形，如《太平廣記》引《會昌解頤》載：博物者賈耽在滑臺為官時，某富人患怪病，粥食不進，只是每日飲鮮血半升，百醫無效。富人煩躁異常，只想去有山水清靜之地。其子遵父命將其放到城外池邊，其父忽見一黃犬池中沐浴，池水變香，飲後覺四體稍輕，再飲竟很快痊癒〔註13〕。元代也有枸杞為黃犬的傳聞：徐翁在山間煉藥，總見到一黃犬在丹鼎旁，他用紅線繫其頸追蹤，掘出枸杞根如黃犬狀，「持歸蒸之，芳香滿室」，食之成仙，這裡被修建了「徐仙亭」。雖然能服食升仙的植物在名稱或品種上看似與凡間的並無二致，但它所具有特性卻與普通植物千差萬別，如《海內十洲記》中載的扶桑神樹「仙人食其椹而一體皆作金光色，飛翔空玄」，但其果桑葚「如中夏之桑也，但椹希而色赤，九千歲一生實耳。」〔註14〕扶桑樹之果和凡間桑葚區別不大，但卻長成果實卻需要九千年之久。王母娘娘的蟠桃也是桃子，成熟一次卻有三千年、六千年、九千年的週期。這些能讓人成仙的植物與凡間既有聯繫又存在差異，顯示出小說家對植物的想像。

〔註12〕（宋）李昉：《太平廣記》（三）卷64，「女仙四九」，北京：中華書局，2020年，第347頁。

〔註13〕（宋）李昉：《太平廣記》（三）卷83，「異人三」，北京：中華書局，2020年，第468～467頁。

〔註14〕舊題（漢）東方朔：《海內十洲記》，《四庫筆記小說叢書》，上海：上海古籍出版社，1991年，第278頁。

　　二是能服食成仙的需要「有緣人」。同樣是服用一種植物，有的人能升仙但有些人不能成仙，如多九公說自己在小蓬萊吃了靈芝之後幾乎喪命，道姑稱「其實靈芝何害於人。即如桑椹，人能久服，可以延年益壽；斑鳩食之，則昏迷不醒。又如人服薄荷則清熱；貓食之則醉。靈芝原是仙品，如遇有緣，自能立登仙界；若誤給貓狗吃了，安知不生他病？」〔註15〕雖然道姑以此諷刺多九公，但其中也暗含服實之法，即能成仙的都需要「有緣人」。如果不是有緣人，即便得到仙藥也成仙不了，謝肇淛《五雜俎》卷十一中記：某女道士的徒弟常見一個嬰兒，師父讓她抱將嬰兒抱回來，可回到住處嬰兒卻變成樹根。師父讓徒弟燒火煮樹根就下山化米。結果女道士出門後因漲水三天都沒法返回，徒弟在家飢餓難耐就將鍋裏的東西吃完了。等水落女道士回來時發現她的徒弟已經飛昇了〔註16〕。女道士想要成仙卻受到突然出現的意外干擾而食用不了靈根，徒弟才是真正的有緣人。同樣作為徒弟的朱孺子先看到兩隻花犬，告訴師傅王玄真後一起挖了出來，在煮食過程中，朱孺子一直負責燒火，整整燒了三晝夜，在煮食的過程中，他不斷的嘗著湯汁看看有沒有煮好，直到三天後才終於煮爛。等朱孺子告訴師傅一起拿出來吃後，喝了湯汁的朱孺子已經飛昇成仙了，而食了根的師傅雖也得長壽卻終究沒得成仙。

　　服食升仙來源於道家飲食養生。道家認為五味過重會傷人脾胃，提倡吃素且講究搭配和營養均衡，以此來延年益壽。道家非常重視服食辟穀的養生修行。所謂辟穀，即為斷「穀」，不吃日常飲食中的五穀，僅吃大棗、芝麻、蜂蜜、靈芝等，尤其是吃棗子。明代鄧志謨的小說《咒棗記》（原名《五代薩真人得道咒棗記》）講述五代時人薩堅得道行善的故事，詳細描述了道家食棗的咒棗術。在道教典籍《萬法密藏》中稱咒棗術由葛玄所創。在《咒棗記》裏薩真人得道之時，葛仙翁曾教以咒棗之術：當念動咒語時棗子變得象梨一樣大。「一日但咒九棗，每食三棗，則有一日之飽。」因此薩守行途中常咒棗而食。道家認為棗子是長壽仙果，和仙桃一樣都是神祇享用之物。九與「久」同音，因此這裡小說中所稱的一日吃九棗，每頓吃三棗的原因。在《周穆王》中西王母所拿出人間吃不到的仙家之物是陰岐黑棗，「黑棗者，其樹百尋，實長二尺，

〔註15〕　（清）李汝珍：《鏡花緣》第 44 回，北京：人民文學出版社，2020 年，第 335
　　　　　頁。

〔註16〕　（明）謝肇淛：《五雜俎》卷 11，濟南：山東人民出版社，2018 年，第 387～
　　　　　388 頁。

核細而柔。」可見，小說家在道家以植物養生延年益壽的基礎之上想像到食用植物能讓人達到升仙的目的。

但此類服食類植物在古代小說中也並非都能讓人成仙，在一些小說中一些常見的服食類植物還幻化成精作怪，如《太平廣記》卷四百一十七引《酉陽雜俎》中有《田登娘》篇講述的是田登娘與茯苓精怪化做的白衣少年私通，懷孕七個月後產下三節茯苓，其母親以火焚滅茯苓致使茯苓精怪死亡的故事。在《田登娘》中，茯苓並沒有助人成仙功能，卻是變化成一位少年與主人家的女兒私通，同時茯苓出入佛堂，已經與以往的仙藥中出現的道教有所不同，最後也是在一位僧人的作用之下，茯苓精化成鴿子不見了。從中也可見到《聊齋誌異》中各類精怪的影子。

三、宗教幻術中的植物

古代幻術林林總總，奇方異術常令人歎為觀止。宗教人士為了擴大本教的影響力，往往引入一些幻術來迷惑民眾，增加本教的真實可信度。在漢末，幻術水平就已經達到很高水平，范曄《後漢書·左慈傳》中載左慈就曾使用過幾個幻術：曹操宴飲時稱無吳松江鱸魚，左慈即「求銅盤貯水，以竹竿餌釣於盤中，須臾引一鱸魚出」並接二連三釣出多條「皆長三尺餘，生鮮可愛」。其後曹操眾人郊行，左慈僅帶酒一升、脯一斤，卻令百官醉飽。曹操查視時發現諸店家酒脯都不見了。《古今清談萬選》中提到福建漳州民間好巫祝，多幻術之士，如名蕭韶者能「喝茅俾之成劍，指杖俾之化龍」，在與友人飲酒時用幻術將芍藥、梨花、杜鵑、荼蘼四花化為女子前來作詩、歌舞助興。〔註17〕明代還出現《神仙戲術》一書，收錄幻術 20 餘種。雖然民間方士與佛教中都有眾多幻術，但道教幻術出現的植物類最多。此類多見於古代志怪與筆記小說中，如《太平廣記》卷二百八十四至二百八十七共四卷專列「幻術」條收錄民間各類幻術。

借用植物作為障眼法的幻術在筆記小說中常見，且常被列為異聞。如干寶《搜神記》中的「徐光種瓜」條中也記載了此類幻術：因徐光向賣瓜者討瓜不成就要了一粒瓜子，他將仍瓜子種在土裏，不一會就發芽引蔓，開花結果了，於是徐瓜就將瓜摘下來送給圍觀者吃。賣瓜者也在看徐光種瓜，等眾人吃完

〔註17〕（明）泰華山人編撰，陳國軍輯校：《新鐫全像評釋古今清談萬選》，北京：文物出版社，2018 年，第 342～348 頁。

瓜，他回身一看自己要賣的瓜都不見了〔註18〕。《聊齋誌異》中《種梨》篇中
則講述道士向賣梨者索要一梨，賣梨者不給。市肆一位店員給了道士買了一
個。道士就將梨吃完，把梨核種於地上「萬目攢視，見有勾萌出，漸大；俄成
樹，枝葉扶蘇；倏而花，倏而實，碩大芳馥，累累滿樹。」〔註19〕道士將梨摘
下分與眾人，賣梨者也雜在眾人中看道士表演，等道士走了，回身一看一車梨
已經空了。

《偷桃》——中國郵政 2001 年

　　幻術是宗教中常用的手段，一些道教方士多以幻術表演被認為是得道神
仙。「撒豆成兵」是道教常見的幻術。在干寶《搜神記》中的「郭璞撒豆成兵」
條中郭璞因喜歡主人家的婢女就找來三斗小豆子繞主人主宅撒下，主人早上

〔註18〕（晉）干寶撰，馬銀琴、周廣榮譯注：《搜神記》卷 1，北京：中華書局，2010
　　　　年版，第 18〜19 頁。
〔註19〕（清）蒲松齡：《聊齋誌異》卷 1，北京：人民文學出版社，1989 年，第 36 頁。

起床看見幾千個穿紅衣服的人包圍他家，可人一走近就消失了。主人便請郭璞來解。郭璞就乘機稱主人家不宜養該婢女，建議在某地賣掉，他又暗中使人買下該女子。之後，郭璞書符一道，幾千個紅衣人都自己跳到井裏去了〔註20〕。《太平廣記》記唐朝時期陵空觀有位姓葉的道士善幻術，曾將桃柳枝橫放於人腹上，然後拿刀念咒語全力砍下，結果桃柳枝斷了，但人卻毫髮無傷〔註21〕。《太平廣記》中「李慈德」中也載唐代大足年間妖道李慈德能行符書厭「布豆成兵馬」〔註22〕。

　　《聊齋誌異》中記載了多種與植物相關的幻術：其中《偷桃》篇中講述自己赴試時正值春節，恰逢「演春」表演。自己親眼所見民間偷桃幻術：術士於冰雪冬日受命摘桃，於是面露難色，只好說需要到王母蟠桃園去偷桃。之後術士以一繩擲向空中，繩即懸立如被東西掛住一般。之後繩被越擲越高，入雲端如天梯。術士命其子攀繩向上去蟠桃偷桃。其子盤旋而上，漸入雲霄不可見。不久，墜一桃如碗大。但隨即繩也落地，其子首級、肢體紛紛墮落。術士悲啼拾其子骸骨入籠中，並因失子求賞，坐客各有賜金。術人受金後，拍拍籠子讓其子出來謝賞〔註23〕。這則故事中涉及「繩技」和「肢解術」兩則幻術。在唐代皇甫氏《原化記》中就提到唐代開元（713～742）年間，嘉興縣裏的縣司與監司拚百戲時，一位囚犯自薦演繩技。翌日演出之時，囚犯拜會一團繩有百餘尺「手擲於空中，勁如筆。初拋三二丈，次四五丈，仰直如人牽之。眾大驚異。後乃拋高二十餘丈，仰空不見端緒。」此人即牽繩離地，勢如飛鳥，望空而去。〔註24〕至元朝時期，繩技已與肢解術相結合，在摩洛哥旅行者依賓拔都所撰在中國遊記時所見，術士將拴有繩子的球擲向空中，命其徒執繩往攀繩入空中，轉瞬不見。術士呼其徒數次都沒得到應答，於是大怒，亦攀繩而上，一時也不見。片刻，有童子一手被擲在地上，接著一腳，又一手、一腳、一軀幹。術士

〔註20〕（晉）干寶撰，馬銀琴、周廣榮譯注：《搜神記》卷3，北京：中華書局，2010年版，第58～59頁。
〔註21〕（宋）李昉：《太平廣記》（三）卷285，「幻術二」，北京：中華書局，2020年，第1886頁。
〔註22〕（宋）李昉：《太平廣記》（三）卷285，「幻術二」，北京：中華書局，2020年，第1887頁。
〔註23〕（清）蒲松齡：《聊齋誌異》卷1，北京：人民文學出版社，1989年，第33～34頁。
〔註24〕（宋）李昉：《太平廣記》（二）卷193，「豪俠一」，北京：中華書局，2020年，第1225～1226頁。

也滿身是血。眾人大駭，術士將童子連接成架，用腳一踢，所殺童子又站起來，毫髮無傷〔註25〕。蒲松齡稱白蓮教也能為此幻術，可見此類幻術在宗教中的影響力。

　　道教中也常見此類幻術。蒲松齡在《勞山道士》篇中載：王生往勞山尋道，一夕歸，見二人與師共酌。因日暮無燈燭，其師剪紙如境黏在牆上，一會就像月亮一樣，照的滿室皆明。一位客人取案上酒壺，一直在倒壺裏酒卻不減少。另一客人稱將呼嫦娥出來歌舞，於是將筷子投到月亮中，不久一美人從光中出，起初只有高不盈尺，等到地面上與人一樣高。美人唱完歌後跳到桌子上又變為筷子〔註26〕。這類借助於工具完成的戲法在清代已經成熟了，蒲松齡在《戲術》篇中也載了作桶戲者，以無底中空之桶，作戲之人拿兩張席子鋪在上面，就可出白米數升；李見田可以在陶人豪不知情的情況下將一窖中六十餘件巨甕搬到三里外的魁星樓，陶人請工人用了三天才搬回來〔註27〕。從中可見，在小說中關於幻術的描寫不僅寫到了幻術本身，如《偷桃》詳細記錄了所觀感，也有帶有傳聞的虛筆。

　　在中國古代小說中這類幻術與想像常結合一處，形成瑰麗的小說文字。如關於月宮桂樹的想像，民間有玉兔搗藥，吳剛砍樹的傳說，但《八仙全傳》中卻載后羿因嫦娥偷吃了不死藥飛舉到月宮，後受魔教人點化飛行之術前往月宮找嫦娥，但卻被月宮之主太陰星君困在娑婆樹下砍樹。娑婆樹砍倒後即會復癒合重生，無休無止，后羿便一直在砍娑婆樹〔註28〕。

第二節　中國古代小說的植物與民俗文化

　　在古代人類繁衍史上，植物佔據重要地位，在人類生活中的衣食住行都與植物密不可分。因此植物也廣泛參與到民俗文化中。「幾乎所有用於製作花環的植物都具有一定的象徵意義」不同地域的植物與民俗文化也相差異遠。

〔註25〕張星烺編：《中西交通史料彙編》第2冊，中華書局，2003年，第651～652頁。

〔註26〕（清）蒲松齡：《聊齋誌異》卷1，北京：人民文學出版社，1989年，第39頁。

〔註27〕（清）蒲松齡：《聊齋誌異》卷3，北京：人民文學出版社，1989年，第297頁。

〔註28〕（清）無垢道人：《八仙全傳》，哈爾濱：北方文藝出版社，2013年，第235～238頁。

一、崇拜與禁忌中的植物

在世界各國的自然崇拜中，植物崇拜是其中極國重要的一部分。古人認為萬物皆有靈性，面對變幻莫測的大自然，他們希望通過自己的虔誠來祈求神秘力量的保佑，達到趨利避害、消災免禍的目的。烏丙安認為在植物崇拜中主要表現在對樹木的崇拜，其次是對花草、穀物的崇拜〔註29〕。《墨子‧明鬼篇》稱古代帝王在建國營都時「必擇木之修茂者立以為叢社」。

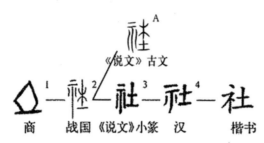

《说文》古文

商　战国《说文》小篆　汉　　楷书

1《甲文编》518頁。2《金文编》16頁。3《说
文》9頁。4《篆隶表》13頁。

在各類植物崇拜中，樹木崇拜影響最廣。戴爾認為「在這個世界上沒有一個地方不對樹充滿特殊的敬意」〔註30〕，如印度崇拜菩提樹、樺樹在歐洲被視為春之樹等。中國古代社稷祭祀之地常有大樹。從上古時期「社」字演變就能形象看出古人對樹木的崇拜。商代「社」字為土上插一木牌，至漢代銅鼎銘文中已形成一木在土上。在古代小說中常可見有關植物崇拜的書寫，如在《山海經》中多次記述了扶桑樹，在《海外東經》載扶桑樹長在湯谷，是十個太陽洗澡的地方，《大荒東經》中又載湯谷這個地方有扶桑樹，一個太陽剛回來，另一個太陽就升起，且都被金烏載著。《大荒東經》中載「大荒之中，有山名孽搖頵羝。上有扶木，柱三百里」〔註31〕，《海內十洲記》中載「樹長者二千丈，大二千餘圍。樹兩兩同根偶生，更相依倚，是以名為扶桑。」〔註32〕可見扶桑樹長得非常高大，而且還經常是「偶生」。魏晉時期小說《搜神記》「湯禱桑

〔註29〕烏丙安：《中國民間信仰》，長春：長春出版社，2014年，第76頁。

〔註30〕〔英〕西斯爾頓‧戴爾著，戴若愚譯：《植物民俗與傳說》，成都：四川人民出版社，2020年，第34頁。

〔註31〕（晉）郭璞注：《山海經》卷十四「大荒東經」，《四庫筆記小說叢書》，上海：上海古籍出版社，1991年，第71頁。

〔註32〕舊題（漢）東方朔：《海內十洲記》，《四庫筆記小說叢書》，上海：上海古籍出版社，1991年，第278頁。

林」條載：商湯戰勝夏之下大旱七年，湯就到桑樹林裏以自己身體為祭品禱告，他剪了指甲、頭髮當作祭品，於是大雨即降〔註33〕。明代時《五雜俎》亦載：「楓、棗二木皆能通神靈，卜卦者多取為式盤式局，以楓木為上，棗心為下，所謂『楓天棗地』是也。」〔註34〕除了對樹木的崇拜，古人對花神的崇拜也屢見不鮮，民間不僅建了花神廟祭祀眾花，還有關於百花的慶典「百花節」，也被稱為「花朝節」。《包公案》中就提到香客眾多的花神廟，王朝和馬漢在外辦案時「見了多少人帶著香袋的，執著花的，不知是往哪裏去。及至問人時，原來花神廟開廟，熱鬧非常」〔註35〕，在《鏡花緣》中就有專門司百花的「百花仙子」，《紅樓夢》裏還記述在芒種節古俗有祭餞花神的習俗。曹公描寫芒種節這一天大觀園的眾女子都很早起來餞花神，「或用花瓣柳枝編成轎馬的，或用綾錦紗羅疊成干旄旌幢的，都用彩線繫了。每一顆樹上，每一枝花上，都繫了這些物事。」〔註36〕在植物崇拜的影響之下，植物在古人生活中也常有帶有禍福象徵意義，古代志怪小說中記錄下這些具有奇幻類的故事，如《搜神記》中「天雨草」條載：漢元帝永光二年（公元前42年）、元始三年（公元3年），天上都下草，是君主信用衰微、賢人遠去的妖兆〔註37〕；「辛螫之木」中載：永嘉六年，無錫縣忽然出現四枝茱萸纏繞在一起，狀如連理枝，結果吳興郡徐馥作亂殺死吳興太守袁琇〔註38〕；「斷槐復立」條載：建昭五年（公元前34年），山陽橐茅社有棵大槐樹，官吏砍斷它之後當夜又在原來的地方立了起來，由此被當作世祖初興的吉兆〔註39〕。在植物崇拜的影響下，植物還被廣泛用於日常裝飾中，如蓮花、靈芝、桃、牡丹、菊花、梅花等廣泛運用於器物、服飾等紋飾中。

〔註33〕（晉）干寶撰，馬銀琴、周廣榮譯注：《搜神記》卷8，北京：中華書局，2010年，第157頁。

〔註34〕（明）謝肇淛：《五雜俎》卷10，濟南：山東人民出版社，2018年，第342頁。

〔註35〕（清）石玉昆：《包公案》，北京：北京十月文藝出版社，1997年，第305頁。

〔註36〕（清）曹雪芹撰，高鶚等：《紅樓夢》第27回，人民文學出版社，1982年，第363頁。

〔註37〕（晉）干寶撰，馬銀琴、周廣榮譯注：《搜神記》卷6，北京：中華書局，2010年，第118頁。

〔註38〕（晉）干寶撰，馬銀琴、周廣榮譯注：《搜神記》卷7，北京：中華書局，2010年，第149頁。

〔註39〕（晉）干寶撰，馬銀琴、周廣榮譯注：《搜神記》卷6，北京：中華書局，2010年，第118～119頁。

楊柳青年畫《蓮笙貴子》

　　由於對植物的崇拜產生敬畏之心，由此就形成忌折傷、砍伐的禁忌。《禮記‧月令》中就載有對樹木的禁忌：孟春之月禁伐樹木，季春之月禁伐桑柘，孟夏之月則禁伐大樹等等。如若違背禁忌就會遭到懲罰報應，如《搜神記》中「樹出血」條載曹操在洛陽建始殿時，伐樹時樹出血，不久曹操就生病了，當月就去世了〔註40〕。樹崇拜帶來的禁忌出現在很多國家，如歐洲也有砍樹流血的傳說，如雅各布‧格林的《德國神話》中就載有砍伐赤楊樹時，樹就在流血、哭泣，且開口求饒。英國南部郡盛行 10 月 10 日不能採黑莓，因為黑莓在那天都被魔鬼吐了口水，人吃了就要遭殃〔註41〕。《博物志》中還將「食忌」列為專條，提到人畜在食用植物時的益處與禁忌，其中有合乎科學的，如人吃豆三年則身重行難，吃榆就會睡了難醒，吃麥子則力氣大，喝煮了的茶則令人睡得少。也有完全不合乎科學的，如「食燕麥令人骨節斷解」〔註42〕。古代筆記小

〔註40〕（晉）干寶撰，馬銀琴、周廣榮譯注：《搜神記》卷 6，北京：中華書局，2010年，第 135 頁。

〔註41〕〔英〕西斯爾頓‧戴爾：《植物民俗與傳說》，成都：四川人民出版社，2020 年，第 78～79 頁。

〔註42〕（晉）張華：《博物志》卷 4，北京：萬卷出版公司，2019 年，第 91～93 頁。

說中對植物禁忌的描寫在於古人對生活中的總結，這些禁忌在各類醫學著述中也可能見到，如孫思邈的《千金方》中有「食治方」其中就分列有果實、菜蔬、穀米各條，清代元簡《金匱玉函要略輯義》中也專列有「果實菜穀禁忌並治」條目，如「桃子多食令人熱」、「杏仁有毒，半生半熟，皆能害人」。《續博物志》載海中庭朔山上有桃木，枝條盤曲三千里，在其枝東北為鬼門，是萬鬼出入之地。「荼與鬱壘居其門，執葦索以食鬼。故十有二月歲意臘之夜，遂以荼壘並掛葦索於門」〔註43〕。

古人從對植物的本身禁忌又發展到生活中各類與植物相關的禁忌。古代小說中描寫各類植物的禁忌林林總總，如《續博物志》載不同月份食物中對植物的禁忌：「正月不食生蔥，三月忽食小蒜，四月勿食大蒜，五月勿食薤，六月七月勿食茱萸成血痢，八九月勿食薑……十月勿食椒」〔註44〕。中國古代小說中還利用植物禁忌來凸顯筆下植物的神奇之處，如《西遊記》中與人參果就有諸多禁忌。人參果與西王母的蟠桃齊名，在開天闢地之時就長出，且開花、結果、成熟的每一個生長週期都需要三千年「似這萬年，只結得三十個果子」。有緣之人聞聞果子的氣味就能活到三百六十歲，若吃到一個就能活到四萬七千歲。但人參果的卻有諸般禁忌：一是遇金而落，所以摘的時候必須要用金擊子才能打落；二是遇木而枯，遇水而化，因此吃得時候必須要用瓷器加清水化開食用，若碰到木器立即枯萎了；遇火即焦，遇土而入，所以悟空去偷人參果時，用金擊子打了一個下來就不見了。且摘下來就要服用，若放多時就僵了，也不能吃。

二、祈福與辟邪中的植物

在自然萬物中，人類的能力非常有限。古人與自然抗爭中產生了萬物崇拜，他們希望通過向各類神明祈福的方式求得諸事順利，也希望通過神靈消除生活中不可遇見的災難。自然界的各類植物也成為祈福避害的寄託。

一些稀有植物常視為是上天喻示祥瑞的象徵，如自漢代以來有靈芝出現必「設宴慶賀，或寫詩賦，或上表歌功頌德」。宋徽宗政和七年（1117）向各地徵獻靈芝。因此詩人以芝、蘭比喻美好的事物，如唐陳彥博《恩賜魏文貞公諸孫舊第以導直臣》：「雨露新恩□，芝蘭故里春。」古代小說中一方面記

〔註43〕　（宋）李石：《續博物志》，卷5，北京：中國書店影印本，2019年，第163頁。
〔註44〕　（宋）李石：《續博物志》，卷7，北京：中國書店影印本，2019年，第179頁。

錄了古人以植物祈福的風俗，如《續博物志》就載有婦女佩帶諼草以希望多子嗣，「諼草一名鹿蔥，花名宜男。《風土記》云姙婦佩其花生男也」〔註45〕。另一方面也記錄了古人生活中常融入各類植物寓意，如送桃子給老人有增福添壽之義。但也有一些文人獨闢蹊徑自己賦予植物新意，如《堅瓠集》中載陶集曾畫葡萄一幅給楊一清祝壽，並題詩「枝頭剩有千千顆，一顆期公壽一年」〔註46〕。葡萄在祝壽中很少見，但陶集通過題詩讓葡萄也具有了添壽的寓意。

古人還有很多與植物相關的禳災習俗，如「踏百草」（亦作「蹋百草」），傳說踩踏百草露水，可以祛毒去熱，「陽春二三月，相將蹋百草」（《樂府詩集‧清商曲辭六‧江陵樂三》）。這些禳災習俗起源於原始社會中的巫術，又經後世佛、道二家再次推進。干寶《搜神記》中的《秦公鬥樹神》中秦公鬥敗樹神之法是：「使三百人被髮，以朱絲繞樹，赭衣，灰坌」〔註47〕，小說中所描寫的「被髮、繞紅線、赭衣、撒灰」等形象已與後世小說中所描寫道士驅妖魔非常相似。古代小說中記錄了眾多有關利用植物辟邪的內容，如有關桃木、艾草、柳樹等祛邪的習俗：

（一）桃木辟邪

桃木在民間具有壓邪氣、御百鬼的威力。在古代小說中，桃樹在《山海經》所收錄的」夸父追日」的神話中就已出現，夸父追日最後渴死，死前手中所執的杖化為一片桃林。《淮南子‧詮言》說：「羿死於桃口」。東漢許慎注：「口，大杖，以桃木為之，以擊殺羿，由是以來鬼畏桃也」。傳說后羿善射，逢蒙拜后羿為師，但在藝成卻在后羿身後舉桃木大棒將他砸死。后羿死後就做了群鬼之首，因而在民間想像后羿畏桃木，群鬼自然更怕桃木。「桃根為印可召鬼」〔註48〕。「千門萬戶曈曈日，總把新桃換舊符」（王安石《元日》）。據《夢粱錄》記載：「歲旦在邇，席鋪百貨，畫門神桃符，迎春牌兒」；「士庶家不論大小，俱灑掃門閭，去塵穢，淨庭戶，換門神，掛鐘馗，釘桃符，貼春牌，祭祀祖宗」。

〔註45〕（宋）李石：《續博物志》，卷5，北京：中國書店影印本，2019年，第171頁。

〔註46〕（清）褚人獲輯撰，李夢生校點：《堅瓠集》，上海古籍出版社，2012年，第25頁。

〔註47〕（晉）干寶撰，馬銀琴、周廣榮譯注：《搜神記》卷18，北京：中華書局，2010年，第334頁。

〔註48〕（宋）李石：《續博物志》，卷9，中國書店影印本，2019年版，第220頁。

在古代小說中，道家驅除邪魅都使用桃木劍，如《封神演義》中稱中子在紂王消宮中除妖氣時用的就是桃木劍。《太平御覽》中稱：「《典術》曰：桃者，五木之精也，故壓伏邪氣者也。桃之精生在鬼門，制百鬼。故今作桃人梗著門以厭邪。此仙木也。」〔註49〕在《夷堅乙志》中「司命真君」條載桃符厭勝：「公到家日，取門上桃符，親用利刃所碎，以淨籃貯之。至夕二更，令人去家一里外，於東南方穴地三尺埋之。」《太平廣記》中還載人見桃符的情形：唐玄宗想試試明崇儼法術，就令歌妓到地窖裏奏樂，並召來崇儼說此地常聽樂聲，似有不祥，問崇儼能否制止。崇儼就畫了兩個桃符釘在地窖上，弦聲嘎然即止。玄宗召來歌妓問因由，歌妓稱因叫兩個龍頭張口向下，大家嚇得不敢奏樂。在「東岩寺僧」條又載：呂諲之女被胡僧用法術攝走，崔簡行符術追回。呂諲之女被一個豬頭人身的怪物背了回來，但一直昏然如睡，崔簡令取井水做桃湯給她洗一洗就能醒來〔註50〕。李時珍在《本草綱目》中寫到「桃味辛氣惡，故能厭邪氣」。可見桃木避邪有一定的醫學道理，是古人在生活中長期實踐積累的民間經驗。

（二）艾草驅邪

艾草在《詩經》中就出現，在端午節家家都有懸掛艾草的習俗，此外古人還常用它來占卜以保佑家人的吉祥平安。端午時值仲夏，正值各類皮膚病發作時期，需要用艾來驅毒辟邪。據晉代周處的《風土記》載，端午節「艾虎」的習俗：將艾紮為虎形，或是用彩布剪成小虎的形狀再貼上艾葉草貼上去。女子在端午節這一天將「艾虎」別在頭髮上，男子則將之佩戴在胸前或掛在腰間。之後這一習俗又加入菖蒲，即將菖蒲紮為人形，或是劍形，稱為「蒲劍」。《風土記》中稱這種習俗是為了「驅邪卻鬼」。《荊楚歲時記》中也載有端午節掛艾草的習俗，「雞未鳴時，採艾似人形者，攬而取之，收以灸病，甚驗。是日採艾為人形，懸於戶上，以攘毒氣」。艾草又被稱為艾蒿，多年生草本植物，有濃烈香氣，根本粗長，有去濕、散寒、止血、消炎等功效。這裡紮為虎形、人形就用於辟邪作用。

〔註49〕（宋）李昉：《太平御覽》卷 967，果部 4，中華書局，1985 年，第 4289 頁。
〔註50〕（宋）李昉：《太平廣記》（二）卷 285，「幻術二」，北京：中華書局，2020 年，第 1889～1890 頁。

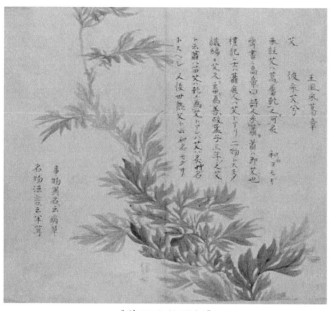

《詩經名物圖解》

（三）柳樹祛邪

　　觀音手持淨瓶與楊柳枝造像在隋唐時期就出現，被稱為「楊柳觀音」，這一形象也是千手觀音四十手持物之一。觀音淨瓶內所盛為楊柳枝甘露。觀音手中的楊柳枝有潔淨、祛邪魅的功能，《太平廣記》中載韋參軍上任途經開封縣，開封縣令母親被狐魅纏身，術士不能治。隨後觀音「以柳枝灑水於身上。須臾，有老白狐自床而下，徐行至縣橋，然後不見。」〔註51〕柳條成在印度本土就與佛教結緣，《隋書·真臘傳》載：「每旦澡洗，以楊枝淨齒，讀誦經咒」。東晉《法顯傳》寫法顯遊歷印度北部拘薩羅國的古都：「出沙祇城南門，道東，佛本在此嚼楊枝，刺土中，即生長七尺，不增不減。」在佛教中楊柳枝有祛除病魔、起死回死的作用。梁代釋慧皎《高僧傳》中載衡陽太守滕永文雙腳攣屈不能行，天竺僧人耆域往視「取淨水一杯，楊柳一枝，便以楊枝拂水，舉手向永文而咒，如此者三。因以手溺永文膝，令起。即時起，行步如故。」在《西遊記》中悟空因踢倒人參果樹闖下大禍，最後由觀音菩薩手持楊柳枝灑下甘露人參果樹又成活如新，之前因悟空誤打落入土中的人參果也重新回到枝頭。《聊齋誌異·湯公》寫其病重彌留時魂靈進入華殿中見到菩薩「螺髻莊嚴，金容滿

〔註51〕（宋）李昉：《太平廣記》（四）卷450，「狐四」，北京：中華書局，2020年，第3041頁。

月；瓶浸楊柳，翠碧垂煙」，就懇求菩薩救贖，但其真身已腐爛，尊者建議「撮土可以為肉，折柳可以為骨」，後來菩薩「手斷柳枝，傾瓶中水，合淨土為泥，拍附公體」，湯公才得以回神轉世〔註52〕。〔註53〕另如《楊家將演義》第三十八回中載番兵設迷魂陣讓楊家諸將折兵損將束手無策，楊宗保按道家天書：「要小兒四十九個，各執楊柳枝，打散妖婦三魂七魄。」於是找來四十九名童子各執柳枝，「四十九個小兒手執柳條，迎風而來，妖氛輒散」〔註54〕。可知柳枝能掃除邪魅。

　　古代小說中記載可以避邪類植物還有很多，如《續齊諧記》載：端午節那天楚人拿竹筒裝大米投在水裏祭祀屈原。在漢朝建武年間，長沙人區曲忽然看到一個人自稱是「三閭大夫」說，每年所祭之物都被蛟龍偷去了，下次若是還投祭品「當以楝葉塞其上，以彩絲纏之。此二物，蛟龍所憚。」於是五月初五作粽子裏，就用楝葉、五花絲纏繞。

三、禮儀與節日中的植物

　　禮儀是人類生活中約定俗成形成的行為規範。東漢許慎《說文解字》中稱「禮」：「履也，所以事神致福也從示從豐，豐亦聲」，意即履行約定的事侍奉神靈以求得賜福。郭沫若在《十批判書》中指出：「禮之起，起於祀神，其後擴展而為人，更其後而為吉、凶、軍、賓、嘉等多種儀制。」可知中國禮儀源起於祭祀，後又由祀神至生活中重大事件。中古代祭祀中就常用到植物，在其後的禮儀與節慶中植物更是廣泛出現，如春節用桃符，清明節踏青，端午掛艾草、吃粽子，重陽節插茱萸、飲菊花酒等等。其他民族的節日裏也有通過植物達到避邪的目的，如德國在仲夏夜有燒舊掃帚的習俗，以此破除女巫的魔咒；英國聖誕節前夜聖約翰草、綠樺木、紫景天、白百合一起放在門上；法國農民在聖誕節前夜也用聖約翰草可以驅散各種邪靈等〔註55〕。

　　婚喪在古代最重要禮儀，《酉陽雜俎》載有婚喪中的植物使用，如漢朝時

〔註52〕（清）蒲松齡：《聊齋誌異》卷3，北京：人民文學出版社，1989年，第322～323頁。
〔註53〕（唐）段成式著，曾雪梅校釋：《酉陽雜俎校釋》，濟南：山東人民出版社，2018年，第3頁。
〔註54〕（清）熊大木編撰：《楊家將傳》，北京：華夏出版社，1995年，第131頁。
〔註55〕〔英〕西斯爾頓·戴爾：《植物民俗與傳說》，成都：四川人民出版社，2020年，第63、65～66頁。

的去世者的牌位需要覆蓋「桔木皮」，還要以「綿絮」蒙上。唐代婚禮中納采必須要用「九事」：「有合歡、嘉禾、阿膠、九子蒲、朱葦、雙石、綿絮、長命縷、乾漆。」〔註56〕其中大部分都是植物類的，在婚聘中使用是用來寓意美好的婚姻，如合歡一直被視為愛情的象徵，而嘉禾指果實飽滿的稻子，象徵祥瑞，《宋書·符瑞志》稱：「嘉禾，五穀之長，王者德盛，則二苗共秀。於周德，三苗共穗；於商德，同本異穟；於夏德，異本同秀。」《三國演義·第八十回》：「自魏王即位以來，麒麟降生，鳳凰來儀，黃龍出現，嘉禾蔚生，甘露下降。」〔註57〕九子蒲是蒲草的一種，喻意多子等等。「正月望祭門，先以楊柳枝插門，隨楊柳枝所指，以酒脯飲食及豆粥插箸祭之。」〔註58〕如果不瞭解植物的文化內涵則根本無法理解小說家在文中的所指，如《紅樓夢》中提到婚俗中「吃檳榔」的習俗文化，小說第六十四回中賈璉與尤二姐調情，稱自己忘記帶檳榔包，「妹妹有檳榔，賞我一口吃。」尤二姐卻稱：「檳榔倒有，就只是我的檳榔從來不給人吃。」在這裡賈璉與尤二姐二人便是通過檳榔的植物寓意來隱含表達情事。檳榔生長在嶺南地區，早在兩漢時期就南民眾就有「啖檳榔」的習俗，因為嶺南地區地處濕熱地帶，瘴氣多，而檳榔果則有下氣、消食、殺蟲、除瘴的功能。《金樓子》中《雜記篇》記載：

> 劉穆之居京下，家貧，其妻江嗣女，穆之好往妻兄家乞食，每為妻兄所辱，穆之不以為恥。一日往妻家，食畢，求檳榔。江氏弟戲之曰「檳榔本以消食，君常饑，何忽須此物？」後穆之為宋武佐命，及為丹陽尹，乃召妻兄弟，設盛饌，勸酒令醉，言語致飲。座席將畢，令府人以金柈貯檳榔一斛，曰：「此日以為口實」。客因此而退。〔註59〕

嶺南民眾嚼食檳榔時最初在於檳榔的藥用價值，而時而久之則成為一種習俗，至唐宋時期則成為一種飲食風尚，「客至，不設茶，唯以檳榔為禮」〔註60〕。

〔註56〕（唐）段成式著，曾雪梅校釋：《酉陽雜俎校釋》，濟南：山東人民出版社，2018年，第 7、9～10 頁。

〔註57〕（明）羅貫中：《三國演義》第 80 回，北京：人民文學出版社，1979 年，第683 頁。

〔註58〕（宋）李石：《續博物志》，卷 5，北京：中國書店影印本，2019 年，第 160 頁。

〔註59〕（南北朝）蕭繹撰，許逸民校箋：《金樓子校箋》卷 9，北京：中華書局，2011年，第 1230 頁。

〔註60〕（宋）周去非撰，楊武群點校：《嶺外代答》，北京：中華書局，1999 年，第235～236 頁。

唐朝時期時任廣州司馬的劉恂在《嶺表錄異》中記載嶺南地區民眾都喜「啖檳榔」〔註61〕，至明清時期因「人事往來以傳遞檳榔為禮」〔註62〕。檳榔雖然「性不耐霜，不得北植」只能生長在嶺南濕熱之地，但在宋代時期就已成為貢品向朝廷進貢，文人作品也經常出現檳榔的身影，如蘇軾《食檳榔》中有「牛舌不餉人，一斛肯多與。」由於明清時期檳榔文化的發展形成了各種檳榔的吃法與習俗文化。賈璉所稱的「檳榔包」即是為了方便攜帶檳榔而出現的習俗之一，《紅樓夢》第八十二回中又再次出現了「檳榔包」，襲人在寶玉上學之後得了點閒空就開始做些活計，「拿著針線要繡個檳榔荷包兒」。屈大均的《廣東新語》中曾詳細描繪過「檳榔包」：「廣人喜食檳榔。……包以龍鬚草織成，大小相函。廣三寸許，四物悉貯其中，隨身不離。是曰檳榔包。以富川所織者為貴，金渡村織者次之，其草有精粗之故也。」〔註63〕在嶺南地區，檳榔廣泛地用於各類人際交往等社交活動中，出現「以檳榔為禮」的禮儀文化。在婚禮中，檳榔是最為重要的「禮果」之一，被用來招待婚族中的貴客「婚族客必先進」〔註64〕。因為「檳榔」與「賓郎」諧音，「檳字從賓，榔字從郎，言女賓於郎之義也」，因此如果女子接受了男方所送的檳榔即表示接受了男子的提親，就要「終身弗貳」。在《紅樓夢》中賈璉與尤二姐借著談論檳榔在隱含表達嫁娶之意。

植物在各種節日習俗上經常出現，小說在描寫人物、環境時也必須要將這類習俗形之筆端。上巳節用蘭草沐浴習俗。上巳節俗稱三月三，這一日古人有踏青出遊、洗沐祓禊的習俗。這一習俗或源起於蘭湯辟邪的巫術，因蘭草在古代被視為靈物，香氣襲人。古人在祭神儀式之前須齋戒沐浴，這時就放入蘭草洗除穢氣。杜甫在《麗人行》一詩中描繪了唐朝時期上巳節遊人踏青祓禊的盛況：「三月三日天氣新，長安水邊多麗人」。《詩經》中還記有這一日男女會互贈芍藥來表達愛意：「維士與女，伊其將謔，贈之以勺藥。」（《鄭風·溱洧》）

〔註61〕（唐）劉恂撰，魯迅，校補：《嶺錄異補遺失》，《歷代嶺南筆記八種》，廣州：廣東人民出版社，2011 年，第 82 頁。

〔註62〕（清）阮元：《廣東通志》卷 93，輿地略十一·風俗二，北京：商務印書館影印本，1934 年。

〔註63〕（清）屈大均：《廣東新語》，北京：中華書局，1985 年，第 457 頁。

〔註64〕（晉）嵇含撰，魯迅、偉群點校：《南方草木狀》，《歷代嶺南筆記八種》，廣州：廣東人民出版社，2011 年，第 19 頁。

　　寒食、清明節戴柳插柳的習俗。梁宗懍《荊楚歲時記》載：「江淮間寒食日，家家折柳插門。今州里風俗，望日祭門，先以楊柳枝插門，隨枝所指，以酒鋪飲食祭之。」周清源《西湖二集》卷十四有：「清明前兩日名為『寒食』，杭州風俗，清明日人家屋簷都插柳枝，青蒨可愛，男女盡將柳枝戴在頭上。又有兩句俗語道得好：『清明不戴柳，紅顏成皓首。』小孩子差讀了道：『清明不戴柳，死去變黃狗。』甚為可笑。」〔註65〕周密《武林舊事》卷三亦言：「清明前三日為寒食節，都城人家，皆插柳滿簷」。三月初柳枝嫩綠，戴在頭上青蔥可愛，因此男女會編織柳條戴在頭上。寒食清明戴柳插柳主要還在於柳樹的辟邪功能，唐代《酉陽雜俎》前集卷一即稱：「三月三日，賜侍臣細柳圈，言戴之免蠆毒。」

《麗人行》──李公麟（宋代）

　　端午節掛草蒲、艾葉、吃粽子。踏百草也是其中重要的民俗活動。梁代宗懍的《荊楚歲時記》載：「五月五日，謂之浴蘭節。荊楚人並踏百草，又有鬥百草之戲。」踏百草是古人一種禳災習俗，古人認為踩踏百草上的露水，便可以祛毒去熱。《樂府詩集‧清商曲辭六‧江陵樂三》：「陽春二三月，相將踏百草。」在《紅樓夢》中也記載了眾多有關端午的習俗，第24回中，因為端陽節有佩帶香囊的習俗，而做香囊的材料需要香料，賈芸便想向王熙鳳謀取採買香料藥餌的差事。第31回中寫到端午習俗，「這日正是端陽佳節，蒲艾簪門，虎符繫臂。」「蒲」是菖蒲，「艾」是艾草，將菖蒲插在門上，有驅邪、辟邪之意。」還將吃粽子融入人物塑造中。晴雯與寶玉因為扇子起了風波，襲人等人相勸無益，黛玉這裡恰好趕到怡紅院，她並沒有像襲人等人前去勸解，而是說了一句：「大節下怎麼好好的哭起來？難道是為爭粽子吃爭惱了不成？」巧妙地利用端午節吃粽子的習俗來調解矛盾為眾人解圍，又點出節日裏應該吃粽子歡歡喜喜過節。一句玩笑話將黛玉的蘭心惠質點了出來。

〔註65〕（明）周清源：《西湖二集》，人民文學出版社，1989年，第237頁。

重陽節有登高佩帶茱萸、菊花的習俗。晉代周處的《風土記》載九月九「折茱萸房以插頭」為了除惡氣御初寒。關於這一習俗的源起，《續齊諧記》中載是從桓景一家以此避邪開始：汝南桓景一直跟隨費長房遊學，忽然有一天費長房對他說：「九月九日，汝家中當有災。宜急去，令家人各作絳囊，盛茱萸，以繫臂，登高飲菊花酒，此禍可除。」桓景返家後依言行事，攜家登山。到傍晚回家後，看見家中的雞犬牛羊全部死了。「今世人九日登高飲酒，婦人帶茱萸囊，蓋始於此。」曆五月五，天氣炎熱，各種蟲害，流行病盛行，人們將艾草懸掛在大門口，抵擋瘟疫的侵襲。古人佩戴菊花，「塵世難逢開口笑，菊花須插滿頭歸」（杜牧《九日齊山登高》）

除了重要節日中有與植物相關的風俗，各地區還有各自不同與植物相關的習俗，如《紅樓夢》中閨閣有過「芒種節」的風俗：凡交芒種節的這日，都要設擺各色禮物，祭餞花神，言芒種一過，便是夏日了，眾花皆卸，花神退位，須要餞行。大觀園中的眾女或用花瓣柳枝編成轎馬的，或用綾錦紗羅疊成干旄旌幢的，都用彩線繫了。每一顆樹上，每一枝花上，都繫了這些物事。滿園裏繡帶飄颻，花枝招展。《續齊諧記》中載：鄧紹八月入華山採藥時看見一個童子拿著五彩囊接柏葉上的露水，不一會就收了一滿囊。就覺得奇怪問童子露珠的用途，童子說是赤松先生取來明目的，說完就不見了。於是民間有八月做眼明袋的習俗。

四、遊戲與娛樂中的植物

在古代的遊藝文化中有多種，如《韓湘子全傳》中兩個當差欲給韓湘子解悶說：「蒲牌、鬥草、打雙陸、下象棋、綽紙牌、斗六張、擲骰子、蹴氣毬，都是解得悶。」〔註66〕其中「鬥草」便是與植物相關的娛樂活動。鬥草又被稱為鬥百草作為中國民間流行的一種遊戲，原屬於端午節民俗。《年華記麗》：「端午結廬蓄藥，鬥百草，纏五絲。」到了唐代，鬥草便帶有一種「賭」的色彩廣泛流傳，唐人鬥草的方式大概有兩種：一種是比試草莖的韌性，方法是草莖相交結，兩人各持己端向後拉扯。以斷者為負，這種可以稱之為「武鬥」；另外一種則是採摘花草，互相比試誰採的花草種類最多，這就是「文鬥」。唐詩中就有眾有民間鬥百草的記錄，如李白在詞《清平樂》中道：「百草巧求花下鬥，

〔註66〕（明）楊爾曾編撰：《韓湘子全傳》，上海：上海古籍出版社，1990年，第45頁。

只賭珠璣滿斗。」李商隱《代應二首》中稱：「昨夜雙溝敗，今朝百草輸。」
王建《宮詞》中也有吟詠鬥草遊戲的情狀：「水中芹葉土中花，拾得還將避眾
家，總待別人般數盡，袖中拈出鬱金芽」。唐朝以降鬥百草逐漸成為婦女和孩
童之間流行的遊戲活動，「弄塵或鬥草，盡日樂嬉嬉」（白居易《觀兒戲》）、「閒
來鬥百草，度日不成妝」（崔顥《王家少婦》）、「牛兒小，牛女少，拋牛沙上
鬥百草」（貫休《春野作》）。

民間鬥百草習俗描寫在小說中也有詳細記載，如《鏡花緣》中描寫了百花
仙降謫凡間後所託生眾女子在百藥圃裏鬥草，正忙著採花折草的「鬥草」，紫
芝卻因藥圃都是千里移來，且有一些外國之種，甚得可惜就上前去制止稱：「這
鬥草之戲，雖是我們閨閣一件韻事……必須脫了舊套，另出新奇鬥法，才覺有
趣。」於是別出心裁想到不想傷害植物新的鬥草方式，即以花草果木的名稱來
對：「不在草之多寡，並且也不折草……莫若大家隨便說一花草名或果木名，
依著字面對去，倒覺生動。』」〔註67〕從小說中鬥百草的習俗中可知鬥百草並
非僅僅是鬥草類植物，還包括鬥花、果類。在唐朝時鬥花還與鬥草分別列出，
如五代王仁裕《開元天寶遺事》「鬥花」條云：「長安士女，春時鬥花，戴插以
奇花多者為勝，皆用千金市名花植於庭苑中，以備春時之鬥也。」〔註68〕這裡
的鬥花是將花朵插戴在頭上來爭奇鬥豔。《紅樓夢》六十二回中有關於「鬥草」
中則花、草、果實都可見：

> 外面小螺和香菱、芳官、蕊官、藕官、豆官等四五個人，都滿
> 園玩了一回，大家採了些花草來兜著，坐在花草堆裏鬥草。這一個
> 說：「我有觀音柳。」那一個說：「我有羅漢松。」那一個又說：「我
> 有君子竹。」這一個又說：「我有美人蕉。」這個又說：「我有星星
> 翠。」那個又說：「我有月月紅。」這個又說：「我有《牡丹亭》上的
> 牡丹花。」那個又說：「我有《琵琶記》裏的枇杷果。」豆官便說：
> 「我有姐妹花。」眾人沒了，香菱便說：「我有夫妻蕙。」〔註69〕

〔註67〕（清）李汝珍：《鏡花緣》第76回，北京：人民文學出版社，2020年，第585
頁。

〔註68〕（唐）王裕仁：《開元天寶遺事》，《唐五代筆記小說大觀》，上海：上海古籍出
版社，2000年，第1743頁。

〔註69〕（清）曹雪芹撰，高鶚等：《紅樓夢》第62回，北京：人民文學出版社，1982
年，第859～860頁。

小說描寫了大觀園裏女孩子採來花草鬥草的情形，其中既有樹木類的葉子，如觀音柳、羅漢松都是木本科，還有禾本科的竹子，而牡丹花、月月紅、美人蕉又是花類，枇杷果則又是果實類。可見古代文人在鬥草時並非僅僅是鬥草類植物，而是各類能找到的植物葉子、花朵、果實類。

《漢宮春曉圖》局部・鬥百草——仇英（明代）

古人不僅鬥草，在日常娛樂中還有鬥茶、鬥瓜遊戲，如《五雜俎》載：「昔人喜鬥茶，故稱『茗戰』。錢氏子弟取雪上瓜，各言子之的數，剖之以觀勝負，謂之『瓜戰』。然茗猶堪戰，瓜則俗矣。」〔註70〕鬥茶始於唐，盛於宋，以茶的優劣來評定高下，鬥茶內容包括鬥茶品、鬥茶令、茶百戲。鬥茶者各取所藏好茶，輪流烹煮，品評分高下。古人鬥茶，多者十幾人共鬥，少者兩人捉對「廝殺」，三斗二勝。鬥茶在清明節前後新茶初出時尤甚。在文學作品中也不乏對鬥茶的記載，宋代文人講究生活中的雅趣，鬥茶之風盛行，范仲淹《和章岷從事鬥茶歌》中有：「北苑將期獻天子，林下雄豪先鬥美。」蘇軾《荔枝歎》也

〔註70〕（明）謝肇淛：《五雜俎》卷10，濟南：山東人民出版社，2018年，第370～371頁。

說：「君不見武夷溪邊粟粒芽，前丁（渭）後蔡（襄）相籠加，爭新買寵各出意，今年鬥品充官茶。」唐庚在《鬥茶記》詳細記述了自己參加鬥茶時的情形：「政和二年（1112年）三月壬戌，二三君子相與鬥茶於寄傲齋。予為取龍塘水烹之，而第其品。以某為上，某次之。」宋代傳奇小說《梅妃傳》裏記載了梅妃與唐玄宗鬥茶之事。梅妃為福建莆田人，在楊貴妃未進宮時專寵於唐玄宗。當唐玄宗與梅妃鬥茶時，梅妃勝，玄宗對諸王戲稱其為「梅精」，梅妃應聲答：「草木之戲，誤勝陛下。設使調和四海，烹飪鼎鼐，萬乘自有憲法，賤妾何能較勝負也。」唐玄宗聽後大悅。從鬥茶中可見梅妃不僅是位鬥茶的行家，還是心思敏捷擅於言說的高手。

《鬥茶圖》局部——趙孟頫（宋代）

　　古人猜枚遊戲中也常用到植物果實，如瓜子、蓮子等。猜枚就是將瓜子、蓮子或黑白棋子等一些小對象握在手心裏，讓別人猜單雙、數目或顏色，猜中者為勝，不中者罰飲。元代姚文奐的《竹枝詞》中便提到過柳州時用蓮子猜拳

的情形：「曉涼船過柳洲東，荷花香裏偶相逢；剝將蓮子猜拳子，玉手雙開不賭空。」古代小說中也對猜枚遊戲有描寫，《金瓶梅》中時值元宵節時李瓶兒與西門慶二人行酒猜枚，「李瓶兒同西門慶猜枚，吃了一會，又拿一副三十二扇象牙牌兒，桌上鋪茜紅苫條，兩個抹牌飲酒。」〔註71〕在《紅樓夢》第23回中寫元春省親之後，賈府中諸姐妹和寶玉一起住了進去。眾姐妹和寶玉住進大觀園之後每日裏或讀書寫字、彈琴下棋：「低吟悄唱，拆字猜枚，無所不至，倒也十分快意。」

　　古人擊鼓傳花遊戲中常以花作為道具，在遊戲中或數人、數十人圍成圓圈，另有一人背對或蒙著眼擊鼓，隨著鼓響眾人依次傳花，直至鼓停為止，花落在誰手中就需要按照事前的遊戲規則或說笑話、猜謎等。《紅樓夢》第54回中記述了榮國府元宵夜宴中「擊鼓傳梅」的遊戲：

> 　　當下賈蓉夫妻二人捧酒一巡，鳳姐兒因見賈母十分高興，便笑道：「趁著女先兒們在這裡，不如叫他們擊鼓，咱們傳梅，行一個『春喜上眉梢』的令如何？」賈母笑道：「這是個好令，正對時對景。」忙命人取了一面黑漆銅釘花腔令鼓來，與女先兒們擊著，席上取了一枝紅梅。賈母笑道：「到了誰手裏住了鼓，吃一杯。也要說些什麼才好？」鳳姐兒笑道：「依我說，誰像老祖宗要什麼有什麼呢？我們這不會的，不沒意思嗎？怎麼能雅俗共賞才好。不如誰住了，誰說個笑話兒罷。」

花落到了誰手裏，不僅是被罰酒還需要說個笑話，體現了其中的雅趣。賈母的「孫行者撒尿」非常「對景」地開了鳳姐的玩笑、王熙鳳的「聾子放炮仗」則在逗樂大家時候也貼心地考慮到賈母需要早休息。

　　由於植物與古人生活息息相關，他們不僅在日常飲食起居中離不開各類植物，也將植物融入到精神世界中，在歲時節令中、在遊戲中等都可見古人利用的各種植物，由此還產生了對植物的崇拜與禁忌等等。

〔註71〕（明）蘭陵笑笑生著，陶慕寧校注：《金瓶梅詞話》第16回，北京：人民文學出版社，2000年，第173頁。

結　語

　　中國古代小說中詳盡直觀地反映了古人社會生活中所融入的各式各樣的植物。這些植物既有以原貌出現，如食用類植物、藥用類植物等，也有附載以人類情感的形式出現，如宗教類植物，更有以想像類的形式出現，如各類神秘的虛擬植物。中國古代小說中的植物文化將呈現出古人的生活狀況與精神世界，也反映小說家們內心對生活的渴望與想像。在中國古代小說中，植物的描寫包羅萬象，它們還成為小說情節進展的伏筆與線索、人物形象塑造中不可缺少的元素以及文人寄情達意的工具。中國古代小說中的植物文化書寫影響甚廣，不僅與古典詩詞典賦有相關呼應，其中的植物描寫傳統也延續到中國現當代小說中。從張愛玲小說中紅透的芍藥、蕭紅筆下的黃瓜藤蔓到莫言的高粱地、蘇童筆下的香椿樹街，植物成為現當代小說與古代小說遙相聯繫的意象紐帶，將小說家內心深處的情感真實反映出來，它們成為小說家們內心的一種嚮往與寄託。其實不僅東方文學對植物進行關照，西方文學創作者也同樣注目於文學中的植物書寫。西方小說家們在樸素主義自然觀的思維之中也在小說書寫中描繪了眾多的植物。他們筆下的植物常被置於與現代文明制度的對立面，借助於植物，他們表達出一種對自然的嚮往、對人類本性的探尋。東西方文學中同一植物的不同意象以及不同的書寫方式也形成極有趣味的話題。在古代小說中對植物描寫用汗牛充棟也不為過，在小說中植物是人們生存處境的見證，植物又有著生命和語言，它們以自己的方式生活在小說中。不僅中國古代小說，現當代小說乃至西方整個文學領域，植物幾乎是遍地開花。本文中僅能挑選一二，作為拋磚引玉之說，更多的精彩還等待讀者朋友進一步去挖掘。

參考文獻

一、著作類

（一）古籍

1. （清）阮元：《廣東通志》，北京：商務印書館影印本，1934 年。

2. （明）吳承恩：《西遊記》，北京：人民文學出版社，1955 年。

3. （宋）朱熹：《詩集傳》，上海：上海古籍出版社，1958 年。

4. （漢）班固撰，顏師古注：《漢書》，北京：中華書局，1962 年。

5. （南朝梁）蕭子顯：《南齊書》，北京：中華書局，1972 年。

6. （明）羅貫中：《三國演義》，北京：人民文學出版社，1979 年。

7. （晉）張華：《博物志》，北京：中華書局，1980 年。

8. （清）曹雪芹、高鶚等：《紅樓夢》，北京：人民文學出版社，1982 年。

9. （南北朝）賈思勰著，繆啟愉校釋：《齊民要術校釋》，北京：農業出版社，1982 年。

10. （清）曹雪芹、高鶚等：《紅樓夢》，北京：人民文學出版社，1982 年。

11. （宋）洪邁：《夷堅志》，《筆記小說大觀》第 2 冊，揚州：廣陵古籍刻印，1983 年。

12. （宋）李昉：《太平御覽》，北京：中華書局，1985 年。

13. （清）吟梅山人撰，李申點校：《蘭花夢傳奇》，長沙：嶽麓書社，1985 年。

14. （清）屈大均：《廣東新語》，北京：中華書局，1985 年。

15. （清）蒲松齡：《聊齋誌異》，北京：人民文學出版社，1989 年。

16.（明）周清源：《西湖二集》，北京：人民文學出版社，1989 年。

17.（明）洪楩輯，石昌渝校點：《清平山堂話本》，南京：江蘇古籍出版社，1990 年。

18.（明）楊爾曾編撰：《韓湘子全傳》，上海：上海古籍出版社，1990 年。

19.（清）長白浩歌子：《螢窗異草》，北京：人民文學出版社，1990 年。

20.（晉）郭璞注：《山海經》，《四庫筆記小說叢書》，上海：上海古籍出版社，1991 年。

21.（唐）張讀撰：《宣室志》，《四庫筆記小說叢書》，上海：上海古籍出版社，1991 年。

22. 舊題（漢）東方朔撰：《海內十洲記》，《四庫筆記小說叢書》，上海：上海古籍出版社，1991 年。

23.（晉）王嘉撰，（南朝梁）蕭綺輯編：《拾遺記》，《四庫筆記小說叢書》，上海：上海古籍出版社，1991 年。

24.（唐）戴孚：《廣異記》，北京：中華書局，1992 年。

25.（明）施耐庵、羅貫中：《水滸傳》，南京：江蘇古籍出版社，1994 年。

26.（清）熊大木編撰：《楊家將傳》，北京：華夏出版社，1995 年。

27.（清）石玉昆：《包公案》，北京：北京十月文藝出版社，1997 年。

28.（晉）郭璞：《玄中記》，見《魯迅輯錄古籍叢編》，北京：人民文學出版社，1999 年。

29.（漢）王逸：《楚辭章句》，四庫全書文淵閣本，上海：上海人民出版社，1999 年。

30.（宋）周去非撰，楊武群點校：《嶺外代答》，北京：中華書局，1999 年。

31.（明）蘭陵笑笑生著，陶慕寧校注：《金瓶梅詞話》，北京：人民文學出版社，2000 年。

32.（明）瞿佑：《剪類新話》，北京：中國戲劇出版社，2000 年。

33.（唐）王裕仁：《開元天寶遺事》，《唐五代筆記小說大觀》，上海：上海古籍出版社，2000 年。

34.（清）無名氏：《綠牡丹》，吉林：時代文藝出版社，2001 年。

35.（明）凌濛初：《二刻拍案驚奇》，北京：九州出版社，2001 年。

36.（明）馮夢龍：《醒世恒言》，長春：時代文藝出版社，2001 年。

37.（清）劉鄂：《老殘遊記》，北京：九州出版社，2001 年。

38. （晉）干寶撰，馬銀琴、周廣榮譯注：《搜神記》，北京：中華書局，2010年。

39. （清）荻岸山人：《玉嬌梨》，北京：中國經濟出版社，2010年。

40. （南北朝）蕭繹撰，許逸民校箋：《金樓子校箋》，北京：中華書局，2011年。

41. （唐）劉恂撰，魯迅，校補：《嶺錄異補遺失》，《歷代嶺南筆記八種》，廣州：廣東人民出版社，2011年。

42. （清）褚人獲輯撰，李夢生校點：《堅瓠集》，上海：上海古籍出版社，2012年。

43. （梁）殷芸撰，王根林校點：《殷芸小說》，《西京雜記》（外五種），上海：上海古籍出版社，2012年。

44. （漢）郭憲撰，王根林校點：《漢武帝別國洞冥記》，《西京雜記》（外五種），上海：上海古籍出版社，2012年。

45. （清）褚人獲輯撰，李夢生校點：《堅瓠集》，上海：上海古籍出版社，2012年。

46. （唐）張讀撰，蕭逸校點：《宣室志》，上海：上海古籍出版社，2012年。

47. （清）無垢道人：《八仙全傳》，哈爾濱：北方文藝出版社，2013年。

48. （清）李光祿輯，改琦繪：《紅樓夢人物圖詠》，合肥：安徽人民出版社，2013年。

49. （清）張岱撰，高學安、佘德余點校：《快園道古》，寧波：浙江古籍出版社，2013年。

50. （清）呂熊：《女仙外史》，杭州：浙江人民美術出版社，2017年。

51. （南朝宋）劉義慶：《世說新語》，鄭州：中州古籍出版社，2017年。

52. （清）呂熊：《女仙外史》，杭州：浙江人民美術出版社，2017年。

53. （明）泰華山人編撰，陳國軍輯校：《新鐫全像評釋古今清談萬選》，北京：文物出版社，2018年。

54. （唐）段成式著，曾雪梅校釋：《酉陽雜俎校釋》，濟南：山東人民出版社，2018年。

55. （明）謝肇淛：《五雜俎》，濟南：山東人民出版社，2018年。

56. （晉）張華：《博物志》，瀋陽：萬卷出版公司，2019年。

57. （宋）李石：《續博物志》，北京：中國書店影印本，2019年。

58.（漢）劉歆撰，（晉）葛洪輯：《西京雜記》，北京：中國書店影印本，2019年。

59. 魯迅校錄：《唐宋傳奇集》，上海：上海古籍出版社，2019年。

60.（清）李汝珍：《鏡花緣》，北京：人民文學出版社，2020年。

（二）專著

1. 江蘇新醫學院編：《中藥大辭典》，上海：上海科學技術出版社，1979年。

2. 李志炎、林正秋主編：《中國荷文化》，寧波：浙江人民出版社，1995年。

3. 中國科學院中國植物志編輯委員會：《中國植物志》，北京：科學出版社，1999年。

4. 居閱時，瞿明安：《中國象徵文化》，上海：上海人民出版社，2001年。

5. 張星烺編：《中西交通史料彙編》第2冊，北京：中華書局，2003年。

6. 鄧雲鄉：《紅樓風俗譚》，石家莊：河北教育出版社，2004年。

7. 潘富俊：《紅樓夢植物圖鑒》，上海：上海書店出版社，2005年。

8. 夏冰、陳重明、郭忠仁主編：《民族植物學和藥用植物》，南京：東南大學出版社，2006年。

9. 程傑：《梅文化論叢》，北京：中華書局，2007年。

10.（美）帕特里夏·雷恩：《香草文化史》，北京：商務印書館，2007年。

11. 程傑：《中國梅花審美文化研究》，上海：巴蜀書社出版，2008年。

12. 儲兆文：《中國園林史》，北京：東方出版中心，2008年。

13. 渠紅岩：《中國古代文學桃花題材與意象研究》，北京：中國社會科學出版社，2009年。

14. 劉世彪：《紅樓夢植物文化賞析》，北京：化學工業出版社，2011年。

15. 張榮東：《中國菊花審美文化研究》，成都：巴蜀書社，2011年。

16. 潘富俊：《中國文學植物學》，上海：復旦大學出版社，2012年。

17. 徐客：《圖解山海經》，南昌：江西科學技術出版社，2012年。

18. 馮廣平等著：《秦漢上林苑植物圖考》，北京：科學出版社，2012年。

19.〔英〕J·G·弗雷澤：《金枝》，北京：商務印書館，2013年。

20. 韓育生：《詩經裏的植物》，北京：清華大學出版社，2014年。

21. 烏丙安：《中國民間信仰》，長春：長春出版社，2014年。

22. 楊蔭深編著：《花草竹木》，上海：上海辭書出版社，2014年。

23. 申林芝主編：《文化海棠》，鄭州：河南人民出版社，2014年。

24. 《中華大典‧林業典》，南京：鳳凰出版社，2014 年。

25. 潘富俊：《草木緣情：中國古典文學中的植物世界》，北京：商務印書館，2015 年。

26. 〔日〕細井徇：《詩經名物圖解》，北京：中國畫報出版社，2016 年。

27. 〔英〕西斯爾頓‧戴爾著，戴若愚譯：《植物民俗與傳說》，成都：四川人民出版社，2020 年。

二、論文類

（一）學位論文

1. 孫超姣：《論宋詞中的植物意象》，陝西師範大學碩士論文，2007 年。

2. 姜楠南：《中國海棠花文化研究》，南京林業大學碩士論文，2008 年。

3. 渠紅岩：《中國古代文學桃花題材與意象研究》，南京師範大學博士論文，2008 年。

4. 黃憲梓：《芭蕉的古典文化敘事》，西北大學碩士論文，2009 年。

5. 魏巍：《中國牡丹文化的綜合研究》，河南大學碩士論文，2009 年。

6. 吳林：《林黛玉與植物意象研究》，遼寧師範大學碩士論文，2009 年。

7. 賈軍：《植物意象研究》，東北林業大學博士論文，2011 年。

8. 王穎：《中國古代文學松柏題材與意象研究》，南京師範大學博士論文，2012 年。

9. 陶友蓮：《植物象徵文化研究——以〈紅樓夢〉植物象徵為例》，浙江農林大學碩士論文，2012 年。

10. 蔡文：《清代小說植物描寫研究——以〈紅樓夢〉〈聊齋誌異〉〈鏡花緣〉為例》，中國海洋大學碩士論文，2013 年。

11. 李倩：《中國古代文學蘆葦意象和題材研究》，南京師範大學碩士論文，2013 年。

12. 趙婷：《〈山海經‧西山經〉部分名物考證及其文化內涵》，曲阜師範大學碩士論文，2015 年。

13. 翟瓊慧：《〈全唐詩〉植物及植物景觀意象研究》，浙江農林大學碩士論文，2015 年。

14. 張嬌：《明清小說「草木」敘事研究》，浙江師範大學碩士學位論文，2018 年。

（二）單篇論文

1. 嚴修：《釋〈詩經‧靜女的「彤管」〉》，《學術月刊》，1980 年第 6 期。

2. 吳光正：《從松樹精故事系統看道教對文學創作的影響》，《武漢大學學報（人文科學版）》，2004 年第 3 期。

3. 李桂奎：《中國古代小說關於女性容貌描寫的植物化比擬》，《南都學壇（人文社會科學學報）》，2004 年 9 月。

4. 姜楠南：《〈紅樓夢〉海棠花文化考》，中國花文化國際學術研討會會議論文，2007 年。

5. 王青：《〈詩經〉植物意象的文化解讀》，《河海大學學報（哲學社會科學版）》，2007 年 6 月。

6. 王曉春：《論傳統文化中芍藥花的文化意象》，《藝術百家》，2007 年第 8 期。

7. 王莉莉：《〈聊齋誌異〉中的植物精怪形象》，《中華女子學院學報》，2009 年 10 月。

8. 黃芳：《我在美景中飄逸——四種芒屬觀賞草推介》，《南方農業（園林花卉版）》，2009 年第 3 期。

9. 陳西平：《節日中的樹木民俗文化探源》，《山東農業大學學報（社會科學版）》，2010 年第 2 期。

10. 肖亮：《傳統節日所涉及的食物和植物的文化內涵》，《生物學教學》，2011 年第 12 期。

11. 王莉莉：《唐代傳奇中的植物形象》，《南都學刊（人文社會科學學報）》，2011 年第 4 期。

12. 徐波：《論古代文學中的芭蕉意象》，《閩江學刊》，2011 年第 1 期。

13. 石潤宏：《唐詩植物意象類型論》，《文教資料》，2012 年 11 月。

14. 李溪：《從芭蕉圖像看佛教藝術與文人情結》，《北京大學學報（哲學社會科學版）》，2012 年 3 月。

15. 劉世彪：《〈紅樓夢〉中植物的特點及其研究價值》，《曹雪芹研究》，2013 年第一輯。

16. 張媛：《〈紅樓夢〉中的「蘆葦」意象探幽》，《紅樓夢學刊》，2013 年第五輯。

17. 劉世彪：《〈紅樓夢〉中植物的特點及其研究價值》，《曹雪芹研究》，2013 年第一輯。

18. 顧玉蘭：《從筆記小說看唐代牡丹賞玩習俗》,《畢節學院學報》,2013 年第 7 期。

19. 張黎明：《仙化：漢魏六朝博物體小說中的植物書寫》,「科學發展‧協同創新‧共築夢想——天津市社會科學界第十屆學術年會」學術論文,2014 年。

20. 孫秀華：《論〈古詩十九首〉植物意象的審美特質》,《貴州師範學院學報》,2014 年 8 月。

21. 馬凌：《漢民族植物意象道德內涵的跨文化闡釋》,《龍巖學院學報》,2014 年 8 月。

22. 王立：《古代仙草敘事的生命意識及生態倫理意蘊》,《閩江學刊》,2014 年第 4 期。

23. 熊素玲：《愛蓮文化中的「君子」形象及其現實意義》,《社會科學家》,2015 年 6 月。

24. 曾萍：《關於我國古代文學松柏題材和意象的分析》,《呂梁教育學院學報》,2016 年 9 月。

25. 曹鋒：《關於古代文學松柏題材和意向的作品研究》,《淮北職業技術學院學報》,2016 年 12 月。

26. 謝其泉：《唐宋文學中松柏題材與意象探討》,《淮北職業技術學院學報》,2017 年 6 月。

27. 趙禮臻：《〈柳秀才〉傳統文化解讀》,《〈聊齋誌異〉研究》,2018 年第 2 期。

28. 史少博：《論中國傳統文化中的君子品格》,《社科縱橫》,2018 年 7 月。

29. 賈燕軍：《唐宋文學中松柏題材與意象的關聯性》,《文化學刊》,2018 年 12 月。